Ma folie la plus sage

CHARLOTTE ORCIVAL

MA FOLIE LA PLUS SAGE

ROMAN

HARPERCOLLINS FRANCE
83-85, boulevard Vincent-Auriol, 75646 PARIS CEDEX 13.

www.harlequin.fr

ISBN 978-2-2804-1915-4 — ISSN 2271-0256

Pour Elisabeth qui aime qu'on lui raconte des histoires.

« Il ne me restait qu'une seule chose :
apprendre à ne pas être amer.
Mais j'étais content, car il me restait
beaucoup de temps devant moi. »

MICHEL SUBOR *in* JEAN-LUC GODARD,
Le Petit Soldat.

Chapitre 1

C'était beau hier,
C'était beau ce matin,
C'est beau les filles quand il n'y a pas de peur, pas de dégoût, pas de mépris, quand les choses sont limpides.
Cette nuit à côté de toi c'était comme une lueur dans les profondeurs.
Je me suis enfin senti reprendre des couleurs.

FAUVE, *Lettre à Zoé*

Les bruits qui le réveillèrent étaient suspects : un coup sourd suivi d'un juron, dans une langue inconnue dont il pouvait tout de même deviner que c'était du français — même fatigué, il n'était pas totalement stupide. Il était arrivé quelques heures auparavant et malgré les neuf heures de vol entre Vancouver et Paris et le décalage horaire qu'il subissait, il pouvait aussi se rappeler qu'il se réveillait dans l'appartement parisien de sa petite sœur préférée. Il avait sonné chez elle tôt le matin, elle lui avait ouvert en se jetant dans ses bras puis elle l'avait abandonné tout aussi rapidement en lui expliquant qu'elle devait impérativement se recoucher. Genre tout de suite. Halloween était responsable. Halloween et la nuit de fête qu'elle avait passée avec ses nouveaux amis parisiens à célébrer cette tradition dont il ne savait même pas dire, avant aujourd'hui, qu'elle était devenue populaire dans la classique et très traditionnelle capitale de la France. Au Canada, pourquoi pas. Aux États-Unis bien sûr. En Angleterre, la vendue des USA, naturellement. Mais à Paris ? Vraiment ?

Il avait donc laissé Courtney repartir dans sa chambre et s'était installé sur le canapé qui trônait dans la petite pièce principale de l'appartement et avait fini par s'endormir après une consultation compulsive et vaine de son iPhone. Sa sœur habitait dans un meublé de 30 m^2, près du quartier de la Bastille. Dont il payait le loyer depuis trois mois, dans le cadre de cette année qu'elle avait voulu passer au cœur de cette ville qui la fascinait.

Sa sœur avait toujours été francophile. Petite, quand ils n'étaient que des gamins anglais bercés par les séries américaines et les tubes du *Top of the pops*, Courtney s'était découvert une passion pour des chanteurs français — des chanteurs aux noms imprononçables. Et puis elle avait commencé à regarder des films sous-titrés. Et puis rêver d'habiter un jour à Paris. Il était loin, le temps de ses rêves. Mais dès qu'il avait pu, il avait réanimé celui-là. Parce que c'était sa sœur.

Il était venu pour quatre jours. Neuf heures d'avion aller, huit heures retour pour que sa petite sœur préférée l'accueille les yeux rougis par le manque de sommeil et aille immédiatement se recoucher. Ça promettait. Ça confirmait aussi la nécessité de sa venue. Il était venu parce qu'il était inquiet. C'était sa nature et son rôle de grand frère qui encourageait cette tendance. Inquiet, il l'était depuis sept ans. Non, au fond, depuis toujours.

Lenny ouvrit les yeux et fut ébloui par la lumière qui avait envahi le petit salon. Il cligna plusieurs fois des paupières avant de parvenir à sortir du brouillard puis il les vit. Deux pieds. Nus. Féminins. Posés sur le tapis Ikea face au canapé où il était allongé.

— Salut, fit une voix enrouée qu'il ne reconnut pas.

Lenny leva lentement les yeux et découvrit progressivement la silhouette de l'inconnue. Pieds. Mollets. Cuisses. Nus. Culotte noire. T-shirt blanc. Sale. Épaule dénudée. Cou fin. Visage bizarre. Maquillé… en une sorte de zombie ? Peut-être. Cela avait bavé. C'était laid. Cheveux blonds sous des tonnes de gel et de… toiles d'araignée. Fausses toiles d'araignée ? Emmêlée. Décoiffée plutôt. Assez répugnants surtout.

— Hi, répondit-il en se redressant sur le canapé.

Ainsi, il put mieux observer le spécimen d'être humain qui le fixait avec deux grands yeux verts que le maquillage n'était pas parvenu à enlaidir.

— Julia, dit-elle.

— Lenny.

— Et tu es… ?

— C'est mon frère, lança Courtney de la chambre dont la porte était à présent ouverte. Il est arrivé ce matin quand tu dormais. Est-ce qu'une âme charitable pourrait préparer du café ? Je tuerais pour en boire un tout de suite.

Les regards de Lenny et Julia se croisèrent à nouveau et pétillèrent au même moment, complices, à l'écoute de la voix suppliante de Courtney. Elle avait indubitablement besoin d'un remontant caféiné.

— Je vais m'en occuper, lança finalement Lenny en se levant. Tout le monde en veut ?

La *walking dead* Julia acquiesça et puis, maladroitement, s'écarta pour le laisser passer. Mais pas assez. Ou pas assez vite pour empêcher leurs corps de se frôler. Ou pour empêcher son cerveau embrumé de saisir l'odeur à la fois nicotinée et douce qu'elle dégageait.

— Désolée, dit-elle en s'écartant davantage, embarrassée… Je vais me laver, fit-elle en avançant vers la salle de bains.

Puis, apercevant son reflet dans le miroir du salon, ajouta :

— Et essayer de redevenir humaine…

Intrigué, Lenny la suivit du regard sans pouvoir s'empêcher de noter à quel point, dans cette petite culotte noire, cette Julia avait un beau cul. Un beau petit cul même.

Quelques minutes plus tard Lenny posa trois mugs de café sur la petite table de salon. Et du sucre. Du lait. Il avait même trouvé des trucs à manger. Des genres de tartines déjà grillées. Cracottes ? Ce n'était pas mauvais et il avait faim.

— Courtney ? Ton café est servi.

— Humm.

— Ça va ?

— J'ai mal à la tête.

— Allez viens. J'ai fait neuf heures d'avion pour te voir.

— J'arrive.

Courtney finit par apparaître, s'installa près de son frère et attrapa le mug qu'il lui tendait.

— Je suis contente de te voir. Bon vol ?

— Ça va… C'était long. Alors, tu as fait la fête hier soir ?

— C'était awesome… On est rentrées à 5 heures du mat'…

— Tu étais déguisée en quoi ? Pour ta copine, j'ai cru déceler une inspiration zombie.

— J'étais en Anglaise.

— Pardon ?

— Jupe hyper courte, pas de collants, des talons trop hauts, pas de manteau en hiver…

Lenny explosa de rire.

— Plus vrai que nature. La classe… C'est qui ? chuchota-t-il ensuite, en jetant un coup d'œil vers la porte de la salle de bains.

— Julia, une copine. Je l'adore.

— C'est ta copine ?

— Arrête, Lenny. Elle a dormi ici parce qu'elle était trop déchirée hier soir.

— Ça, j'ai vu oui. Mais tu comprends, je suis un peu curieux… Je m'inq…

— Tu t'inquiètes, je sais. Et je ne peux pas t'en vouloir… Mais sur ce coup-là, y'a rien à craindre. On ne se broute pas le minou, même si je ne dirais pas non.

— Arrête s'il te plaît, arrête !

— On a le droit de tout se dire, non ? Tu broutes pas le minou d'Abe, toi ?

— Stop !

— J'espère bien que tu le fais. Toutes les filles ont le droit de se faire brouter le minou ! Ça devrait être un droit constitutionnel.

Lenny essaya d'échapper à la conversation et par la même occasion à la vision du visage de sa sœur entre les cuisses d'une autre.

— T'es devenue délurée, commenta-t-il. C'est l'effet des Françaises sur toi ? Je ne suis pas sûr que cela va ravir maman.

Courtney haussa les épaules et s'enfonça profondément sur le canapé. Les bruits de la douche stoppèrent dans la salle de bains. Elle soupira.

— J'ai pas rencontré l'amour à Paris. Pourtant, ce n'est pas faute de chercher, mais en attendant je me suis fait une superbe bande de copains. Dont Julia fait partie. Et franchement, c'est bien aussi… Je profite !

Lenny regarda sa petite sœur sourire en coin et fut heureux de ces quelques mots a priori si banals. Courtney allait mieux et c'est tout ce qu'il avait eu besoin de vérifier en venant la voir. Rien que pour ça, il ne regrettait pas le déplacement.

— Et toi, demanda-t-elle, comment va la reine Abigaël ?

Lenny avala une gorgée de café en roulant des yeux et en évitant surtout de répondre à sa sœur. Courtney aimait se moquer de sa petite amie. C'était même son loisir préféré. Il ne le prenait pas mal ; elle l'avait toujours fait, quelle que soit la fille en question. C'était son rôle de sœur. Se foutre de son frère à travers ses choix amoureux et exprimer la jalousie, parfois, que lui inspiraient ceux-ci.

— Abe va bien, finit-il par répondre. Elle a failli venir. Mais finalement, quatre jours, c'était trop short. Mais elle t'embrasse.

La porte de la salle de bains s'ouvrit et Lenny ne put s'empêcher de tourner la tête, curieux de la nouvelle tenue qu'allait porter la zombie. Julia réapparut. Et il la trouva transformée. Une douche, du démaquillant et des cheveux disciplinés avaient suffi à faire d'elle une jeune femme moderne. Une très jolie jeune femme fraîche et prête à affronter une nouvelle journée. Sans trace des excès d'alcool et du manque de sommeil. Ou presque. Car il pouvait tout de même repérer sa fatigue à la pâleur de son visage et aux ombres sombres sous ses yeux.

D'un geste, Courtney invita Julia à les rejoindre autour de la table du salon.

— Ton café t'attend.

Julia s'installa par terre, les jambes croisées en face d'eux et attrapa avec avidité le mug fumant.

— C'est gentil. Je vais pas m'éterniser… J'ai un repas de famille qui m'attend.

— Oh nice, fit Lenny, curieux. Ta mère cuisine des trucs spéciaux ?

— Nan, je crois pas, répondit Julia en souriant ironiquement. Ma mère et la cuisine, c'est pas ça. On va finir au resto japonais, probablement.

— Un mythe sur la gastronomie française s'effondre, se permit Lenny entre deux gorgées de café noir.

Ils restèrent silencieux quelques secondes. Lenny observait du coin de l'œil la jeune femme. Elle sentit son regard, le fixa de l'iris vert de ses yeux et il se sentit embarrassé.

— Vous faites quoi aujourd'hui ? Visite de la capitale ? demanda-t-elle soudain.

— Lenny connaît déjà Paris. Peut-être qu'on va traîner un peu et se raconter tout ce qui s'est passé dans nos vies depuis six mois. Ça fait très longtemps qu'on s'est pas vu…

Lenny se rapprocha de sa petite sœur et lui passa les bras autour des épaules.

— Je t'ai manqué, ma petite chérie… C'est trop mignon…

— Oh ça va, répondit Courtney en s'écartant de lui. J'ai juste la gueule de bois et pas trop envie de bouger.

Un silence s'installa tandis qu'ils continuaient de savourer leur or noir. Du coin de l'œil, Lenny détaillait Julia. Elle semblait vouloir parler. Hésiter. Et c'est avec joie qu'il l'entendit finalement demander :

— Ça vous dirait de faire un truc ce soir ?

Courtney leva les yeux au ciel et répondit :

— Je sais pas comment tu fais pour remettre ça aussi tôt.

— T'inquiète, ce sera une soirée tranquille, genre une petite bière, un truc à manger…

— J'en serai ravi, lança soudain Lenny, avant que sa sœur n'ait l'occasion de refuser. Une soirée parisienne pour mes vacances parisiennes. C'est parfait.

***

Julia n'avait pas beaucoup de certitudes dans la vie. Et c'était d'ailleurs une grande partie de son problème ces derniers temps. Mais elle pouvait dire sans l'ombre d'un doute cette fois-ci que l'homme qu'elle avait trouvé alangui sur ce canapé était quelqu'un qu'elle avait envie de revoir. Elle avait ressenti une inquiétude profonde et intime à la perspective que cela ne soit pas possible et avait éprouvé l'urgence de trouver une solution, de proposer très vite quelque chose. Et cela avait fonctionné parce que bizarrement — et cela lui donnait le tournis rien que d'y songer en dévalant les escaliers du métro — il semblait partager son désir. En tous les cas, c'est ce que son comportement, dans ces quelques minutes qu'ils avaient partagées, lui avait transmis comme signal : le signal qui disait « qui que tu sois, être humain inconnu, je veux te revoir et en savoir davantage ». Elle en était persuadée. Et c'était une belle surprise en ce 1er novembre, triste par essence.

Le 1er novembre… La fête des Morts. Ou plutôt non, la fête des saints, pour elle qui n'en était pas une. En se réveillant, auprès de Courtney qui ronflait, la première pensée de Julia avait été : « non ! ». Pas encore. Et pourtant, cela s'était passé. Comme un schéma si bien rôdé qu'elle ne pouvait pas s'en détacher.

Ils s'étaient retrouvés en groupe dans un pub des Grands Boulevards. Le O'Sullivans, à l'angle du boulevard et de la rue Montmartre. L'endroit était fiévreux, agité, électrique. Bien sûr, les costumes d'Halloween donnaient une dimension légèrement plus pimentée à la soirée, mais le reste avait été comme d'habitude. Elle avait bu, dansé, rebu, bien papillonné, rebu. Martin l'avait regardée avec ses grands yeux noirs, presque suppliants. Cela avait sonné l'envie de fuir ailleurs, vers un autre bar, et peut-être vers d'autres regards. Ils avaient migré à quelques-uns dans un autre pub, pratiquement similaire, plus haut vers Bonne Nouvelle. Courtney, Hector et Chloé étaient de ce deuxième mouvement. Elle avait rebu, à un moment de la soirée où le verre de trop était dépassé depuis longtemps. Elle avait redansé, un peu moins papillonné et avait harponné. Fatalement. L'envie de se sentir désirée finissait toujours par être la plus forte. Et elle ne pouvait pas décrocher. Malgré ce qu'il s'était passé, malgré les grandes résolutions, malgré elle…

Julia n'avait pas la passion des ébats dans les toilettes des bars. Pourtant, elle avait là aussi recommencé et puis, quand ils avaient fini leur affaire, elle l'avait chassé pour se retourner vers la cuvette et vomir tout le contenu de son estomac et peut-être même un peu plus que cela. Elle se disait parfois que dans ces cas-là, c'était la vie elle-même qu'elle vomissait. Une posture un peu surfaite, même à ses yeux, mais elle s'y accrochait… Elle vomissait sa vie. Sa pauvre petite vie. De petite fille de riche. Certainement. De pauvre étudiante en école de commerce à douze mille balles l'année payée par maman et beau-papa. Oui, elle n'était qu'une petite merdeuse parisienne, infoutue d'apprécier les qualités objectives de sa vie.

Voilà ce qu'elle se disait quand elle était, comme ce matin-là, capable de regrets, que son mal de tête et ses cheveux la faisaient souffrir et qu'elle redoutait en rentrant à la maison la perspective des reproches.

Cette pensée la ramena à la réalité. Elle regarda l'heure sur son téléphone. Il était presque 13 heures. Mince, il fallait vite qu'elle appelle sa mère ; ils étaient certainement tous en train de l'attendre. Ou pire, de ne plus l'attendre.

— Julia, soupira sa mère en décrochant à la deuxième sonnerie… Tu es où ? Et ne me dis pas là-haut parce que j'y suis montée !

Julia appuya sa tête contre la vitre du métro et ferma les yeux. Sa mère… Sa chère mère. Qui passait son temps à être déçue par son aînée. Quelle tristesse.

— J'ai dormi chez une copine. Je suis dans le métro. Vous êtes à la maison ?

— On est partis. Ta grand-mère nous a donné rendez-vous dans un resto près de chez elle. Rejoins-nous là-bas. Je t'envoie l'adresse.

Julia raccrocha et reposa sa tête contre la vitre, les yeux dans le vide. En ce 1er novembre, la rame était calme, ligne 1, et elle pouvait se laisser bercer par son mouvement irrégulier et familier, tout occupée à ce souvenir de la silhouette allongée de Lenny.

Elle avait eu un choc en le découvrant endormi dans le salon. Une surprise puis un choc. La surprise, ça avait été la présence d'un être humain à un endroit où elle s'attendait à du vide. Le choc, c'était la beauté de l'être humain en question. Elle l'avait regardé, sans se rendre compte de son impudeur, incapable de détacher les yeux de sa chevelure bouclée blonde et de son visage tendre. Et puis il avait ouvert les yeux et elle avait alors réalisé dans quelle petite tenue elle se trouvait, elle. Culotte et débardeur. Et encore, cela aurait pu être pire : le débardeur, elle l'avait chopé sur le bord du lit où elle s'était effondrée auprès de Courtney.

L'iPhone bipa dans sa main et elle découvrit non pas le texto de sa mère qu'elle attendait, mais des mots de Thalou.

Alors, on se voit en ce jour de la Toussaint ? Ou tu continues à jouer la morte ?

Thalou. Dans toute sa splendeur : directe, chieuse, essentielle. Thalou était un pilier. Un pilier de sa vie depuis le collège où elles avaient atterri dans la même classe de quatrième. Jusqu'alors, les amitiés de sa vie n'avaient été qu'une lente et sérieuse agonie. Julia se cherchait sans se trouver. Et trouver des amis était encore moins facile. Elle avait changé trop de fois de classe, de la primaire au collège, à mesure que ses parents l'avaient ballotée au gré de leur vie privée. Elle avait aussi eu bien trop de mal à s'ouvrir et l'amitié, c'était quand même être capable de se dévoiler, de baisser sa garde. Et elle était si mal dans sa peau qu'elle finissait toujours par se détacher, peu ou prou, des amis qu'elle se faisait dès que des souvenirs gênants venaient s'interposer entre eux.

Heureusement, à treize ans, Julia avait enfin rencontré l'amie de sa vie. Et cela avait tout changé. Tout. Thalou était la plus dégourdie des deux dans tous les domaines — les études, les parents, les garçons, les soirées — et elle avait initié Julia à bien des choses à une époque où être une Julia n'était pas une mince affaire. Adolescence ingrate, sentiment d'abandon familial et pas un garçon qui ne semblait la trouver à son goût.

Thalou avait réussi ce miracle-là, sur la seule base de la confiance réciproque. Aujourd'hui, son amie avait toujours ce temps d'avance dans son développement : étudiante à Sciences-Po après une intégration sans concours grâce à sa mention « Très bien » au bac, Thalou bénéficiait d'une vie professionnelle toute tracée. Elle voulait passer le concours de l'ENA. Et se dévouer au service public. Cela avait beau être totalement étranger à Julia, elle admirait sa volonté et sa vocation si durable. Côté sentiment, Thalou avait aussi une situation stable. Elle et Nico, depuis deux ans, c'était le top du top en matière de couple. La crème de la crème. Et autant le dire : ça la faisait carrément chier parfois. D'abord parce qu'en tombant amoureuse de son Nico sur les bancs de la rue Saint-Guillaume, Thalou avait quelque peu déserté leur amitié et ça c'était factuel. Y compris au moment où Julia aurait eu tellement besoin que sa meilleure amie puisse deviner tout ce qui ne fonctionnait pas dans sa vie. Quand elle avait réussi à le lui dire, Thalou s'était trouvée impardonnable. Et depuis, Julia avait bien perçu que son amie faisait davantage attention à elle. Toujours soucieuse de sa vie bordélique, des conflits qu'elle ne parvenait pas à régler et qu'elle dissimulait à grand renfort de soirées, de mecs, d'alcool et de cigarettes. En oubliant, et de loin, le travail et la quête d'une vocation. Ainsi était Julia selon son amie. Un peu fêlée à l'intérieur. Très solaire à l'extérieur. Et tous les jours un peu plus jolie.

Julia ne mit que quelques secondes à répondre à son amie. Un échange de SMS s'ensuivit et Julia parvint à convaincre Thalou de se joindre à elle pour cette soirée qu'elle devait monter de toutes pièces. Avec comme seul objectif de se retrouver à nouveau dans la même pièce que Lenny. L'éphémère. Celui qui repartirait trop vite. Vers elle ne savait quel endroit. Mais qu'elle voulait plus que tout découvrir avant ce départ.

À la station Châtelet, Julia changea de ligne et prit la 4 pour foncer vers Saint-Michel. Elle parcourut les couloirs interminables au pas de course, sans difficulté, sans essoufflement, sans point au cœur ; elle était toujours fière de le constater. Depuis quatre ans maintenant, elle s'était mise au sport. Pour de vrai. C'était con, mais c'était au moment où Luke était reparti vers sa contrée exotique, Luke, le sportif, le dynamique, le tout en jambes et tout en muscles, qu'elle s'y était mise à son tour. Elle aurait pu, pendant toutes ces années, profiter de ce prétexte, pour être plus proche de lui et essayer de comprendre sa planète basket par exemple.

Mais non. À l'époque, elle était trop occupée à le regarder avec des yeux énamourés, ou à évacuer sa frustration de n'en rien obtenir en retour en se jetant sur le pot de Nutella de ses petites sœurs sans réaliser qu'à ce petit jeu, c'était son corps qu'elle laissait tomber. Mauvais timing. Luke, en partant, avait réuni les conditions nécessaires pour sa prise de conscience. Cette dernière avait eu lieu pendant l'été de ses dix-sept ans, juste avant la terminale, un été qu'elle avait passé à maudire le Nutella et les Cracky crêpes de ses sœurs et à se cacher dans un maillot de bain Arena une pièce volé à sa mère ; un été à ne pas oser se baigner dans la mer avant la nuit tombée. Cet été-là, elle avait pensé : « ça suffit ». Cet été-là, elle avait maudit Luke d'être parti. Cet été-là, elle avait engagé un combat contre son cerveau, ses jambes et ses poumons et commencé à courir. Oui. Faire du running. Avec des baskets et des tenues de sport moches de chez Décathlon. Et avec les conseils de Jérôme, son beau-père, aussi. Et parfois sa compagnie. Sur les chemins tranquilles de la campagne du Lubéron où, en bons bourgeois parisiens, la famille était venue passer quinze jours de vacances estivales.

À l'évocation de sa famille bourgeoise, Julia eut la vision de sa mère qu'elle aimait terriblement. L'adverbe était le mot clé de cette phrase : elle l'aimait, *terriblement*. Parfois, cela faisait des grandes étincelles. Anne, sa maman, était un pur produit de l'aristocratie intellectuelle parisienne. Elle n'avait pas de sang bleu, mais dans son ADN, sûrement, tous les gènes des écrivains, des philosophes, des intellectuels de la France de la deuxième moitié du XXe siècle. La raison ? Ses parents qui l'avaient élevée dans le mythe de la grande pensée française. Avocats tous les deux de profession, ils avaient monté, par passion, au début des années 1970, une revue consacrée à la philosophie et à la science. La petite Anne avait croisé dans l'appartement familial de la rive gauche — of course — un bon nombre d'intellectuels français des années 1980 dont certains portaient déjà des chemises blanches ouvertes sur leur torse imberbe et quelques prix Nobel, essentiellement en chimie ou en physique. Mais leur fille unique n'était pas faite du même bois et quand Anne s'était inscrite en fac, après un modeste bac B (c'étaient des lettres à l'époque qui définissaient les bacs, traduction Sciences Economiques), pour apprendre la psychologie, ses parents avaient été désespérés. Sachant par ailleurs que ce qui motivait surtout leur fille à cette époque — plus que la fac —, c'était les concerts, la musique et être en backstage avec le plus de musiciens possibles. Et plutôt les guitaristes. Parce que les guitaristes, c'était du pur désir, cette façon qu'ils avaient de s'occuper de leur instrument.

Et c'était là que les parents de Julia avaient fait connaissance. Dans un concert. En backstage. À La Cigale. Le père de Julia était musicien pour un groupe de rock français qui avait son petit succès. Il n'était pas guitariste, mais bassiste. Il n'était pas anglais ou américain, mais venait de Châteauroux. Et comme d'autres illustres membres de cette ville avant lui (surtout Gérard Depardieu en fait, c'était le seul dont elle se souvenait), il était monté à la capitale pour trouver le chemin de son destin.

Julia était le fruit de cette histoire dont elle savait que c'était de l'amour. Elle avait grandi, bercée par le son de la guitare de son père et les encouragements de sa mère. Même si cela avait été loin d'être suffisant. Même si ça n'avait pas empêché la haine de se pointer un jour.

Elle admirait énormément l'esprit parisien de sa mère. Sa mère adorait la Ville lumière et en connaissait tous les recoins, tous les bons restaurants, toutes les nouvelles boutiques. Elle avait ses rituels et ses adresses secrètes. Elle savait où acheter ce thé qu'elle aimait tant, où se procurer des pulls en cachemire à bon prix et qui allaient durer toute une vie, où prendre le meilleur brunch de la rive gauche sans se séparer d'un rein pour le payer. Elle était née et mourrait à Paris. Julia admirait sa mère pour son attachement si profond, mais elle n'était pas faite de la même matière. Cette ville, elle y était née elle aussi, elle l'aimait comme un territoire que l'on vous offre comme base pour vos jeux et vos aventures. Mais elle n'y était pas attachée viscéralement. Julia aimait la campagne, l'odeur des bois humides, les bottes pleines de boue. Julia rêvait d'avoir des chiens, des chats, des tortues dans un grand jardin. Paris pouvait parfois lui sortir par les yeux et elle envisageait sans difficulté de la quitter, cette putain de ville.

Mais en attendant, sa mère, ses deux petites sœurs, Inès et Paloma, son beau-père Jérôme et sa grand-mère Sophia l'attendaient dans un restaurant japonais de la rue Monsieur-le-Prince pour un déjeuner de la Toussaint. Et il fallait qu'elle se grouille. Partir un jour, oui. Mais pas maintenant.

***

Lenny était un Léonard, version courte. Un prénom qui le destinait peut-être à une vie hors norme. Un prénom de grands maîtres. Pour n'en citer que deux, il y avait naturellement Léonard de Vinci et Leonard Cohen. Pourtant, c'était souvent à Leonardo DiCaprio que les journalistes se référaient quand il s'agissait d'évoquer les origines du choix de son prénom. Un jour, par acquit de conscience, Lenny avait posé la question à sa mère, Gina. Et celle-ci avait éclaté de rire avant de déclarer :

— Ils ne savent pas compter. Tu es né en 1992. Je crois que la première fois que j'ai vu DiCaprio dans un film, c'était *Titanic*. Comment veux-tu que cela soit possible ? *Titanic* date de la fin des années 90.

Lenny nota pourtant qu'elle ne semblait pas choquée

d'un lien possible entre le prénom de son fils et celui d'une star du cinéma. Et pour cause.

— C'est Leonard Whiting, avait-elle expliqué enfin avec un peu de mystère.

— Qui ?

— Le Roméo de Zeffirelli. Un grand Roméo. Un sublime Roméo. Il n'a pratiquement fait que ce rôle-là dans sa carrière. Mais je ne peux pas lui en vouloir ; que faire de mieux après ça ?

Lenny connaissait ce film. Et d'ailleurs, pensa-t-il ce jour-là, amusé, Leonardo DiCaprio avait lui aussi tourné dans un *Roméo et Juliette* époustouflant. Lenny se souvenait davantage du Zeffirelli dont sa maman parlait. Tourné en 1968, il lui avait paru d'une incroyable modernité quand il l'avait découvert, trente-cinq ans plus tard. Les deux jeunes comédiens qui interprétaient le couple mythique étaient d'une beauté à couper le souffle, ils tournaient nus dans une scène d'une grande pureté et comme à chaque fois en tant que spectateur de cette histoire, on crevait de désespoir de l'issue tragique qui finissait par arriver. Lenny avait seize ans quand il avait visionné ce chef-d'œuvre, un soir, sur le petit écran de son ordinateur. Il allait lui-même interpréter Roméo pour le spectacle de Noël de son école d'art — une espèce de rite incontournable pour tous les jeunes premiers de sa trempe. Et il voulait s'inspirer, observer, capter l'âme de Roméo à travers ceux qui, avant lui, lui avaient offert une partie de leur propre jeunesse.

Lenny n'avait pas toujours rêvé d'être comédien. Mais ce spectacle avait été un tournant. Sa mère, qui d'une certaine manière avait toujours senti en lui les signes annonciateurs d'un destin différent, ne fut pas étonnée quand, à l'issue de ce petit spectacle d'école, Lenny fut approché par un agent qui voulut le prendre sous contrat et l'aider à trouver des prochains rôles. D'un loisir, d'une passion adolescente, il fit une vocation, un métier, un moyen de bien gagner sa vie. Car la machine s'était vite emballée.

Lenny était toujours affalé sur le canapé de sa sœur quand il reçut une notification Instagram sur son téléphone. Abe. Pour la troisième fois de la journée. Depuis qu'ils s'étaient quittés, moins de vingt-quatre heures plus tôt, Abe avait publié pas moins de deux posts Twitter et trois stories sur Instagram. Abe était une acharnée des réseaux sociaux et ses milliers et milliers de followers le lui rendaient bien. Cette fois-ci, en consultant Insta, Lenny put la découvrir en train de montrer la tenue de sport qu'elle allait enfiler, signe ou symbole de la gym à la salle où elle allait se rendre. Lenny se mit à sourire. La manière à la fois séduisante et amusante dont Abe se mettait en scène tenait du talent. Un talent du marketing de soi dans toute sa splendeur, mais ça lui était particulièrement utile en tant que comédienne. Il le savait, les directeurs de casting et les producteurs étudiaient de très près la renommée digitale des acteurs qu'ils recherchaient, comme une assurance sur les entrées, pour n'importe quel projet. Lenny ne savait pas dire si c'était bien ou si c'était mal. Lui, ce qu'il aimait dans le fait de jouer la comédie, c'était jouer la comédie. Point. Les à-côtés, la publicité, l'influence, les médias, la reconnaissance, la notoriété, l'hystérie… Tout cela était venu avec la comédie. Pas au point d'en devenir un mal nécessaire mais Lenny découvrait tous les jours un peu plus à quel point cette dimension de son métier lui était fondamentalement étrangère.

Abe était différente. Et il l'admirait pour cela. Elle savait faire, montrer, se donner, prendre… sans jamais sembler souffrir de la situation. Elle était capable de se protéger aussi, mais toujours sans que cela se remarque.

Lenny parcourut les photos du compte d'Abe en souriant. Elle était belle. Indubitablement. Et cette belle femme était celle qu'il retrouvait inlassablement dans ses draps chaque soir ou presque depuis seize mois.

Pour lui faire plaisir, pour lui dire d'une autre manière qu'il pensait à elle, Lenny s'arrêta sur la dernière photo du compte, et écrivit un petit commentaire. Un petit #lovefromthetraveler et referma l'application. C'était cheesy : un jeu de dupe, adressé à tous ceux qui reconnaîtraient un échange entre un couple de comédiens.

Il avait tout de suite été séduit par Abigaël. Qui ne l'aurait pas été ? Abigaël était magnifique, une grande professionnelle intelligente et fine. Parfaite, en somme. Quand ils s'étaient rencontrés deux jours avant les premières scènes à tourner, Lenny avait tout de suite pensé : « Ouh, j'ai de la chance, elle est superbe ». Mais ce n'est qu'en l'embrassant pour la première fois, lors de l'épisode quatre, que ça avait commencé. Comme une espèce d'énergie entre eux qui pouvait s'observer, mais difficilement se décrire. Ils s'étaient embrassés timidement, comme la scène et les rôles l'exigeaient. Et puis, pendant des jours, après ça, ils s'étaient tournés autour, à l'instar des deux adolescents qu'ils jouaient alors dans la série, mais bien conscients de ce qu'il allait se produire entre eux. Et cela s'était produit, un week-end, loin du tournage quand Lenny avait trouvé dans son grand désir le petit courage de l'appeler pour lui proposer un *date* dans un resto du centre de Vancouver. Il avait fait les choses à l'américaine ou à la canadienne, il ne savait trop dire, conscient de la barrière culturelle qui existait entre eux. Abigaël était originaire du Canada et l'amour y était codifié : on sortait ensemble plusieurs fois, on se testait, on allait plus loin et, éventuellement, au bout de quelques rendez-vous, on couchait ensemble. Et, éventuellement, après quelques coucheries, on décidait de devenir exclusif.

Pour Lenny, ce concept relationnel semblait tout droit venir d'une autre planète mais il s'y était plié. Car il voulait faire l'amour à ce joli brin de Canadienne aux yeux si grands, si sombres et aux lèvres délicieusement charnues. Après ça, quand ils étaient devenus un « nous », les choses s'étaient ancrées dans un réel qu'il n'avait pas anticipé. D'abord, il y avait eu ce que l'équipe de tournage s'était réjoui de voir : une chimie à l'écran qui rendait l'histoire bien plus jolie à tourner. Et Lenny ne pouvait pas nier que cela avait détendu tout le monde et amélioré les conditions éprouvantes de tournage que d'être en couple avec Abe. Quand votre job, c'est d'être quatorze heures par jour sur un plateau, autant passer ce temps en bonne compagnie. Et du coup, il se demandait, avec le recul, si ce n'est pas pour cela aussi que les acteurs finissaient toujours par tomber amoureux sur les tournages. La solitude, loin de leur maison et de leurs proches, la vie en petit groupe et la promiscuité, comme une colonie de vacances, un travail et des préoccupations similaires, un langage commun, un projet… tout pouvait contribuer à expliquer à quel point ils étaient devenus un cliché de la profession. Un couple amoureux à l'écran qui le devient en privé. Bien sûr, au début de leur histoire, Lenny n'avait pas eu cette lecture de la situation et d'ailleurs, s'il y avait pensé, il aurait pensé « Et alors ? Qu'est-ce que ça peut faire ? Et combien de personnes ont rencontré leur mari ou leur femme sur leur lieu de travail ? ». Mais sa perception avait évolué avec le temps. Et surtout à partir du moment où la série avait commencé à être diffusée à la télé. Là, tout avait été différent.

D'abord parce que la série avait tout de suite bien marché et que la joie avait contaminé toutes les équipes du projet.

C'était un rêve qui se réalisait pour tout le monde et la perspective d'un travail plus durable pour chacun. Une première saison qu'ils finissaient de tourner et qui serait diffusée jusqu'en juin de l'année suivante, pendant qu'ils auraient la joie de tourner une deuxième saison que le network venait d'acheter. Tout était parfait. C'était parti. Pour longtemps. Si tout allait bien. Alors oui, il y avait encore beaucoup d'embûches possibles, mais on pouvait quand même se reposer deux secondes et demie sur ses lauriers. C'était tellement rare dans la vie d'un acteur. Tellement précieux.

Lenny en avait profité et il avait l'impression que son jeu, sa capacité à sortir de l'écran, s'était amélioré pendant cette période-là. Abe y était sans doute pour quelque chose, tant il fut aussi inspiré par son grand professionnalisme. Abigaël avait commencé sa carrière de comédienne à sept ans. À la maison, son univers familial tournait déjà autour de l'industrie du divertissement avec un père technicien de plateau et une mère agent. Alors, bien sûr, cela avait sans doute pas mal orienté son destin. D'ailleurs, c'était peut-être la seule chose qu'il pouvait pointer du doigt dans sa façon de faire son métier : Abigaël ne se sentait pas artiste, mais ouvrière de l'industrie du spectacle. Elle n'avait pas en elle une sensibilité à fleur de peau ni un amour des mots. Elle apprenait très bien et très vite ses textes, mettait tout son corps et son mental au service d'un personnage ; elle aimait parfois être surprise par ses émotions pendant une scène, mais ce qu'elle préférait surtout, c'était maîtriser. Contrôler. Et elle avait appris à Lenny à mettre une dose de sa maîtrise à elle dans sa manière de pratiquer son métier de comédien à lui. Ce qui lui avait été plus qu'utile ces derniers mois. Voire carrément essentiel. Abigaël l'avait ancré dans le sol, dans le vrai. Dans la réalité économique aussi de la situation. Par exemple, comment mieux négocier, au-delà des conseils et exigences de son agent.

Lenny fut interrompu dans son flux de pensées par l'entrée de sa sœur dans l'appartement. Elle était descendue faire des courses rapides et revenait les bras charges d'un gros sac Carrefour. Il s'était plaint de crever de faim et étonné de ne même pas trouver du thé dans cette maison. Il avait bougonné et Courtney avait adoré. Retrouver son frère. Retrouver le compagnon de son enfance. Retrouver ce gars à l'hygiène douteuse durant toute son adolescence et au regard bleu envoûtant. Le retrouver pour elle et elle toute seule et sans personne pour lui voler de l'attention. Aucune fan, aucune petite amie, aucune mère. Tiens en parlant de mère, Courtney se souvint qu'elle avait promis à la sienne de l'appeler quand son frère serait arrivé à Paris. Imaginer ses deux enfants réunis sous le même toit pour quelques jours était pour une mère une source de joie que même une fille ingrate ne pouvait ignorer. Depuis que Lenny s'en était allé tourner à Vancouver, bien plus que depuis son propre départ à Paris, Gina, leur mère, semblait se désoler de son absence.

— Il faut qu'on appelle Gina, décréta Courtney en posant le sac de courses sur la minuscule table de la cuisine.

— Appelle-la maman, please…

Courtney roula les yeux au ciel. Non. Ça, elle n'avait pas envie. Gina, ça allait mieux. C'était plus facile à dire et à vivre. Lenny pouvait peut-être la voir comme sa mère mais Courtney avait toujours eu beaucoup plus de mal à la considérer pleinement comme telle. Entièrement comme telle. C'était comme ça. C'était irrationnel mais ce n'était pas non plus gravissime.

Lenny soupira, mais se saisit immédiatement de son téléphone, obéissant à sa sœur. Il était 19 heures à Paris. 18 heures à Bristol, Berkshire, United Kingdom of her

Majesty The Queen Elizabeth II. Gina devait être chez elle, installée dans le petit salon de sa maison de ville, là où elle pouvait regarder les gens passer sous ses yeux, une tasse de thé fumante posée à ses côtés et leur chien à ses pieds. Tout un cliché britannique. Il s'en rendait compte à présent qu'il s'était éloigné de leur île natale. Un cliché qu'il aimait imaginer. Parce que sa mère lui manquait souvent. Et ce qui avait fait souffrir sans doute sa sœur Courtney était sans doute ce qui l'avait maintenu en vie, lui. L'amour étouffant de leur maman.

Gina avait trente-deux ans quand Lenny et Courtney étaient nés. Elle était une jeune professionnelle londonienne qui travaillait pour une grande entreprise de la City et qui était tombée sous le charme de son boss. Un vice-président quelconque, très marié et très fatigué par ce mariage. Sauf que lorsque les enfants étaient arrivés, cette liaison était devenue bien embarrassante. Surtout avec deux bébés d'un seul coup. L'histoire banale d'un adultère banal dans l'Angleterre des années 1990. Alors il avait payé. Beaucoup. De l'argent sur un compte à part, caché de sa famille officielle. Et il avait fui tout le reste de ses responsabilités. Ce n'était que vers ses dix ans que Lenny avait voulu en savoir plus et qu'il avait questionné sa mère. Inlassablement. Et, comme bien des fois auparavant, et sûrement encore à l'avenir, Gina n'avait su résister à son fils. Son tendre regard, ses pommettes souriantes, son air mutin, ses boucles blondes d'angelot charmeur… Tout était au service de sa demande, son insistance. Et Gina avait repris contact avec son vice-président depuis retraité (ah oui, il était beaucoup beaucoup plus âgé que sa jolie *personal assistant*) qui, dans une espèce de fureur inquiète, avait refusé de rencontrer son fils. Non. C'était non. Ils s'étaient mis d'accord, il y a bien longtemps (dix ans avant exactement, lui reprécisa-t-elle), elle avait signé une clause de confidentialité et reçu une très jolie somme en échange. Alors non, on ne revenait pas sur un contrat. Ni sur un engagement moral.

La moralité, Gina, elle trouvait ça un peu gros, comme argument. Quand il la sautait sur son bureau de V-P[1], avec vue sur la Tamise, la moralité était le dernier de ses soucis. Pourtant, elle ne passa pas trop de temps à ruminer ou à le détester. Ç'avait été le cas, bien sûr, au début. Mais au fond, il lui avait fait le plus beau cadeau. Ses deux enfants, cette paire de jumeaux magnifique et le reste, son manque de grandeur, de générosité à lui, son absence d'amour pour eux, ne la touchait pas.

Ce que Lenny aurait voulu, c'était mettre un visage sur une origine. Un sens. Une direction. La vie du jeune Leonard n'était pas une partie de plaisir tous les jours. D'un côté, il était ce mignon petit garçon blond que les mamans et les filles de l'école regardaient avec tendresse et les garçons avec suspicion — il est gay, non ? Il est franchement efféminé, non ? — ; de l'autre, il était cet élève mal à l'aise en classe, incapable de progresser au même rythme que tous les autres, incapable de domestiquer les lettres, les chiffres, les mots, les formules, tandis que sa brillante sœur semblait être douée en tout et sans effort.

Ce fut l'année de ses neuf ans que des mots furent posés sur ses maux. Lenny était un grand DYS : Dyslexique, Dysgraphique, Dysorthographique. DYS dans toute sa splendeur. OK ! Il s'était cru débile, il se découvrait handicapé. Ça faisait mal. Très mal. Et l'estime de soi, déjà esquintée, ne s'était pas améliorée. Courtney, sa génialissime sœur jumelle, avait eu alors cette idée lumineuse pour une enfant de son âge : l'aider à trouver ce qui allait le passionner pour le reste de sa vie. Le dessin,

1. Vice-président.

non. Ses mains, ses gestes, rien ne permettait la finesse des traits. La musique ? Le solfège, ça ne l'avait pas fait, avec cet univers complexe et théorique de notes posées sur une partition, loin du plaisir pur d'un instrument.

Et puis vint l'idée d'essayer les cours de théâtre de la ville. Ils y allèrent à deux la première fois. Et si Courtney lâcha très vite, Lenny fut emporté à tout jamais. Il était bon. Il était fait pour ça et ses émotions, capturées par son talent, proposées aux autres, devenaient des œuvres d'art. Beauté et talent. Il avait tout. Il était tout. Il s'était trouvé. Et le reste s'était écrit pour le mener exactement jusqu'à ce jour de novembre, le 1er, à Paris. Et écouter la voix heureuse de sa mère à l'autre bout du téléphone.

Quand ils eurent fini de parler à leur mère, les jumeaux s'installèrent confortablement sur le canapé avec le fameux thé anglais dans deux mugs géants. Enfin, Lenny se sentit bien. Il était accro à ces moments qui lui rappelaient qui il était et d'où il venait. Il n'était pas comme sa sœur qui se réinventait, au fur et à mesure de sa vie parisienne, une nouvelle identité. Lenny aimait son *english breakfast tea* avec du lait et du sucre. Il adorait passer sa journée avec un mug rempli à la main. Et il se demandait encore comment il avait pu atterrir dans l'appartement de son Anglaise de sœur jumelle sans trouver le moindre sachet de thé dans sa cuisine.

— Ça va mieux ? demanda-t-elle, les yeux pleins d'ironie.

Il acquiesça du menton avant d'avaler une nouvelle gorgée de sa boisson Graal, reconnaissant.

— Pourquoi tu es venu ? lança soudain Courtney.

Lenny haussa les épaules, pas vraiment motivé à entrer dans ce genre de discussion. C'était sa sœur, jumelle qui plus est, et ils ne s'étaient pas vus depuis de nombreux mois. Avait-il besoin de se justifier ?

Il consentit finalement à lui donner un semblant d'explication.

— Pour voir comment tu vas ?

— Tu as peur que je fasse une bêtise ?

— J'ai toujours peur que tu fasses des bêtises ici ou ailleurs.

— Je vais bien.

— Je vois ça.

Courtney soupira, agacée.

— C'est maman qui t'a demandé, non ?

— Maman ? Tu l'appelles comme ça maintenant ?

— Va te faire foutre, Lenny !

Ah voilà, il retrouvait sa sœur. Son élégance. Sa classe. Et il aimait ça.

— OK, tu as raison, c'est maman qui me l'a suggéré. Elle m'a dit qu'elle t'avait eue au téléphone et que tu l'avais inquiétée.

— Tu sais bien que mes problèmes blessent toujours maman plus que moi. Alors ça m'étonnerait que je lui aie raconté quoi que ce soit.

— T'es injuste, soupira Lenny en habitué de la situation. Alors, il y a quelque chose à raconter ? Julia par exemple ?

Lenny s'en voulut de prononcer ce prénom, au beau milieu de cette conversation. Car cela traduisait quelque chose d'étrange dans le propre chemin de sa pensée. Mais les faits étaient là : Julia et Courtney avaient dormi dans le même lit. Et Julia était belle comme un soleil. Et Courtney avait toujours été attirée par la beauté des filles belles comme des soleils.

— Bordel, Lenny ! Arrête avec ça. Je t'ai dit que ce n'était qu'une copine. Et même si j'avais voulu, ça n'aurait pas marché avec elle. Et puis j'ai arrêté de tomber amoureuse de filles qui tombaient amoureuses de garçons. Je ne fais plus ce fantasme-là. Et je vais te dire même mieux :

j'ai arrêté de laisser les gens me briser le cœur. Je suis passée à autre chose.

Sauf que tout ça, tous ces schémas, toutes ces douleurs du passé, Lenny les avait vues de trop près, faire trop de mal à Courtney pour que ce soit si facile pour lui — ou pour sa mère — de passer à autre chose.

Courtney avait seize ans quand les choses avaient objectivement merdé. Pourtant, depuis longtemps, Lenny l'avait deviné. Sauf qu'il n'était qu'un ado immature et autocentré à cette époque — il n'était pas bien sûr d'avoir beaucoup changé depuis. Et puis aussi, ce qui avait compliqué les choses, c'était qu'à l'époque Courtney menait la danse. Il avait lu, depuis, que souvent, dans un couple de jumeaux, les faux, les vrais, les garçons-garçons, les filles-filles ou garçons et filles, il y avait toujours un dominant et un dominé. Et chez eux, ç'avait été sans le moindre doute Courtney, la cheftaine de leur drôle de couple. Courtney qui communiquait pour eux deux, Courtney qui décidait des jeux et des discussions. Courtney qui traçait leur route mutuelle.

Sauf qu'à un moment, quelque chose d'inexorable était arrivé : Lenny avait grandi. Il s'était trouvé, développant son propre territoire, saisissant son destin. Et Courtney avait senti la situation lui échapper. Ce qui, ajouté à ce qui la bouffait depuis toujours, était devenu beaucoup trop lourd à supporter. L'envol de son frère, c'était comme une page qui se tournait, la fin trop précoce sans doute de leur enfance.

Lenny se souvint que tout était arrivé alors qu'il venait de vivre le premier tournage de sa vie. Un truc de dingue. Une production belgo-canadienne qui l'avait amené à tourner trois scènes dans un village italien de la région des lacs. Trois jours de tournage et trois semaines sur place. Et il avait su, alors, avec un enthousiasme évident, que c'était le métier qu'il voulait faire pour toujours. Définitivement. La dolce vita, l'Italie, les Italiennes, les pâtes, la chaleur, la beauté de la nature. Tout ça grâce à trois scènes et quelques pages de dialogues à apprendre.

Mais quand il était rentré en Angleterre avec cette envie chevillée au corps de très vite trouver un autre film à tourner, Courtney avait tenté de suicider.

— C'est bien, finit par répondre Lenny en souriant à sa sœur.

Ils se regardèrent sans plus rien dire pendant quelques secondes de trop. Puis il aperçut les étoiles dans les yeux de Courtney.

— Quoi ? fit-il, curieux.

— N'empêche que tu la trouves canon, Julia, non ?

***

Elle avait voulu que Thalou soit là. Elle avait voulu ne pas être seule témoin. De ça. C'est-à-dire de lui qui la regardait à chaque fois qu'elle tentait de l'observer. De son sourire aussi, qu'il esquissait parfois. En remontant son verre à sa bouche. En passant sa main dans ses boucles dorées. En jouant avec ses doigts sur le bois de la vieille table du bar. Il était là, il riait, au milieu des autres, mais quand elle était entrée, avec Thalou à sa suite, il n'avait plus été là que pour elle. C'étais du moins ce qu'elle ressentait. Ou peut-être ce qu'elle avait envie de croire.

Thalou ne mit pas longtemps à comprendre. En l'entraînant avec elle, pour commander au bar, elle lui demanda aussitôt :

— C'est qui, lui ?

Mais dans sa tête, sa meilleure amie pensait « C'est pour lui ? ».

— Le frère de ma copine, Courtney.

— Il est très très beau.

— En vrai il est encore plus que ça.

— Je le vois en vrai, là.

— Je voulais dire de près. Et le truc de malade c'est que ça me fait le même truc que ce matin.

— Tu l'as vu ce matin ?

— Oui, chez Courtney. J'ai dormi chez elle et je suis tombée sur lui en me levant.

— Ça te fait quel truc ?

— Quand on est dans la même pièce, j'ai l'impression qu'il me bouffe des yeux. J'hallucine et je me demande si je ne suis pas en train de délirer.

— Ben je te confirme qu'il te bouffe tout le temps des yeux. C'est simple.

— Mais c'est juste impossible. Tu as vu le gars ? Pourquoi il fait ça ? Pourquoi avec moi ?

— Parce qu'il te trouve très jolie. Sans déconner, tu le sais pas ça ? Tu n'as plus quinze ans, des points noirs et dix kilos de trop.

— Oh ça va… Pas la peine de me rappeler cette chouette époque. OK, je suis mieux qu'avant. Mais au point de l'intéresser, lui ?

— Pourquoi tu crois que tu lèves des tonnes de mecs sans problème ?

— Parce que je couche avec eux, répondit Julia avec réalisme.

— Ouais ça aussi, admit son amie en souriant. Mais tu te vois pas comme ils te voient. Tu es belle, Julia, je te jure que c'est vrai.

Quand elles se dirigèrent vers leur coin dans le pub, elles s'aperçurent que le groupe s'était agrandi avec l'arrivée de Thibault qu'elle avait aussi convié pour la soirée ainsi que deux amies de l'école de commerce, Lucie et Justine, qui entouraient désormais Courtney de leur attention, sans pouvoir détacher leurs yeux de jouvencelles énamourées du beau Lenny.

La discussion battait son plein lorsque Julia reprit sa place, là où elle avait laissé son manteau, son sac, face à Courtney, et à deux centimètres de la chaise de Lenny. Il l'accueillit d'un petit coup d'œil sur le côté et poussa distraitement son verre de pinte de quelques centimètres pour lui laisser la place de poser le sien. Il ne la regardait plus, occupé à discuter avec ses amis. Pourtant tout son corps, si près d'elle, semblait totalement tourné vers elle. Elle ne savait pas dire pourquoi, c'était juste une impression — elle avait toujours su déceler le désir quand il était là, comme un éléphant au milieu d'une pièce. Peu à peu, heureusement, elle finit par s'habituer à sa position près de lui et à la présence envahissante de son corps d'homme. Les quelques gorgées de vin qu'elle avala l'apaisèrent et elle se mit à écouter en silence. À l'écouter. Et le fait de l'entendre parler anglais, avec cet accent si anglais, et ses mots si anglais, tout en elle, la renvoya à des années-lumière de cette scène. Vers Luke. Vers le très charmant, si intéressant, si *cuttie* et *so british* Luke. Enfin, non pas british. Mais il parlait la langue de Shakespeare. Et ces trois années à le fréquenter avaient eu au moins un immense bénéfice : elle avait appris à le comprendre, appris à lui répondre, appris à maîtriser, plus que la moyenne nationale française, la langue des meilleurs ennemis de la nation tricolore.

Luke avait quinze ans quand ils s'étaient croisés au milieu de leur année de seconde. En fait, elle l'avait repéré bien avant le mois de décembre de cette année-là. Mais ce n'était pas le cas de Luke et ce n'était pas particulièrement étonnant. Au même âge, Julia venait de faire sa rentrée dans un lycée privé près du jardin du Luxembourg. Un bel endroit, assez chic bien sûr, assez sélectif évidemment, mais assez cool aussi. Pas aussi élitiste que Henri-IV ou Charlemagne où son dossier scolaire moyen n'aurait jamais permis une admission. Pas aussi bourgeois et hyper tendance que l'École alsacienne, pourtant non loin de son quartier. Un truc intermédiaire qui lui convenait. Sur le papier. Parce que dans la réalité, elle en avait bavé. Du moins au début. Séparée de sa meilleure amie, Thalou, que son brillant parcours avait menée à Charlemagne justement, Julia avait commencé par perdre ses repères du collège. Et ce sans compter qu'au collège, Julia était déjà loin d'être la reine du bal. C'était simple, en ce début de seconde, il n'y avait qu'un truc qui lui donnait envie de se lever chaque matin. Un projet. Une perspective. Un rêve. Un fantasme. Une ambition : celle d'apercevoir le mythique et carbonique comme de la neige, Luke.

OK, en bonne petite snob parisienne qu'elle était tout de même, elle avait d'abord considéré l'indigène américain comme un drôle de spécimen. Grand, athlétique, souriant, sociable, il tranchait terriblement avec les petits mectons de son environnement, plus calés en concours d'ironie et en sarcasmes qu'en matchs de basket sur les playgrounds du Luxembourg. Et puis son étrangeté, son accent américain prononcé faisaient également une nette différence. Avec lui, vous pouviez apprendre pas mal de gros mots, encore davantage d'argot et vous viviez votre rêve américain au quotidien. C'était du moins ce qu'il s'était passé pour Julia. Un mardi matin de décembre, elle était montée dans son bus de la RATP, vaguement à la bourre pour son cours de 8 heures, et puis l'inouï était arrivé : elle y avait croisé Luke. Et il était seul, sans cette nuée de jeunes et jolies filles qui semblait constituer sa cour habituelle depuis le début de l'année. Pas absorbé non plus par la conversation du seul autre Américain de l'école, un mec de terminale, avec qui il traînait souvent dans la cour ou au déjeuner.

Non. Seul. Juste concentré sur le spectacle du boulevard, de l'autre côté de la vitre, et sur la musique qui jaillissait, trop fort, de ses écouteurs. Soudainement bien calme aussi. Presque lointain. Et aussi plus humain et accessible.

Ce matin-là, Julia avait fait quelque chose d'extraordinaire. À l'image du sentiment extraordinaire qui l'avait envahie à le découvrir, dans son bus à elle, à son horaire à elle, pour son parcours à elle. Elle avait agi. Après des semaines et des semaines d'observations lointaines, mais précises qui tenaient franchement du stalking et tout autant d'heures consacrées à raconter à Thalou les faits et gestes du jeune homme, Julia était passée à l'action. Enfin. Libérée sans doute du poids du regard des autres, elle s'était avancée vers lui, slalomant entre les mères de famille et leurs poussettes, les caddies des mamies matinales pour le marché et les cadres de l'économie française pas si pressés que cela d'aller faire des affaires parce que, c'était bien connu, prendre le bus n'était pas le moyen de transport le plus rapide de la capitale pour arriver au boulot.

Quand elle avait été assez près de lui pour qu'il la remarque, elle avait senti de la panique. Mais l'improbable s'était produit : il avait tourné les yeux vers elle, abandonnant le spectacle du boulevard parisien, et son regard s'était attardé sur elle. Elle avait souri. Rougi peut-être. Puis fait un geste de la main et dit « Hi ». Luke avait froncé les sourcils, perturbé, mais avait répondu poliment à son « Hi ». Après un petit silence gêné, Julia avait précisé :

— Je suis à Saint-Sulpice. En seconde cinq.

Le visage de Luke s'était ouvert d'un seul coup — rassuré, sûrement. Et Julia avait pu observer de près ce miracle renouvelé de la beauté du jeune homme. Son visage carré, sa peau tannée par un soleil californien qu'il ne fréquentait pourtant pas beaucoup, ses yeux noisette qui marquaient Julia par leur grande expressivité. Tout était animé, vivant, dans le visage de Luke. Et de près, c'était un spectacle qui donnait aux hormones de Julia l'envie de faire une danse de la joie.

— Oh… Yes… Of course… Moi aussi… Seconde trois. Tu es dans la classe de Thibault ?

Thibault était le play-boy de sa seconde et il avait très vite sympathisé avec Luke, s'en faisant un ami. Un ami qu'il conviait à ses fêtes, faisait boire ses alcools et fumer ses joints. Thibault était un lycéen fêtard standard. Juste un petit peu plus acide que la moyenne. En lui, il y avait un drôle de feu qui brûlait. Julia, observatrice silencieuse, avait déjà pu constater qu'une fureur sourde semblait couver en lui. À cette époque, d'ailleurs, Julia pouvait résumer sa vie à une longue observation de celle des autres. Mais grâce à Luke, ce matin-là, dans le bus, cela avait changé. Pour le meilleur et pour le pire.

Et presque six ans plus tard, elle était là, à écouter un autre homme parler cette même langue qui lui rappelait tant de souvenirs. Sauf que Luke avait disparu de sa galaxie depuis plusieurs années déjà et qu'elle-même n'avait plus grand-chose à voir avec la gamine énamourée de ses quinze ans… Enfin de ses quinze ans, ses seize ans, ses dix-sept ans… Oui, elle avait été amoureuse de Luke longtemps. Et cet amour-là avait même défini pratiquement toute cette période. Et même si elle ne regrettait pas, ou pas tout du moins, là, à cet instant, avec Lenny à deux centimètres d'elle, ce n'était plus à Luke, son ange brun, qu'elle voulait songer. Et quelque chose en elle se passa. De l'ordre de l'improbable. Le bruit du bar, les conversations vivantes autour d'elle, la musique par-dessus, et finalement le silence en elle qui se posa. Profond. Calme. Serein. Elle regarda le profil parfait de Lenny, ses mains qui dansaient autour de son verre. Elle regarda les autres le regarder, Courtney, Thalou, Martin, Thibault… Elle revint sur lui et sans savoir comment, sa main échappa à son contrôle et vint se poser sur son genou. À lui. Le genou de cet homme qu'elle avait rencontré le matin même pour la première fois. Et le plus fou, ce fut que ce geste d'une incroyable intimité ne lui fit même pas honte. Lenny sursauta. Imperceptiblement. Un léger mouvement qu'elle seule perçut et comprit. Et sans la regarder tout de suite, sans même arrêter la conversation qui l'absorbait, il fit glisser sa main sous la table et se saisit de cette main qu'elle avait posée sur sa cuisse. Non pas pour la repousser. Non pas pour la punir. Non. Il la caressa doucement. Capable d'une tendresse dans le bout de ses doigts qui réveilla chaque centimètre carré de la peau de Julia.

***

Toute la journée durant, l'impression originelle s'était évaporée. Il y avait eu sans doute la fatigue de son voyage en avion au-dessus des océans et des terres canadiennes puis polaires puis européennes. Il y avait eu les conversations continues avec sa sœur jumelle qui lui résumait quatre mois d'installation à Paris. Il y avait eu l'absence de thé digne de ce nom à partager pour se tenir éveillé. Il y avait eu les petits messages directs et indirects d'Abe sur son téléphone. Tout, sans doute, avait contribué à l'évaporation de ce sentiment diffus et pourtant violent, inspiré par cette rencontre matinale. Mais il était revenu au moment même où il avait aperçu la silhouette de Julia entrer dans le bar. Et Lenny s'était senti pris au dépourvu de ressentir le même bouleversement que ce matin, l'effet de surprise en moins. Pourquoi ? Comment ? Et que faire ? Les questions sautaient dans son cerveau, mais il ne cherchait pas de réponses. Ce qu'il espérait, c'était réussir à détacher ses yeux d'elle. Retrouver son calme. Respirer par le ventre pour éviter de perdre son souffle à ses côtés. Parce qu'elle s'était installée sur la chaise à côté de lui. Tout près. Il était à la fois ravi et terrifié de cette proximité qu'il désirait pourtant. Sans compter que, depuis quelques minutes déjà, sa sœur avait sorti son détecteur à situation problématique et lui jetait régulièrement des coups d'œil interrogatifs qu'il tentait d'ignorer. Dans leur enfance de jumeaux, ils n'étaient jamais passés par cette phase fréquente, paraît-il, de l'invention d'un langage commun original pour communiquer entre eux. Pas besoin : Courtney savait tout exprimer avec ses yeux. Elle savait lui dire, là, « mais *what the fuck ?* ». Et il savait lui répondre « Fous-moi la paix. Je ne sais même pas de quoi tu parles. »

Et c'était vrai. Il ne savait pas dire ce qui était en train d'arriver. Il ne savait pas dire *avec qui* c'était en train d'arriver. Tant sa connaissance de la personne en question se limitait à ce que Courtney lui en avait dit et ce qu'il pouvait observer : elle s'appelait Julia, elle était étudiante, française, elle buvait des verres de vin blanc (dans un pub irlandais), elle avait des yeux verts, elle n'était pas maquillée, pas apprêtée, dans son simple slim, son pull noir en col V et ses boots couleur caramel. Et pourtant, elle était étrangement élégante, dans sa façon de bouger, de s'asseoir, de prendre son verre à pied entre ses doigts, de porter le bord du verre à sa bouche, d'avaler des gorgées de vin… et de…

Oh bordel. Il était en train de fantasmer. Il était totalement en train de fantasmer sur les lèvres ourlées de la jeune femme blonde et ce n'était pas possible, ça. Pas envisageable du tout. Même si c'était exactement en train d'arriver... bordel.

Lenny n'avait pas toujours été un saint. Loin de là. Il y avait même une époque pas si lointaine où la découverte de son pouvoir de séduction avait fait de lui le diable. Un diable amoureux. De ses seize ans jusqu'à ses vingt-deux ans, il avait séduit des filles sans authentiquement se lier à elles, sans jamais se prendre la tête non plus. En souffrant parfois d'être rejeté, en se réjouissant plus souvent de pouvoir facilement obtenir ce que son désir lui commandait d'obtenir. Les filles, les femmes, c'était tout de même le genre humain qu'il préférait.

Avec Abe, c'était la première fois qu'il s'embarquait dans une histoire sérieuse. La première fois qu'il en avait envie. À Vancouver, dans cet exil volontaire, avoir Abe à ses côtés était une force. Une stabilité qu'il appréciait. Ils ne s'étaient pas promis grand-chose ni n'avaient défini clairement ce qui les liait l'un à l'autre, mais il la respectait et n'avait pas eu envie, plus de trois minutes consécutives, d'une autre femme qu'elle.

Mais ça c'était avant aujourd'hui.

Avant Julia.

Quelques minutes plus tôt, elle s'était levée et il avait lutté pour ne pas la suivre des yeux : cela aurait été trop visible pour sa sœur. Quand Julia avait repris place près de lui, un nouveau verre de vin posé devant elle, il avait surpris l'échange de regards entre sa sœur et Julia, tournée vers lui. La jeune femme le fixait. Il sentait l'étincelle de ses yeux, il n'inventait pas : il le ressentait. Et ça le brûlait de l'intérieur. Il se demandait comment une jeune femme comme elle, avec cette innocence perdue dans les pupilles pouvait lui faire autant d'effet. Il n'avait plus seize ans et pourtant, il éprouvait la puissance de son désir comme si c'était la première fois. Et puis elle fit ce truc improbable. Et puis il se retrouva avec sa main à elle dans sa main à lui. Et ce fut fini. La stabilité avait volé en éclats.

Plus tard, dans le mouvement, alors que le groupe avait décidé d'aller manger un morceau dans un bar proche qui faisait les meilleures saucisses frites de la ville, il lui lâcha la main pour se lever et enfiler son manteau. Ce changement l'inquièta : il n'avait pas envie que s'arrête cette sensation de chaleur. Mais ça ne dura pas. Julia resta tout près de lui, synchronisant ses gestes aux siens, silencieusement. Puis, prudemment, leurs yeux se croisèrent et elle lui sourit. Ce fut éblouissant. Il en perdit ses capacités d'analyse, ne parvint même pas à lui retourner son sourire. Elle n'avait pas peur. Ils sortirent l'un derrière l'autre du bar et avancèrent à la suite des amis, légèrement en retrait du groupe. Julia s'arrêta. Il l'imita. Côte à côte sur le boulevard gris de Paris.

— On va quelque part ? Tous les deux ?

Une décharge lui parcourut l'échine lorsque son cerveau comprit la proposition qu'elle venait de lui faire. Oui. Il ne voulait que ça.

— Tu m'emmènes où ? parvint-il à articuler en la regardant.

Elle baissa les yeux vers le trottoir, un voile de cheveux blonds lui dissimulant le visage. Comment pouvait-elle avoir l'air aussi timide et lui faire en même temps une proposition si osée ? Le mystère de ce paradoxe s'accentua quand il l'entendit lui répondre, dans une question :

— Chez moi ?

Son cœur s'accéléra à mesure que toute trace d'ambiguïté disparaissait. Elle voulait la même chose que lui et était en train de le lui signifier, sans détour. Comme ça. Directement. Il avait beau avoir rencontré des filles, des femmes ; il avait beau avoir appris à flirter, draguer, séduire, il comprenait désormais qu'il ne savait rien. Là maintenant, il ne savait plus rien. Elle avait annulé les règles du jeu. Peut-être parce qu'elle ne jouait pas.

Les pas de leurs amis s'éloignèrent rapidement sur le boulevard. Eux n'avaient pas encore bougé d'un iota, épaules contre épaules, dans le froid de novembre. D'un coup d'œil, Lenny regarda sa sœur s'éloigner. Il fallait qu'il lui fasse signe.

— Attends, dit-il en attrapant son téléphone dans sa poche de blouson. Je préviens ma sœur.

Il tapota son texto aussi vite que ses doigts maintenant congelés le lui permettaient et appuya sur la touche *Send*. Le temps de ranger l'appareil, il leva les yeux vers la silhouette de sa sœur. Elle venait de se saisir de son iPhone ; elle parcourut le message, se retourna vers lui et il la vit découvrir ce à quoi ils ressemblaient tous les deux, côté à côté sur ce boulevard de Paris. Courtney ne sourit pas. Courtney ne revint pas sur ses pas. Courtney ne jugea pas. Elle leur fit un petit signe de la main puis se détourna d'eux et reprit sa marche nocturne. Voilà. Ils étaient tous les deux. Seuls au monde pour la première fois du reste de leur vie.

***

Marcher dans la nuit. Elle avait décidé qu'ils allaient marcher. Pour ralentir les choses. Pour se donner le temps de respirer. Pour peut-être mieux le connaître ou l'espérer. Parce que son audace de tout à l'heure s'était un peu évanouie. Parce que la peur était revenue. Elle avait fait un truc de malade en proposant à ce type de venir chez elle. Elle ne faisait pas ça d'habitude, elle ne prenait pas l'initiative. Surtout, elle ne se laissait pas emporter sans l'aide de l'alcool : en général, les fièvres qui la débordaient la prenaient en main bien plus tard, dans la nuit, après bien plus de verres d'alcool. Et elle n'allait jamais chez elle pour finir la nuit. Elle se laissait guider par le désir du garçon, de l'homme et atterrissait dans un lieu dont elle pouvait s'échapper plus ou moins vite dès qu'elle en avait l'envie. Dès que l'envie était partie, justement.

Mais ce soir, tout lui échappait. Elle avait un schéma. Elle avait des règles. Qu'elle s'était imposées pour tout un tas de raisons qu'un psy adorerait explorer, mais dont elle ne voulait pas se souvenir là, maintenant. Car maintenant, il y avait cet homme à ses côtés, qui avançait, en mettant ses pas dans les siens et qui lui parlait doucement, sans jamais lever la voix, avec cet accent si sexy. Ce putain d'accent anglais.

— *It's a bit shilly around here*, commenta-t-il en frissonnant légèrement.

Il plaisantait ? Il faisait un froid de canard. Un putain de froid de canard à décorner des bœufs.

— Tu ne portes pas de manteau, lui fit-elle remarquer en observant son blouson, une sorte de bomber bien trop fin pour être honnête. Tu veux mon écharpe ?

En bonne Parisienne, elle ne sortait jamais sans son étole. C'était justement Courtney qui lui avait fait remarquer ce point commun à toutes les filles de la capitale ; elles arboraient toutes une pièce de tissu autour de leur gorge. La sienne était une écharpe qu'elle avait piquée à son beau-père, Jérôme.

Lenny haussa les épaules. Sourit.

— Merci. Ça va... On est où, là ? C'est beau.

Depuis qu'ils avaient quitté le bar des Grands Boulevards, elle l'avait guidé dans les rues du centre pour rejoindre sa rive gauche et ils approchaient désormais de la place des Victoires. Bientôt, ils frôleraient le Palais-Royal qu'il ne serait pas possible de traverser à cette heure de la nuit puis ils s'approcheraient de la Seine.

— *You're in Paris, baby !* répondit-elle, à nouveau surprise par l'audace de sa réponse.

Lenny éclata de rire. Un rire dont la mélodie toucha le cerveau de Julia comme un feu d'artifice. Décidément, cet homme obtenait d'elle des choses qu'elle ne se savait même pas capable d'oser. Et ce visage qu'il lui offrait, tellement tellement mignon… Elle n'avait pas peur de lui. Voilà, elle le comprit soudainement : elle le trouvait impressionnant de beauté, de présence, de force tranquille, mais elle était en confiance. Parce qu'il avait une telle douceur en lui. Une telle gentillesse. Comment un être pouvait être aussi doux et sexy en même temps ?

— Je le sais, baby, lui répondit-il avec un clin d'œil.

Julia rougit ; désormais, elle avait chaud et froid en même temps. Comment expliquer ce phénomène physique ?

— Tu es venu souvent ? finit-elle par demander.

— Plusieurs fois… Avec Courtney, c'était notre destination préférée quand on était jeunes. Je ne sais pas pourquoi, mais ma sœur a toujours eu son grand rêve français dans la tête. Elle était peut-être française dans une autre vie…

— Pas toi ?

— Euh… y'a des trucs qui me gênent trop ici… Par exemple, vous mangez des trucs qui dégoûteraient n'importe quel autre être humain.

— Ah d'accord, tu veux la jouer comme ça, direct. Ce n'est pas très fair-play pour un Anglais.

— Ouais, désolé, admit-il, d'autant que vous avez aussi le vin, les films de la nouvelle vague, Daft Punk. Je dois respecter ça. Je peux te poser une question ?

— Yes ?

— Tu te débrouilles en anglais. Comment ça se fait ?

— Heu… l'école ?

— Je ne peux pas te croire. Pourquoi les autres Français n'y arrivent pas ?

Julia accepta le compliment. Mais elle pouvait difficilement lui confier le secret de ce mystère linguistique ; elle aurait aimé lui expliquer qu'elle avait passé plein de vacances à l'étranger ou qu'elle adorait regarder les séries en VO mais cela aurait manquer de crédibilité. Et au fond, elle n'avait pas envie de lui mentir.

— J'avais un ami, avant. Il était américain. À son contact, j'ai beaucoup progressé. C'est juste ça.

Elle avait changé. Elle était certaine même qu'elle avait évolué, progressé. Et malgré tout, au détour d'une conversation, les souvenirs se pointaient et Luke était à nouveau présent, auprès d'elle. Depuis le temps, elle avait compris que cela s'appelait l'amertume et elle pressentait aussi que c'était le début de la sagesse que d'en avoir conscience. Luke, avant, pendant, maintenant, c'était l'irruption du gâchis dans sa vie. Pas pour la première fois, car sa vie de fille de parents séparés avait ouvert le bal. Mais quand même. Luke était son amour déchu. Qui était encore capable de la blesser, au moment même où un homme d'une vingtaine d'années, aux cheveux blond foncé, bouclés, la dévisageait avec le plus chaleureux des sourires. Tiens, elle n'avait pas encore fait attention à la couleur de ses yeux…

— Avais ? répéta-t-il. Il est… comment dire…

— Mort ? Non. Juste parti. Rien de grave. Ne t'inquiète pas.

Ils arrivèrent sur le bord de la rue de Rivoli. Même à cette heure tardive, le bruit des voitures recouvrait leur conversation. Paris, la vie, la nuit.

— C'est le Louvre ? demanda Lenny, curieux.

— La première des demeures des rois de France.

— Impressionnant, admit-il en parcourant du regard la sombre façade. Et ce qu'il y a dedans, mon Dieu... c'est riche !

Julia jubila de la joie qu'elle voyait sur son visage et tout à coup, eut envie d'accélérer leurs pas, accélérer leur voyage vers chez elle et cette chambre où elle rêvait de le déshabiller et de l'embrasser. Même les longues minutes de marche dans le froid qu'elle lui faisait subir ne semblaient pas fâcher Lenny : il continuait à admirer l'histoire de ce grand pays de bouffeurs de grenouilles et d'escargots.

— Allons par-là, dit-elle en traversant la rue entre deux voitures, taxi, Uber ou autre VTC. Tu vas voir, c'est encore plus somptueux.

Ce qu'elle lui réservait, c'était de la beauté à l'état pur : la cour Carrée qu'elle admirait tant. Ils marchèrent vers une entrée du Louvre, en retrait de la rue, à nouveau plus au calme, s'éloignant du brouhaha des voitures et passèrent sous un immense porche pour pénétrer dans le monde irréel de la cour Carrée. Quatre immenses façades de style Renaissance, puissantes, harmonieuses, sublimement éclairées, les protégeaient désormais du monde et les éloignaient en même temps de tous leurs repères. Paris et son agitation et sa furie, même à minuit, semblaient loin à présent. Julia, comme à chaque fois, se sentit comme dans le décor d'un opéra ; il ne manquait que la musique d'un violon ou d'une flûte, comme elle l'avait si souvent entendu jouer dans ce lieu par des musiciens qui choisissent cet endroit à l'acoustique parfaite. Voilà, comme toujours, Julia se laissait emporter et elle en oublia quelques secondes d'observer Lenny et ses réactions.

— *Holy shit*, l'entendit-elle murmurer derrière elle.

Elle se retourna vers lui, sourire aux lèvres.

— C'est comme un lieu sacré, continua-t-il sans cesser de dévorer des yeux ce lieu parfait d'harmonie.

Doucement, prudemment, parce qu'elle ne voulait pas le déranger dans son plaisir de découvrir le lieu, elle fit quelque pas vers lui, immobile, stupéfait, près de la fontaine centrale.

— Laisse-moi prendre des photos, dit-il en attrapant son téléphone. Il faut que j'essaie de capturer quelque chose de cet endroit.

Un artiste. Elle venait de le comprendre avec certitude. Elle venait de se rendre compte, aussi, qu'elle ne savait absolument rien d'autre sur lui. Qui était-il, pour de vrai ? Quel âge avait-il ? De quoi vivait-il ? Que désirait-il ? Où vivait-il ? Elle n'avait rien appris, n'avait pas posé de questions, peut-être pas écouté en vérité quand il parlait à ses amis, tout à l'heure dans le bar. Elle était comme lui maintenant, face à la beauté. Absorbée par l'essence même de son être.

Lenny photographiait, capturait et recommençait, mais elle savait qu'il n'y parviendrait pas. Elle avait déjà essayé. Le mieux, c'était de tout prendre en soi et de profiter de l'instant. D'ailleurs, il avait peut-être compris qu'il était vain de vouloir voler des images de cet endroit insaisissable car il s'était arrêté. A présent, il la regardait.

— Julia ?

C'était la première fois qu'il prononçait son prénom devant elle. Il le fit avec ses intonations à lui, son intention personnelle. Quelque chose comme « Giulia » ou comme « Jude » dans le « hey Jude » des Beatles. Et Julia sut que ça lui appartiendrait toujours. Cette façon-là de goûter son prénom. Perdue dans ses pensées merveilleuses, elle se laissa surprendre par le mouvement de Lenny. Face à elle, il venait de lui saisir la taille, en glissant ses mains sous sa doudoune, l'attirant contre lui plus fermement qu'elle ne l'en aurait cru capable. Puis, naturellement, leurs fronts se soudèrent l'un à l'autre.

— Dans un endroit sublime, il faut un baiser sublime, dit-il, les yeux grands ouverts face aux siens.

Julia remarqua qu'ils étaient pratiquement de la même taille et qu'ainsi, leurs cheveux blonds s'emmêlaient et se confondaient.

— Tu es d'attaque ? demanda-t-elle en souriant.

— C'est une provocation ?

— Peut-être que…

Julia ne put achever sa réponse : les lèvres de Lenny se posèrent sur les siennes. Avec timidité, prudence, douceur. Puis, comme pour s'assurer de l'effet que cela avait sur elle, il recula sa bouche. Mais Julia sourit et leurs lèvres se retrouvèrent, plus longtemps. Plus fermement. Jusqu'à ce que Julia décide avec sa langue de forcer un passage vers le nirvana. La douceur, l'humidité, la félicité. Elle y était. Au paradis. Embrassée par un gentleman anglais.

***

C'était encore la nuit. De la fenêtre, il ne voyait que le noir. Ils parlaient en chuchotant ; pourtant, il n'y avait personne à déranger. Des chuchotements d'amants.

Deux heures auparavant, après avoir traversé main dans la main le pont des Arts sans regarder une seule seconde la beauté du spectacle de cette ville exceptionnelle, ils étaient arrivés sur l'autre rive de Paris et avaient marché aussi rapidement que possible. La destination était un bel immeuble haussmannien où Julia et sa famille habitaient lui expliqua-t-elle sur le chemin. Sa famille au troisième étage dans un appartement de quatre pièces où vivaient sa mère, son beau-père et ses deux petites sœurs Inès et Paloma. Et elle, au sixième dans une chambre de bonne améliorée qui lui avait été dédiée depuis ses dix-sept ans, pour faire de la place aux petites et donner de l'indépendance à la grande. Lenny écoutait, époustouflé d'entrer par la grande porte dans les us et coutumes de ces bourgeois parisiens si éternellement dépeints dans les vieux films français qu'ils aimaient tant regarder. Julia était un cliché cinématographique et tandis qu'ils montaient tous les deux les six étages qui les menaient jusqu'à sa fameuse chambre de bonne, il ne pouvait détacher ses yeux du mouvement de son corps agile qui gravissait les marches en faisant craquer le bois, usé par des centaines d'années de pas similaires aux leurs dans cette Ville éternelle.

Dans la petite pièce mansardée où ils entrèrent, Julia s'était tournée vers lui, haussant les épaules, semblant s'excuser.

— Bienvenue dans mon petit chez-moi.

Il était petit, ce chez elle, dix ou douze mètres carrés tout ou plus. Un lit une place, défait, un petit bureau blanc qui croulait sous les livres et des papiers en désordre, une cuisinette avec frigo, évier, four micro-ondes et de la vaisselle à laver.

Et même une salle de bains, lui avait-elle précisé en ouvrant, dans un recoin de la pièce, une porte blanche.

C'était petit, mais pas spartiate pour un sou. Au contraire, toute une foule d'objets et de détails comme les nombreux tapis au sol rendaient la pièce chaleureuse et cosy.

— Un vrai cocon, avait-il commenté, en achevant son observation.

Puis il avait plongé son regard dans les yeux verts de Julia et l'avait embrassée avec un désir qui l'étonnait et le blessait en même temps, conscient du point de non-retour qu'il s'apprêtait à franchir.

Et deux heures plus tard, ils étaient serrés l'un contre

l'autre dans ce petit lit qui ne laissait aucune place à l'ambiguïté, nus. Ils se parlaient dans le silence de la pièce.

— Tu restes combien de temps chez ta sœur ?

— Encore un jour et demi.

— Et après ? Retour en Angleterre ?

— Non. Vancouver.

Julia cligna des yeux. Troublée.

— Vancouver au Canada ?

— Tu es douée en géographie !

— Je pensais que tu étais un Anglais d'Angleterre. C'est quoi, cette arnaque ?

Lenny resserra son étreinte autour de la poitrine de son amante et de son corps chaud. Il aimerait tellement ne pas à avoir cette conversation. Mais finalement, il osa demander :

— Qu'est-ce que ma sœur t'a dit sur moi ?

Julia leva le visage vers lui et le dévora du regard.

— Rien. Je crois que c'est aussi simple que ça.

Il soupira.

— Je pourrais en être vexé.

Mais il n'était pas tellement étonné. Sa sœur était toujours restée discrète sur sa carrière depuis qu'il avait commencé ce métier. Et encore plus depuis ces dix-huit derniers mois de succès grand public qu'il vivait.

— Qu'est-ce que tu fais à Vancouver ?

— J'y travaille.

— Dans quoi ?

— Dans l'industrie du divertissement.

— Pardon ?

— Je suis acteur, finit-il par lâcher dans un soupir. Je tourne dans une série. Les plateaux, la production, tout est à Vancouver.

Julia marqua un temps d'arrêt.

— C'est une blague, murmura-t-elle en souriant.

Lenny enfonça son front dans l'oreiller pour toute réponse tout en se demandant pourquoi il était si embarrassé. Pourquoi était-ce si difficile de lui parler de ça ? Finalement, quand il ressortit la tête du sable, elle dit :

— Genre une série importante ?

— Une de Netflix, répondit-il, certain que le nom suffirait à lui faire comprendre.

Il ne s'était pas trompé. Le phénomène Netflix avait dépassé toutes les frontières et Julia ouvrit grand les yeux.

— Mon Dieu, j'ai couché avec une star du petit écran ! s'exclama-t-elle en roulant des yeux.

Lenny fronça les sourcils, légèrement vexé par cette remarque.

— Arrête !

— J'ai fait l'amour avec une star de série !

— Stop ! fit-il à nouveau en tentant de poser une main sur sa bouche pour la faire taire.

Julia se débattit en riant.

— Une star de la culture populaire mondiale m'a fait jouir deux fois ! lança-t-elle à nouveau. Je suis comblée.

Lenny parvint à la faire taire en collant ses lèvres contre les siennes et en enfonçant sa langue dans sa bouche. Ce qui eut la conséquence immédiate de le faire bander très fort. Encore une fois. Il l'entendit glousser encore quelques secondes puis, sous la pression de son sexe tendu contre la cuisse de la belle, les gloussements furent bientôt remplacés par les premiers gémissements. Son corps de jeune femme était comme un instrument qui jouait au diapason du sien. Elle se détendit, elle se tendit, elle l'entoura ses bras, de ses cuisses, elle joua de sa poitrine contre son torse et tandis qu'il abandonnait sa bouche pour mordiller de son lobe d'oreille, son tout mignon lobe d'oreille, elle lui murmura, excitée, excitante :

— Vas-y, ma star, fais-moi l'amour encore une fois.

— C'est reparti, répondit-il en attrapant un préservatif sur la table de nuit.

Il traversa une nouvelle fois, nu et frigorifié, les petits mètres qui séparaient le lit de la salle de bains pour jeter dans les toilettes la capote usagée. Il revint à toute vitesse se lover contre elle et retrouver sa chaleur.

Le répit fut de courte durée : l'alarme de réveil la plus stridente qu'il n'ait jamais entendue déchira leur silence.

— Oh shit c'est quoi ce bruit ?

Julia rigola en tendant le bras vers la table de nuit pour l'arrêter.

— J'ai eu plusieurs fois des petits problèmes de réveil. Avec cet engin, je n'ai plus d'excuse pour ne pas me lever.

Et déjà, Julia souleva la couette pour sortir du lit. Le fameux écran digital indiquait 7 h 30. Il n'avait quasiment pas dormi, ou peut-être quelques minutes à peine, entre deux rounds avec elle. Il se sentait presque étourdi de fatigue tout autant que de stress.

— Alors ça y est, dit-il en la regardant ramasser ses habits jetés au sol.

Julia se retourna et lui jeta un coup d'œil. Mais son regard était fuyant, la pâleur de son visage tout à coup visible. Elle lui adressa pourtant un petit sourire.

— Oui, la fête est finie, répondit-elle. Je dois aller bosser. Tu veux prendre une douche ? Boire un café ?

Lenny reposa sa tête contre son bras, en oreiller, peu enclin à bouger mais décidé à lui parler. À essayer.

— Tu vas me googeliser dès que j'aurai le dos tourné ? demanda-t-il en la regardant s'activer à préparer du café.

— Heu… Oui… Je vais le faire, ça, c'est sûr…

— Y'a deux trois trucs que je devrais te dire alors…, reconnut-il en tentant de prendre sur lui pour afficher une certaine assurance.

— Sans doute que c'est le bon moment de tout avouer,

dit-elle d'un ton malicieux en se saisissant de son téléphone. Si tu m'as caché des antécédents honteux, des rôles douteux...

— On s'est tout caché vu qu'on ne s'est rien dit, répondit-il en faisant preuve de lucidité pour la première fois depuis vingt-quatre heures.

— C'est le problème avec les obsédés du sexe, résuma-t-elle.

Il sourit à l'évocation de leur statut d'obsédés. Ça avait été chaud. Brûlant, même. Exaltant. Torride dans le froid de cette pièce. Mais ça avait été tellement plus que ça aussi. Tellement autre chose. La pudeur dans son regard voilé. La douceur dans ses bras. Sa tendresse à fleur de peau. Il avait tout ressenti, tout pris, avec une force inouïe. Mais alors que les draps étaient encore chauds de leurs étreintes, Lenny sentit à quel point la situation lui échappait quand elle ajouta :

— Alors non, ne me dis rien. Ce que je sais de toi, là maintenant, me suffit.

C'était un mensonge. Ils le savaient tous les deux. Il savait qu'elle voudrait tout connaître de lui, qu'elle découvrirait tôt ou tard la vérité et que ce serait un carnage. Alors il dit :

— À Vancouver, je suis avec quelqu'un.

***

Malgré le vertige qui la prit par surprise, chez Julia, rien ne flancha dans sa voix.

— Je m'en doute bien.

— Comment ça ?

— Un mec comme toi, tout seul ?

— Et toi, alors... Tu as quelqu'un ?

— Non, personne, répondit-elle très vite.

Tout en se disant, *bordel, pourquoi je dis ça ?* Je devrais jouer le mystère, le plein de ma vie remplie de garçons et d'hommes dont il n'est qu'un numéro de plus. Trop tard. Le calme qui était le sien, le calme qui avait puisé sa force dans la beauté de cette nuit à ses côtés, venait de se fissurer. Tant la réalité les rattrapait. Tant elle aurait voulu pouvoir défaire les liens qu'il avait su créer en quelques heures, par la douceur de ses lèvres sur sa peau ou de son sexe en elle. Pourquoi est-ce qu'elle se sentait déjà si fermement attachée à lui ? Pourquoi est-ce qu'elle avait déjà si mal pour ce qui n'existerait pas au-delà de ces quelques heures à ses côtés ?

— C'est tout ce que ça te fait ? lança-t-il après un silence bien trop grand pour cette petite pièce.

Julia se retourna vers lui et l'image qu'elle enregistra dans son cerveau, pour tous ces jours et ces silences où elle devrait se contenter d'un souvenir : celle de Lenny, dans ses draps à elle. Celle de ses yeux au bleu gorgé de fatigue et de lumière. De ses cheveux emmêlés où elle avait plusieurs fois passé ses doigts.

— Tu voudrais que je sois blessée ?

Lenny fronça les sourcils et elle ne sut dire s'il était perplexe ou fâché. Finalement, elle comprit vers quelle contrée sinistre avaient dérivé ses pensées quand elle l'entendit dire :

— Et si moi je suis blessé de la honte que je ressens d'avoir trompé ma copine ?

La morsure.

— Ça va, vous n'êtes pas mariés, y'a pas mort d'homme. Et puis nous deux, considère ça comme une parenthèse. Un truc qui se finit maintenant. Oublie, n'avoue rien et tu verras, ça ira.

À quel moment de sa vie avait-elle pu emmagasiner

tant de cynisme en elle ? Et allait-il être assez idiot pour croire ce qu'elle venait de déclarer ?

— OK, je vois. On va faire comme ça, alors.

Dix minutes plus tard, la pièce de théâtre était terminée, le public pouvait quitter la salle et l'actrice principale se préparer à aller travailler. Lenny s'était rhabillé dans un silence pesant et d'une certaine manière, c'était exactement ce qu'elle avait cherché à obtenir à partir de la minute où il avait confessé sa duplicité. Car à partir de ce moment-là, Julia avait senti sa gorge se serrer toujours plus étroitement, convaincue que seul le départ de Lenny la soulagerait de ce malaise physique. Elle l'avait accueilli chez elle, dans un étourdissement rare, elle l'avait accueilli en elle comme aucun homme auparavant. Et cela n'avait été qu'un chemin sans issue. Une erreur. Une déroute.

Pourtant, pensa-t-elle tandis qu'elle dévalait les escaliers de son immeuble, elle n'avait aucun regret. Elle n'avait rien subi, elle avait elle-même fait sauter ses barrières sans qu'il ne s'autorise à le lui demander. Sans même percevoir qu'elles existaient avant lui. Et pour cela, pour ce poids en moins dans sa poitrine, elle lui était reconnaissante. Maintenant, il fallait qu'elle s'efforce de continuer le reste de sa vie sans autre chose que le souvenir de la comète Lenny. Et ça, c'était une bataille qu'elle n'était pas certaine de remporter.

Chapitre 2

She maybe the face I can't forget
The trace of pleasure or regret
May be my treasure or the price
I have to pay.

ELVIS COSTELLO, *She*

Tout se passait à Vancouver. *The place to be.* La Mecque du cinéma et des séries produites à la chaîne dans ce qui était devenu North Hollywood. Lenny l'avait découvert alors qu'il était seulement contacté pour passer une audition, alors même que la série n'était encore qu'un concept susceptible d'être produit par un network. Il n'était même pas choisi qu'il avait déjà compris que si rôle il obtenait, il devrait partager une grande partie de son temps entre Vancouver, Colombie-Britannique, Canada et des sites de tournage européens comme l'Angleterre, l'Irlande et Budapest. Ce n'était pas pour lui déplaire. Les voyages, les grandes plaines du Canada qui ressemblaient finalement à l'Ouest américain, la nature, si belle, ça l'avait embarqué et il avait intensément profité de cette particularité géographique du tournage pendant dix-huit mois. Mais au fil des semaines, il avait aussi découvert quelques contraintes, dont ce satané rhume qui ne le quittait pas, à l'image de la pluie qui semblait jamais vouloir s'arrêter. Il pleuvait plus que dans son Angleterre natale — un comble. Néanmoins, Vancouver était un lieu professionnel incontournable et il y avait de fortes chances pour qu'une autre série ou pour qu'un film un jour, l'oblige à revenir régulièrement dans le coin. En vingt ans, la ville était devenue le troisième spot de tournage des productions nord-américaines. Et la clé pour comprendre le phénomène était le billet vert : des avantages fiscaux énormes avaient provoqué cette ruée vers l'or canadien, d'autant qu'ils étaient couplés à des subventions locales, des autorisations de tournage sur des sites plus faciles à obtenir et des villes et des paysages adaptables. Vancouver était une ville passe-partout, où on était capable de tourner le matin une scène dans une rue plus vraie que celles de New York, de plonger l'après-midi dans l'atmosphère mystérieuse et envoûtante de l'Inde et le soir, de se projeter dans une décadente Mittel Europa. Sauf que même si cela y ressemblait, ce n'était pas l'Europe et ça lui manquait.

Le tournage de la saison deux avait commencé début août. Fin novembre, toutes les équipes, celles des acteurs, des techniciens, des producteurs, étaient sur les rotules. Il faut dire que les rythmes étaient infernaux. Parfois, Abigaël en arrivait à comptabiliser jusqu'à soixante-dix heures de tournage par semaine. Soixante-dix heures durant lesquelles son personnage, principal dans le concept de la série, était sans cesse sollicité. C'était simple, elle était pratiquement de toutes les scènes tournées.

Bien sûr, ça l'épuisait. Mais elle était habituée. Elle savait que c'était le prix à payer. Lenny et elle n'avaient pas le même regard sur cette situation. Lenny, en rebelle de base, y voyait un sens assez poussé de l'exploitation de l'être humain. Elle y voyait davantage la rançon d'un succès qu'elle se disait tous les jours en devoir de mériter. Ce premier rôle, ce personnage sur lequel reposait le concept même de la série était un aboutissement. Avant cela, Abe avait tourné plusieurs soap operas canadiens. Des trucs du quotidien qu'elle avait elle-même aimé regarder quand elle était plus jeune avec ses sœurs, en rentrant de l'école. Quand on lui avait proposé de rejoindre ce projet financé par Netflix, elle y avait vu une véritable opportunité de passer au niveau supérieur et ne s'était pas trompée. Avec la série était venue la reconnaissance internationale. Et les yeux doux d'autres professionnels hollywoodiens qui trouvaient subitement du chien et du charme à cette brune intrépide. Peut-être qu'elle parviendrait à tourner un jour dans des vrais films. Des longs métrages. Des super productions hollywoodiennes. À ses yeux, Lenny était d'une autre race, celle des comédiens plus que des acteurs. Des artistes. Et d'ailleurs, le grand rêve de Lenny, elle le connaissait : avoir un jour son propre théâtre. Sa compagnie. Pour y faire jouer les pièces et les auteurs qu'il aimait. Son univers. Cela venait sans doute de sa culture, britannique. Il n'était pas né pour rien dans le pays du plus grand dramaturge de tous les temps. Shakespeare. Il pouvait d'ailleurs en déclamer des pièces par cœur et elle savait aussi que celle qu'il préférait était *Hamlet*. Abigaël avait appris avec les mois à comprendre et à accepter les tendances légèrement snobs de Leonard Bennett. Il était de l'ancien monde, de la vieille Europe et avait le charme des civilisations qui vont mourir. Qui tirent leur dernière cartouche. Qui veulent en profiter sublimement. Et puis, il était si beau, mon Dieu, elle ne pouvait pas le regarder sans être frappée par la perfection de son visage.

Pourtant, depuis quelque temps, Lenny se montrait taciturne et s'enfermait souvent dans un silence qui lui pesait. Un silence nouveau, tant le souvenir de leurs multiples conversations, sur tout, sur rien, s'imposait désormais dans le cerveau d'Abe comme une nostalgie : un manque après l'opulence. Et puis, il y avait les chiffres, incontestables, dont elle tenait le compte. En un mois, Lenny était venu dormir quatre fois chez elle. Quatre nuits. Pas une de plus. Et tout cela après des mois pleins de nuits que dans le passé, elle n'avait même pas eu à compter. Et ça, ça l'inquiétait. Énormément.

Ce n'était pas la première fois qu'elle se liait ainsi avec un partenaire à l'écran. Sans en faire une habitude, c'était une situation courante dans ce monde où l'on réunissait des gens beaux et où on leur demandait de jouer à tomber amoureux. La seule différence, c'est qu'avec Lenny elle était *vraiment* tombée amoureuse. Pour de bon. Pour de haut. Et qu'elle avait cru jusqu'alors que la réciproque était vraie. Mais elle doutait désormais. Et ça faisait un mal de chien.

***

Au début, il avait très peu repensé à elle. Comme une espèce d'instinct de protection pour aller de l'avant. Il avait pris son avion pour Vancouver, pratiquement dormi tout le vol et pendant son sommeil récupéré de cette nuit blanche auprès d'elle, il avait ordonné à son cerveau de zapper la case « état d'âme », de carrément supprimer celle de la culpabilité et de se concentrer sur le fait de retrouver le cours de sa vie. Sa sœur à Paris allait bien, pour ce qu'il en avait vu, ses trois jours exotiques avaient été délicieux, constituant un break heureux de son quotidien et son rythme de travail exténuant où toute autre considération était exclue. Voilà pour le scénario officiel.

Dès le jour de son arrivée, d'ailleurs, il avait mis un

point d'honneur à rejoindre Abe dans son appartement du centre de Vancouver et lui offrir le joli sac Longchamp qu'il avait acheté à l'aéroport avant de décoller. Si ça, ce n'était pas de la culpabilité avec un grand C...

Et puis il avait fait exactement ce qu'il avait désiré : reprendre le cours de sa vie. Faite de journées de tournage où la clé était de savoir attendre des heures et des heures dans une caravane bien chauffée, de jours off au chaud chez lui ou chez Abe, à jouer de la guitare, se préparer des bons petits plats et glander sur Internet. Et puis, parfois, durant de rares moments de solitude, comme la veille, sous la douche, le simple souvenir fugace de l'image de la poitrine de Julia contre la sienne avait suffi à le faire bander comme jamais.

Il s'était alors demandé ce qui l'avait fait quitter si vite le terrain de leur bataille. Pourquoi il s'était aussi évertué à savoir si elle était blessée qu'il soit un salaud potentiel. En fait, il avait été désarçonné. Pas habitué peut-être à ce qu'une fille ne se mette pas en quatre pour le retenir. C'était sans doute ça, une blessure narcissique nouvelle dans un monde nouveau. Avant, il n'était qu'un gamin de la banlieue de Bristol avec son petit talent et son petit charme, habitué à autant de victoires que de râteaux. Il y avait alors une forme d'équilibre. Et puis étaient venus les premiers signes du changement. Son impatience, l'habitude d'être bien traité, avec des égards. Et même s'il était convaincu de rester un gars simple, humble, il fallait admettre que c'était bien agréable. Tout cela était arrivé avec le début de la notoriété. Avait alors commencé son dilemme permanent face à ce truc. J'aime, j'aime pas. J'aime l'attention, les égards, les regards admiratifs. Je n'aime pas les limites à la liberté, l'hypocrisie, la perte de la réalité. Ça n'arrivait pas qu'aux gens célèbres. Ça arrivait aux gens riches sûrement. Il y avait des tonnes d'avantages, mais le poids des inconvénients était au moins aussi important. Et voilà, depuis plusieurs mois, sa vie s'était accélérée, il avait avancé, brûlant des étapes sans avoir même le temps d'y songer, et être bien traité en faisait partie.

Il avait été aussi blessé qu'elle ne soit pas choquée. Qu'elle ne semble pas attristée après le délice, le miracle des heures qui s'étaient écoulées comme dans un rêve. Il l'avait embrassée au milieu d'un décor plus féerique que tous ceux qu'il avait pratiqués dans sa petite carrière. Elle lui avait caressé la main, sous une table poisseuse d'un pub irlandais parisien. Ils avaient expérimenté une attraction mutuelle puissante.

Et il avait abandonné tout ça. Il était parti sans se retourner. À présent, il regrettait chacune des marches qu'il avait descendues à toute vitesse, s'en voulant pour cette fierté qui l'avait conduit à abandonner. Perdu, il était convaincu d'une chose et de son contraire. Mais certain d'un rendez-vous manqué. Malheureux comme les pierres.

Avec Abe, ils n'habitaient pas ensemble. Même si, sans doute, quelques semaines auparavant, cela semblait dans l'ordre des choses et qu'il aurait bien accepté de le faire. Et c'est avec un sujet typique de couple qu'elle l'avait cueilli ce matin, en venant le saluer dans sa caravane, pendant son maquillage.

— On pourrait passer Noël ensemble, non ? Je viendrais à Londres. Ça ne me dérangerait pas.

— Ma mère habite Bristol, répondit-il factuellement en fixant son reflet dans le miroir.

Un coup d'œil derrière lui et il aperçut le visage d'Abe. Qui se construisait un masque d'étourdie.

— Oui. Pardon. Je le savais. Cela dit, si tu es tenté par le Grand Nord canadien, mes parents seraient ravis de t'accueillir.

Il la savait suffisamment intelligente pour comprendre qu'il s'agissait d'un moment test. Peut-être avait-elle senti quelque chose de louche ? Peut-être voulait-elle qu'il la rassure ? Peut-être était-elle simplement une gentille fille amoureuse d'un garçon qui ne la méritait pas ?

Lenny avait rencontré la famille d'Abe quelques semaines plus tôt, au redémarrage de la saison. Ils étaient venus en visite, en compagnie de ses deux petites sœurs. Il avait adoré les rencontrer et aimé ces gens comme il aimait Abe alors. Ça le frappa d'un coup. En pleine figure. Il aimait Abe, le sujet n'était pas là. Il l'aimait encore... mais pas assez. Pas comme il fallait. Pas de cette manière brutale et urgente. Pas avec son cerveau, son cœur et sa queue en même temps.

Il s'était détaché. Il n'était plus au même endroit. À la même place. Dans la même situation. Et il se trouvait répugnant.

— On en reparle plus tard, tu veux bien ? Il faudrait que je bosse, fit-il en désignant les dialogues stabilotés sur les pages de scripts qu'il devrait jouer dans la journée.

Il essaya de lui adresser le plus doux des sourires mais à l'intérieur, son cœur battait à toute vitesse, encore sous le choc de ce qu'il venait d'admettre. Abe répondit à son sourire, se pencha vers lui pour embrasser sa tempe et sortit de la caravane comme dans un battement d'ailes de papillon.

Ils durent recommencer la scène quatre fois. Ce qui à l'échelle des habitudes des producteurs était trois fois de trop. OK, Lenny exagérait. Ce n'était pas un schéma aussi industriel que cela. Mais *of course*, chaque minute était comptée. Prise en compte dans le business model de la série qui limitait au maximum tous les coûts superflus pour en faire l'objet de télé le plus rentable possible. Mais là, il ne s'agissait pas de dire si les acteurs jouaient mal ou ne donnaient pas assez d'émotions dans la scène. Là, il s'agissait de Lenny qui oubliait son texte. Trou noir. Feuille blanche. Désastre. Et cela, dans une scène collective qui impliquait trois autres partenaires. Dont Abe. Le cauchemar. Au bout de trois plantages, Abe lui adressa un regard d'encouragement, un sourire complice, une petite aide discrète. Puis quand il tourna les yeux vers l'équipe technique, il croisa le regard de Paul, qui discrètement lui tira la langue. Ça le fit sourire.

— Tu veux qu'on fasse un break ? demanda le script director.

Lenny sentit le regard de Paul s'éterniser sur lui et celui-ci lui fit une nouvelle grimace que seul son ami pouvait deviner, derrière la caméra qu'il tenait devant son visage.

— Non. Je vais y arriver. Désolé, les gars.

Mitchel, avec qui il était principalement en dialogue sur ce plan, sembla moins sûr du résultat. Sa mine renfrognée n'en cachait rien. Sans doute est-ce cela qui piqua au vif Lenny. Il ajouta :

— Allez, on y retourne ! Et si je me plante encore, je paie ma tournée !

Cela fit marrer une bonne partie de l'assistance. Abe y compris. Tout le monde reprit ses marques. On entendit le légendaire « Action » et Lenny assura de la première à la dernière seconde. Tout cela devant la caméra de Paul.

Tous deux avaient sympathisé sur les plateaux du tournage dès le premier mois. Paul faisait partie de l'équipe technique, cadreur cameraman. Il était toujours très professionnel et en même temps très détendu : très américain ou canadien dans l'esprit. Un soir de semaine, ils avaient fini ensemble dans un des pubs de la ville où

Lenny, peut-être un peu nostalgique de son Angleterre, descendait pinte sur pinte de Guinness avec une endurance remarquable, compte tenu de sa carrure de gringalet, ce qui avait impressionné Paul. Ce soir-là, Paul lui parla de sa coloc. Il vivait avec un type dans la moitié d'une belle maison en bois, avec jardinet et jolie balustrade, à Kits, un quartier près de la mer, un peu bohème avec des petits restaus sympas et des marchés bios. Lenny était lui installé dans un hôtel du centre de la ville et cherchait quelque chose de plus cool et moins cher. Car les logements étaient hors de prix dans cette ville ! Pas autant que Londres, mais c'était fou, tous les dollars canadiens qu'il fallait aligner chaque mois pour avoir un toit au-dessus de la tête. C'était des prix qui semblaient un peu usurpés à Lenny, tant cela allait d'habitude avec une certaine idée de ce qu'était une grande métropole. Vancouver avait bien sûr des tas de qualités ; on y mangeait des sushis fantastiques, on pouvait se sentir au milieu de la nature, on avait vue sur les montagnes. Mais Dieu que cette ville était ennuyeuse au quotidien : pas de théâtre, de concerts, de galeries, de culture… Et pas de quoi justifier des loyers aussi chers qu'à Londres.

Quand Paul et Lenny se disputaient à ce sujet, Paul finissait toujours par lancer que Lenny était snob. Mais en fait, avec le recul, et encore davantage depuis son séjour récent à Paris, Lenny pensait davantage qu'il était européen. Simplement. Et que ce qui aurait pu être possible dans une ville de substitution comme San Francisco ou New York, ou Montréal éventuellement, à savoir, reproduire les habitudes qu'il avait quand il était dans n'importe quelle grande ville du Vieux Contient, n'était pas envisageable dans un endroit comme Vancouver. Il venait d'un vieux monde qui avait bâti des vieilles maisons dans de vieilles villes et de vieux villages et avec ce vieux, s'étaient aussi construites des couches et des couches de traditions culturelles. Et il adorait ça.

Il n'empêche que Lenny avait rejoint la coloc et que depuis, leur cohabitation se passait bien. Même si Paul l'avait assez vite catégorisé. De par ses origines irlandaises, il vouait officiellement une défiance assez forte aux représentants de l'Empire britannique comme Lenny. Et ça l'amusait régulièrement de le défier sur le sujet. Pour le reste, ils s'entendaient bien, en dépit de leurs différences profondes. Paul était un pur produit de Vancouver. Amoureux de la nature, il n'aimait rien de plus que d'aller se balader en montagne ou faire du bateau ou encore aller skier sur l'eau. Et en tant qu'habitant de cette ville, il était servi. Tout était à portée de main. Par ailleurs, il était bien sûr un fan de hockey, son équipe préférée étant évidemment l'équipe locale, les Vancouver Canucks. Lenny faisait semblant — ou pas — de ne rien comprendre à ce sport. En dehors du football, pardon du *soccer*, rien n'avait grâce à ses yeux et il s'amusait énormément à essayer de comprendre l'engouement de son colocataire pour des types qui faisaient *Holiday on ice* tous les soirs. Sans les costumes à paillettes.

Avec Paul, ce qu'ils adoraient, c'était passer prendre une bière, après le boulot, en matant, sur les grands écrans les sempiternels matchs de hockey. Aller au Cove Neighbourhood Pub, à deux pas de la maison, faisait partie de leurs rituels de colocs. Et justement, Paul était venu le rejoindre devant sa caravane pour honorer leur tradition tandis qu'Abe tentait de le rassurer après l'échec du tournage.

— Tu devrais te reposer. Tu dors mal en ce moment. C'est sans doute ça.

— Ça va, Abe. T'inquiète. Ça arrive d'être mauvais, non ?

Paul n'en était pas très convaincu ; non, justement, ça n'arrivait pas beaucoup à Lenny de se planter. D'ailleurs, il pouvait le certifier en tant que cameraman principal, Lenny explosait toujours tout à l'écran. C'était un délice de le filmer. Il jouait, capable d'une intensité rare et la seconde d'après, il riait comme un gosse, à peine conscient de sa performance. Et ils étaient rares, les acteurs qui parvenaient à cela.

Paul se rapprocha du couple.

— Une soirée au pub pour voir un match des Canucks, ça vous tente, les amoureux ?

Apercevant son ami, le visage de Lenny s'éclaira.

— Ah mais carrément !

Le regard sombre d'Abe s'obscurcit en peu plus.

— Je croyais que tu détestais le hockey.

— Oui. Mais j'adore le détester ! Tu viens avec nous ? ajouta-t-il, éliminant immédiatement toute autre option pour la soirée.

Abe déclina poliment. À mi-chemin des caravanes, ils se séparèrent après un chaste baiser de Lenny sur le front d'Abe et Lenny s'en alla se changer aussi vite que possible, presque libéré, comme sa démarche pouvait le suggérer. Son ami Paul le regarda faire, soucieux. Quelque chose n'allait pas dans le royaume de Leonard et Abigaël. Ce n'était pas sorcier de s'en rendre compte.

Dans la chaleur bienfaisante du pub, Lenny se détendit progressivement. OK, peut-être que la première pinte qu'il venait de finir y était davantage pour quelque chose que la chaleur. Mais n'empêche, il aimait se retrouver dans cette atmosphère décontractée. L'endroit était simple : des tables en bois clair, pas trop sales, des banquettes avec du cuir capitonné dans le dos, des habitués qui se reconnaissaient et se saluaient respectueusement et son ami, en face de lui, partagé entre sa pinte et l'écran géant en face de lui. C'était bon. Comme le sentiment d'être à la maison. Le seul hic était la daube musicale que diffusait l'endroit. Ce rock FM américain, inaudible les trois quarts du temps, échauffait les oreilles de l'Anglais. Dans son pays, même la daube était meilleure que ça.

— Tu en veux une autre ? demanda Lenny en se levant de son siège. Je vais recommander au bar.

— Non, ça va, répondit Paul en montrant son verre encore à moitié plein. Toi, par contre, ça descend vite.

Lenny haussa les épaules en esquissant un sourire.

— C'est *TGI's Friday*[1], non ?

Il revint s'asseoir quelques minutes plus tard face à son ami, équipé d'une nouvelle pinte et de quelques petits paquets de chips, et celui-ci l'accueillit avec enthousiasme en se saisissant illico presto des chips goût *sour & onions*.

— Ils viennent de prendre de l'avance, juste à la fin de la première période, attaqua Paul. C'est bon ! C'est bon ! Ce qui me laisse exactement quinze minutes pour discuter avec toi : qu'est-ce qu'il se passe avec Abe ?

Lenny ne put s'empêcher de froncer les sourcils de surprise, mais réussit aussi vite à distraire son interlocuteur en avalant une nouvelle gorgée de bière.

— Rien de spécial. Pourquoi ?

— Je sais pas... Tu y es moins souvent... Chez elle, je veux dire.

— Ça te dérange pour tes plans ?

— Oui, évidemment. Quand une fille vient ici et que tu es là, c'est mort pour moi.

1. T.G.I. Friday's est une chaîne de restaurants américaine. Le nom provient de l'expression américaine « *Thank God/Goodness It's Friday* » « Dieu merci, c'est vendredi ».

— N'importe quoi.

— Sans compter que j'aime bien prendre mes aises dans la cuisine ou dans le salon.

— T'es dégueu, lança Lenny.

— Tu n'as pas répondu.

— A propos ?

— D'Abe... et toi...

Paul avait été aux premières loges dès le début. Et il pouvait aussi, dans l'ensemble, comparer le Lenny du début et celui de maintenant.

— Elle veut que je passe Noël dans sa famille, finit par déclarer Lenny, dépité.

— Ah mais quelle *bitch* ! C'est dégueulasse.

Lenny se surprit à sourire. Paul avait parfaitement raison. D'en rire. De se moquer.

— Je sais, murmura-t-il, je suis un con...

— Un petit con d'Anglais, pour être plus précis.

À la fin de la troisième période du match des Canucks non seulement Lenny n'avait rien suivi du match, mais il était parfaitement bourré. En perte totale de contrôle de ses moyens habituels et du même coup de son flegme britannique.

— Lenny, on s'arrache, lança Paul quand le match fut terminé. Tu es dans un sale état.

— Ils ont gagné, les requins ?

Lenny faisait référence à l'étrange logo de l'équipe, une espèce d'animal marin bleu, enfermé dans un fer à cheval. Ou une forme géométrique dans le genre.

— Non. Et c'est une orque. Pas un requin.

— Je suis désolé, répondit Lenny, le regard vaguement contrit. Alors personne n'a pu sauver Willy ? ajouta-t-il en pouffant comme un gosse.

— Ahaha. Mort de rire. Allez l'alcolo, on rentre à la maison.

Le geste lent, la démarche instable, Lenny suivit son ami. Bon, il avait abusé. Quelques secondes, l'air vif de la rue sembla le réveiller mais finalement, il ne faisait pas assez froid. C'était un truc qui l'avait étonné en arrivant ici. Vancouver n'était pas une ville si froide que ça. Il s'était attendu aux hivers rigoureux du Canada, aux tonnes de neige, au verglas. Mais non. C'était surtout humide. Comme ce soir-là. D'ailleurs, il s'en rendit vite compte, il pleuvait. Encore. Évidemment.

— Bordel de chiotte ! jura-t-il. J'en ai marre !

— De quoi ?

— De tout !

— Mais encore…

— J'en ai marre de la pluie, j'en ai marre d'avoir le rhume tout le temps. J'ai en marre de moi, de faire tout ce qu'il faut pour tout rater. Systématiquement. Comme si j'avais une espèce d'instinct pour foirer. Comme cet après-midi, mes scènes ratées, pourries… J'en ai marre de mentir aussi. De mentir tout le temps. À tout le monde.

— OK OK… Lenny, du calme, t'es bourré, tu vas rentrer, dormir, et demain, à part la gueule de bois, tout sera oublié.

— Paul, Paul, Paul… Tu ne comprends pas ?

— Quoi ?

— Je ne veux pas oublier. C'est justement ça, mon problème.

— Mais oublier quoi ? De quoi tu parles ?

— Julia… Je parle de Julia.

— Julia ? C'est qui, Julia ?

— Une petite pétasse française avec qui j'ai trompé Abe et que je ne parviens pas à oublier.

Vlan. Au moins la situation était claire.

— Tu as trompé Abe ?

— Oui.

— Fuck !... Qui a envie de tromper Abe ?

Paul n'en revenait pas. Il était peut-être simplet, mais voilà bien un concept qu'il ne saisissait pas. Abe était sublime. Abe était intelligente. Abe était bienveillante avec tout le monde, pas snob pour un sou. Abe était la femme parfaite. Et Abe était trompée.

— Ben moi, répondit calmement Lenny.

— Mais pourquoi ?

Lenny perçut dans les yeux de son ami une telle perplexité que durant quelques secondes, il douta de savoir quoi répondre à cette question. Voilà, il se rendait compte de ce qui l'avait rendu silencieux toutes ces dernières semaines, même auprès de sa sœur qui savait pourtant une partie de l'histoire. La peur d'être jugé. Pour quelque chose qu'il ressentait. Quelque chose de beau. Que les circonstances avaient sali.

— Je... C'est dur de répondre à ça, bafouilla-t-il.

— OK. Ça s'est passé quand tu étais chez ta sœur à Paris ?

Lenny acquiesça.

— Et elle s'appelle Julia ?

— Oui.

— Et vous êtes toujours en contact ?

— Non.

— Pourquoi ?

— Je ne sais pas... Peut-être parce que Vancouver et la France, c'est pas exactement la porte à côté ? Peut-être parce que je suis avec Abe et que je suis un fou de saloper la chance de ma vie ?

— Pourquoi ? insista Paul.

— Parce qu'elle ne m'a pas laissé d'autre choix, murmura-t-il enfin, comme à lui-même pour la première fois.

Et en prononçant ces mots, Lenny se souvint de son corps nu, chaud, tendre, dans ce petit matin parisien glacial et la façon dont, dans la minute suivante, elle lui demandait de mentir, d'oublier et de tourner la page. Sans jamais parvenir à le regarder une seule fois dans les yeux. Avait-il mal compris ? Et si, au final, elle n'avait eu d'autre choix que de réagir ainsi ? Est-ce que les molécules d'alcool qui lui troublaient l'esprit étaient en train de lui ouvrir les yeux ? Était-ce grâce à elles qu'il voyait enfin les choses autrement ?

— Waouh ! s'exclama Paul. Elle envoie, Julia.

Lenny lui répondit par un sourire, heureux de pouvoir l'évoquer avec quelqu'un.

— Oui… Elle envoie.

— OK. Alors si on oublie le caractère assez peu moral de l'affaire cinq minutes et demie, qu'est-ce qui t'empêche de l'appeler ?

— Je n'ai même pas son numéro. Il faudrait que j'en parle à ma sœur. Mais ça, c'est au-dessus de mes forces. Trop d'amour-propre. Ma sœur me rirait au nez.

— Écoute-moi bien, Lenny, fit finalement Paul, tandis qu'ils passaient tous les deux la barrière du petit jardin, devant leur maison. Si tu n'as pas assez de couilles pour appeler ta sœur et récupérer un numéro de téléphone, tu devrais peut-être y réfléchir à deux fois avant de bazarder ta relation avec Abe. Puisque, visiblement, c'est ce que tu t'apprêtes à faire.

Les mots de son coloc résonnèrent comme un électrochoc. C'était ça : une histoire de courage, tout simplement. Et il en avait sérieusement manqué ces dernières semaines pour ne pas voir la vérité en face.

— Tu as raison, lança-t-il, tandis qu'il montait à l'assaut de l'escalier qui menait à sa chambre. Je vais appeler ma frangine.

— Maintenant ? fit Paul en le regardant disparaître dans sa chambre.

Lenny ne répondit pas et Paul haussa les épaules. Après tout, un Anglais qui affrontait ses émotions était un spectacle inédit. Sans doute fallait-il laisser Lenny aller jusqu'au bout. Et après, Paul serait là pour le ramasser à la petite cuillère si nécessaire. Mais pour l'instant, il allait se coucher. Il avait bien mérité une bonne nuit de sommeil.

Dans la chambre, Lenny lança son manteau dans un fauteuil, se débarrassa de ses boots et s'installa confortablement sur le lit, le dos coincé contre les gros oreillers collés au mur, son téléphone entre les mains. Avec une dextérité qui l'étonna quelque peu, il pianota rapidement sur son écran pour joindre sa sœur, là-bas à l'autre bout d'un monde qu'il trouvait soudain bien trop grand.

— Lenny ? Ça va ?

Courtney avait mis près de quatre sonneries pour décrocher. Mais il avait confiance. Sa sœur avait toujours été là pour lui. Au sens propre comme au figuré. Et elle allait l'aider une fois de plus.

— Ça va. Ça va. Je... Tu peux me filer le téléphone de Julia, please ? Tu l'as ?

S'ensuivit un silence trop long pour ne pas être suspect.

— Courtney ? Tu es toujours là ?

— Oui, je suis toujours là, fit-elle en articulant distinctement chaque mot. Et j'essaie de comprendre la situation... Lenny, il est 6 h 30 du mat, un samedi matin, un jour de grasse matinée et tu me réveilles en activant en moi le mode panique... Tout ça pour récupérer le numéro de téléphone de ma copine Julia ?

— Oui...

— Merde, Lenny, t'es dingue ou quoi !

— Désolé... pas vu l'heure, pas réfléchi... Je... désolé.

— Tu es bourré en plus… mais qu'est-ce qui te prend ? Pourquoi tu veux l'appeler ? Pourquoi maintenant ?

Lenny et Courtney n'avaient jamais évoqué Julia depuis cette nuit. Au petit matin, elle avait accueilli son frère, sans poser de question, sans faire de commentaire. La fatigue et le vide dans ses yeux avaient suffi à la faire taire. Pas d'interrogatoire. Pas d'ironie. Juste la certitude que sans doute, il allait lui être difficile à l'avenir d'échanger normalement avec Julia. D'ailleurs, ça n'avait pas loupé. Embarrassée, elle n'avait pas rappelé son amie depuis cet épisode. Et celle-ci, à l'autre bout de l'équation, n'avait pas repris contact avec elle. Et au milieu de ce chaos amical, son frère refaisait une apparition. Brusquement.

— J'ai été con, il faut que je puisse lui parler, expliqua-t-il avec maladresse. Je crois que je peux me racheter. Ou essayer.

Il l'entendit nettement soupirer. Ça n'allait pas être aussi facile que prévu. Courtney ne le surprit pas quand elle insista :

— Mais qu'est-ce qu'il s'est passé cette nuit-là ?

Lenny savait. Il connaissait sa sœur plus que quiconque sans doute sur cette terre. Il allait devoir mettre ses tripes sur la table. Et après tout, ce qu'il avait commencé à faire avec Paul lui avait fait plus de bien que de mal. Mon Dieu, c'était si évident, là, maintenant.

— J'ai pas compris tout de suite, dit-il à voix basse soudain, dans un murmure fragile. Je… Un matin, j'ai croisé dans ton salon une fille plus blonde que moi, plus lumineuse encore et très peu habillée… J'ai disjoncté… Après ça, la soirée, la nuit, Paris, son lit… c'était magique.

— Mais elle t'a fait des trucs de ouf, genre petite Française délurée ? sonda-t-elle avec sarcasme, même si à ce moment-là, il s'agissait surtout de ne pas dévoiler sa propre émotion.

— Courtney, grogna-t-il... Allez s'il te plaît, file-moi son tél...

— Certainement pas. Tu es bourré, tu vas l'appeler et ruiner toutes tes chances. Rappelle-moi demain si tu t'en souviens encore.

— Bordel, Courtney, fais pas ta pute.

— La classe, Lenny.

Et inutile, comme toujours puisqu'elle lui raccrocha au nez. Puis, dans la foulée, lui adressa un SMS sans appel :

Laisse-moi me recoucher et fais-en de même. On en reparle dans quelques heures.

Sans doute était-ce là les pensées d'une sage. Mais pour l'instant, Lenny n'avait pas de sagesse en lui. Il était frustré. Et paniqué. Et énervé. Et impatient. Et terrifié. Et comme un signe supplémentaire, encore dans ses mains, son téléphone se mit à nouveau à vibrer, symptôme d'une nouvelle activité à son attention. Un texto ? Non. Une notification Instagram. Issue du compte d'Abe. Qui, sans le savoir, se rappelait à lui. Encore et toujours.

Lenny n'était pas un grand fan de l'exposition de sa vie sur les réseaux sociaux et ne les fréquentait que de manière erratique, au grand dam de son attachée de presse qui lui parlait souvent de leur puissance, de leur force, pour se bâtir une notoriété et une influence durables. Mais il s'en méfiait. Par le passé, il s'était pris au jeu des échanges sur les réseaux, il avait répondu à deux trois commentaires sur Twitter ou Insta et interagi en publiant des photos sur des moments ou des sujets qui le touchaient. Mais c'était sans fin. Un puits de demandes et de sollicitations et de commentaires qui ne s'arrêtaient jamais. Il le faisait plus volontiers en périodes de promo. Comme cela avait été le cas, en septembre et octobre, pour le retour de la saison deux sur le network.

Depuis un peu plus d'un mois, il n'avait même pas ouvert les applis en question sur son smartphone et, comme toujours dans ces cas-là, après une période de silence, il fut surpris par le nombre de likes, de commentaires, de notifications en tout genre. Ce qui était encore plus impressionnant, ainsi qu'il put le constater, c'est le nombre de fois où Abe avait publié des contenus le concernant. Dont une photo d'eux, prise sur le tournage, et publiée l'avant-veille. Tous les deux en costume de scène en train d'éclater de rire. Comment avait-elle pu trouver une photo pareille ? Il ne se souvenait pas d'avoir ri ainsi depuis bien longtemps. Sans doute une blague et le photographe du plateau qui les surprend, la photo qui file à la production, la production qui la donne à la responsable des relations publiques, qui la sélectionne pour le community manager et celui-ci l'offre à Abe. Car c'était toujours tellement plus puissant et incarné quand les contenus étaient publiés par les acteurs eux-mêmes. Comme quelque chose de spontané. De naturel. Quand, au début, on lui avait proposé de faire la même chose à partir de ses propres comptes, il avait consenti une première fois avec bonne volonté, puis oublié la suivante et ils avaient arrêté de compter sur lui. Ce qui était un soulagement. D'autant qu'Andrew, son cher agent à l'ancienne, n'était pas un convaincu du nouveau monde digital et de l'influence de celui-ci sur une carrière durable. Du coup, à la différence des conseils qu'Abe pouvait recevoir de son entourage professionnel, Lenny avait la paix sur ce sujet. Et il n'en faisait donc qu'à sa guise. À savoir très peu.

Lenny soupira, s'apprêtant à éteindre son téléphone qui ne lui permettrait pas ce soir de se connecter à Julia. Et puis soudain, dans un élan nostalgique, il réactiva l'écran pour consulter l'historique de ses photos et retrouver toutes celles qu'il avait prises pendant ces quelques jours à Paris. Les photos avec sa sœur, son appartement, leur balade dans les rues de la ville. Celles avec Julia, leur nuit, la cour Carrée, sa silhouette floue dans ce décor de cinéma inouï qu'elle lui avait fait découvrir. Et au milieu de tout cela, le souvenir de la beauté de la jeune femme, sans commune mesure avec la beauté du lieu. Une beauté inclassifiable, comme le dossier qu'elle constituait et qu'il ne pouvait se résoudre à fermer. Alors à l'instinct, il improvisa. Espérant en faire un signe qu'elle pourrait reconnaître, elle et elle seule. Espérant, tout simplement. La photo du Louvre s'afficha sur son compte Instagram. A côté, il écrivit : image of love. #miss #paris #J puis il publia. Alors, enfin, apaisé, il s'endormit.

***

Inès et plus encore Paloma, la petite dernière, étaient toujours excitées quand leurs parents sortaient le soir. Car cela signifiait immanquablement que leur grande sœur, Julia, était de corvée pour un baby-sitting. Corvée, c'était le mot que celle-ci aimait employer pour les faire marner, même si ça la dérangeait rarement. Julia n'était pas une fille parfaite, pas une amoureuse exemplaire, pas une étudiante hyper érudite ou une stagiaire motivée et peut-être que Thalou aurait même à redire concernant son statut de meilleure amie. Mais s'il y avait un rôle où elle ne s'estimait pas mauvaise du tout, c'était celui de grande sœur.

Elle ne savait pas à quoi cela tenait. Après tout, les deux êtres humains de petite taille en question n'étaient pas parfaits, eux non plus. Elles avaient même des caractéristiques assez horripilantes depuis leur naissance. Pour elles, Julia avait par exemple dû apprendre à partager du temps, des mètres carrés, de la nourriture. Elle avait aussi fait l'expérience des nuits entrecoupées de leurs pleurs incessants ou du volume de la télé qu'il fallait toujours baisser pendant leurs innombrables siestes l'après-midi. Et ce n'était rien comparé aux comportements qu'elles avaient à présent à neuf et six ans. Des chipies en leggings et boots qui se battaient de manière incessante des heures et des heures durant pour tout. Pour le programme sur Gulli, la dernière Pom'pot goût fraise, le temps de jeu sur l'iPad, le jouet de *l'Happy Meal*... et l'attention de Julia.

Les deux petites étaient très différentes aux yeux de leur grande sœur. Inès était celle par qui tout avait commencé. Par le simple fait de sa naissance, elle avait fait de Julia une sœur. Une sœur de treize ans à l'époque, un peu perturbée de son arrivée, inquiète — quoi qu'elle en dise — de perdre l'attention unique de sa mère et de sentir une différence de traitement avec Jérôme entre elle et sa « vraie » fille, sa fille biologique. Une adolescente en démarrage de carrière en matière de crise d'ado, mais que le bébé Inès avait complètement séduite, en deux coups de cuillère à pot. Inès, aujourd'hui, du haut de ses neuf ans, cent vingt-sept centimètres et vingt et un kilos, était une petite liane brune au regard noisette intense. Toute en finesse, physique et psychologique, elle observait son monde, en silence, un crayon de couleur à la main, tentant peut-être de capturer par un dessin les pensées mystérieuses que lui inspiraient le spectacle de la vie.

Paloma, elle, incarnait la liberté. C'était avec son arrivée que l'appartement était devenu franchement trop petit pour toute la famille et donc grâce à elle que Julia avait pris un bout d'indépendance avec la chambre de bonne que sa mère et Jérôme avaient achetée à la copro et rénovée pour elle. À seize ans, Julia avait eu un début de vie rêvée selon les critères des ados, et elle le devait au clown Paloma. À ce petit bout de chou, maligne et espiègle, capricieuse et épuisante, aussi blonde que Julia.

Et ces deux-là semblaient l'idolâtrer. Tout simplement. Ce qui, pour son ego, était bien agréable. Peut-être que cela tenait à la joie que Julia éprouvait toujours à être auprès d'elles. Ça ne lui coûtait pas de jouer à ces jeux de société stupides que les parents, épuisés, snobaient, ni de passer systématiquement son mercredi après-midi à les garder, au lieu de les envoyer dans un centre de loisirs ou de demander à une nounou. Peut-être aussi qu'elles avaient souvent constaté à quel point leur grande sœur prenait leur défense en cas de conflit ouvert avec leurs géniteurs. Du coup, Julia était tombée sous leur charme, à la mesure de l'admiration sans bornes qu'elles lui rendaient. Un bon deal.

Un peu comme ce soir-là. Elles avaient fait les folles en mangeant des cochonneries devant la télé puis Julia leur avait laissé une heure trente d'un Disney, lovées sur le canapé, pendant qu'elle « travaillait », son PC portable sur ses genoux, installée dans un fauteuil du petit bureau à côté du salon. Julia pouvait percevoir les dialogues et les musiques du film qu'elles regardaient ainsi que leurs rires et commentaires réguliers. Elles s'étaient choisi les *Croods* et en connaissaient presque tous les dialogues marquants : « Quand c'est nouveau, c'est mauvais. Ne jamais pas avoir peur », venaient-elles de lancer en même temps que le père des Croods à sa famille de néanderthaliens. Cela fit sourire Julia toute seule dans le vide de la pièce qu'utilisaient alternativement sa mère ou Jérôme, pour s'isoler deux secondes et respirer. Cette manie qu'elles avaient de se souvenir de tout et de le répéter, Julia se disait que peut-être, c'était elle qui le leur avait transmis ; combien de fois avait-elle regardé l'*Âge de glace*, le Disney préféré de son enfance, chantant en chœur avec les Dodos « *La fin du monde ne passera pas. Les Dodos n'ont jamais froid !* » ? D'ailleurs, non, en y réfléchissant bien, c'était avec Jérôme que le rituel avait commencé.

Elle avait rencontré son beau-père quand elle avait onze ans et depuis presque tout autant d'années, il était devenu un repère masculin fiable et drôle à la fois. Jérôme était plus jeune que sa mère de cinq années. Plus fou aussi. Jérôme était consultant dans une boîte d'informatique, le genre de métier auquel personne ne comprenait rien. Et ça l'amusait, Jérôme, d'être le type au boulot super chiant. D'ailleurs, c'était un truc chez lui, ça, s'amuser, jouer avec ses filles, jouer aux jeux vidéo, jouer avec ses copains des parties de poker jusqu'au bout de la night. Il avait un côté grand garçon, gros bébé, adolescent attardé. Et en même temps, quel soulagement quand il était arrivé dans sa vie.

Julia ne l'avait pas toujours apprécié. En fait, pour être franche, elle l'avait d'abord évidemment beaucoup détesté. Non pas qu'il soit particulièrement désagréable, mais il était entré dans sa vie sans qu'elle ne puisse rien dire — ça suffisait. Et son existence en avait été changée. Encore. Et le changement, elle n'en voulait plus alors.

Julia avait onze ans quand Jérôme avait fait son apparition. Et en onze ans, elle n'avait connu qu'un monde instable et parfois hostile. Un père et une mère ensemble, jusqu'à ce qu'un jour, elle allait avoir six ans, c'était les vacances d'été juste avant le CP, ses parents lui avaient parlé l'un après l'autre au téléphone pour lui annoncer qu'ils allaient se séparer. Drôle de façon d'annoncer à une petite fille la fin de son monde. Sa grand-mère, chez qui elle passait ses vacances, se tenait à côté d'elle, près du téléphone et Julia s'était jetée dans ses bras, après avoir tenu bon tout le temps de cette conversation téléphonique cauchemardesque. Dans la foulée, elle se souvenait d'avoir manqué d'air. Elle faisait pour la première fois de sa vie une crise d'asthme carabinée qui en avait annoncé beaucoup d'autres au fil des années. Quand elle était revenue en train avec sa mamy, elle avait retrouvé sa mère dans un nouvel appartement, au neuvième étage d'une drôle de tour du 15e arrondissement et fait sa rentrée dans une école primaire où elle n'avait pas retrouvé ses copines de maternelle. Et bien plus tard, pendant les vacances de Noël, elle avait revu son papa. À ce moment-là, elle savait lire. Et sur la procédure de divorce qui traînait dans la chambre de sa mère, elle avait pu déchiffrer que son père ne demandait pas de garde partagée. Que son mode de vie de musicien itinérant ne le lui permettait pas. Ou qu'il ne le voulait pas. Peu importe, le résultat était le même : il l'abandonnait.

À partir de là, avec sa mère, cela avait été le duo de choc infernal. À deux, envers et contre tous. À deux pour les vacances, les week-ends, les jours fériés. À deux, pour les sorties scolaires, les cours de danse, les marchés de Noël de l'école. À deux pour la visite chez le dentiste, le rendez-vous chez le coiffeur, et les crêpes de la Chandeleur. Elles formaient un couple d'êtres humains combatifs. Et de cette enfance dans la chaleur de sa mère, Julia pouvait encore sourire largement, rien qu'en y pensant. Sans doute alors ne voyait-elle pas la souffrance et la solitude de sa maman. Elle était tellement forte pour dissimuler les failles. Tour de magie, le sourire était là, plaqué sur son joli visage et elles reprenaient toutes les deux leur route, dans la joie et le bordel de leur vie de mère et fille. À cette époque, sa maman travaillait dans un service RH d'une grande boîte de la Défense. Elle recrutait des consultants, des ingénieurs, des geeks. Et un jour, elle avait recruté Jérôme. Pour un CDI et une entrée dans sa vie.

Julia ne savait pas comment ils s'étaient séduits. Elle s'imaginait des trucs de pause-café ou des discussions devant la photocopieuse. Mais le résultat fut surtout l'arrivée de Jérôme. Car il avait épousé la mère tout autant que la fille. Un pari fou pour un grand jeune homme qui n'avait jamais élevé d'enfant et avait à peine vécu en couple. Mais il faut croire qu'ils étaient faits pour se trouver, car tout fut plus facile dès lors qu'ils furent tous les trois. Bon OK, ça n'avait pas été si idéal que cela. Julia avait pas mal crisé et fait passer toute une série de tests, sans même comprendre d'ailleurs qu'il s'agissait d'examens de passage. Elle se sentait juste en devoir de protéger son monde, de s'assurer que le chevalier qui débarquait était un vrai chevalier de cœur, qu'il prendrait loyalement soin des princesses, qu'il était là pour durer. Pas pour se barrer en croisade ou dans un nouveau château dès l'hiver passé. Mais oui aux soirées à regarder des vieux films de De Funès que Jérôme vénérait. Oui aux balades le dimanche matin en vélo sur les quais de Seine. Oui aux matchs de foot, de rugby, de tennis ou de n'importe quels sports qui animaient le salon dès que Jérôme allumait la télé. Il était arrivé avec son univers, sa folie, ses lubies et c'est la vie même qui s'était mise à souffler fort. Une vie avec plus de tout dedans. Dont deux petites sœurs qui pouffaient dans la pièce à côté, lovées sous un plaid.

SMS de Thalou.

Caaaa vaaaa ? Tu fais quoi ? Des folies ?

Nope. Je babysitte les Mini-Me et je glande sur Internet

La réponse de son amie ne se fit pas attendre.

Arrête de le stalker. Passe à autre chose.

Julia soupira. Même à distance, Thalou devinait tout. Car oui, elle avait recommencé. Elle ne pouvait pas s'en empêcher.

Pffffff

Julia se souvint de l'effet que cela lui avait fait la première fois. Le premier jour, deux heures à peine après le départ de Lenny, devant son écran d'ordinateur de l'entreprise où elle effectuait son stage, quand elle avait tapé les lettres de ses nom et prénom.

Au début, elle avait été excitée de le retrouver à travers les images interposées. Et elle ne devinait pas encore que c'était une drogue qu'elle venait de consommer pour la première fois. Quand elle avait tapé « Leonard Bennett » dans la barre de recherche de Google, le moteur de recherche avait annoncé « Environ 679 000 résultats ». Et parmi eux, des images par milliers de son visage. Lui dans sa série. Lui dans les trois films qu'il avait tournés avant Netflix. Lui à seize ou dix-sept ans, juvénile alors, presque pur dans cette façon innocente d'entrer de force dans l'âme de la personne qui le prenait en photo et capturait son innocence, même si Julia devinait déjà dans ces portraits, l'homme qu'il était devenu. Des vidéos aussi. D'interviews télé, sur des plateaux d'émissions américaines, canadiennes, suédoises, japonaises. Et des publications, au nombre infini sur tous les réseaux sociaux que comptait l'internet mondial. C'était étourdissant. Effrayant. Fascinant. Et triste. Parce que le Lenny qui envahissait son ordinateur était un Lenny inaccessible. Un Lenny qui jouait un personnage d'adolescent de la Renaissance dans un drame historique anglais. Au côté d'une jeune femme brune à la beauté époustouflante, dont Julia finit assez rapidement par comprendre qu'elle était la *girlfriend*. Ben oui. Et le pire, ce n'était pas ça. Le pire, c'était l'évidence.

De la chimie. De la pure chimie. Elle n'avait pas prévu que tout ça lui saute aux yeux comme cela sautait aux yeux de tous. Chaque scène, chaque moment, chaque mot échangé étaient une déclaration au monde entier. La déclaration de leur attraction et des sentiments qu'ils éprouvaient. Julia n'avait aucune idée de l'effet que cela faisait de jouer un rôle, d'endosser le costume d'un personnage, de jouer une émotion. Mais ce qu'elle voyait sur l'écran de son PC était une pure torture, tant elle était certaine de voir des choses vraies et non jouées.

Évidemment. Elle avait suffisamment rêvé, plus jeune, en regardant ces couples à l'écran comme à la ville. Alain Delon et Romy Schneider. Une tuerie. Angelina Jolie et Brad Pitt dans un autre genre. Ou même Natalie Portman et Benjamin Millepied. Des artistes qui s'étaient tous un jour rencontrés sur un plateau de tournage et avaient fini par tomber amoureux. CQFD. Et elle, qu'aurait-elle pu espérer ? Qu'avait-elle pu imaginer ? Lenny Bennett et Abigaël Garner. Peut-être pas aussi célèbres, pour l'instant. Mais assurément aussi charismatiques et beaux que tous les autres couples d'acteurs qui les avaient précédés. Et fatalement amoureux. Incommensurablement *in love*.

Et encore une fois, elle se flagellait devant son écran avec les photos d'un amour éclatant qui lui cisaillait le cœur. Thalou avait sans doute raison, elle devait arrêter. Mais il n'y avait que ça pour la calmer et la rendre vivante en même temps. Il n'y avait que ça et sa veille scrupuleuse sur le web de toute nouveauté le concernant.

Son portable vibra à nouveau. Thalou.

Tu sais à qui tu me fais penser ?

Nope.

À la Julia époque Luke

Vache. Thalou y était allée direct. Julia sentit sa gorge se serrer à la simple lecture de ce prénom sur l'écran de son téléphone. Ça faisait mal parce que c'était juste. Et qu'elle aussi y avait songé. Et elle aussi s'était promis de ne pas y retourner, à cette époque-là.

Son amie relança :

Au fait, t'as eu des news ?

Nope

Thalou fit silence digital. Dieu que cela pouvait être assourdissant. Elle était forte, pour cela, son amie. Julia comprenait, dans cette économie de mots et cette avalanche de pudeur, tout ce qu'elle ne disait ou n'écrivait pas.

Un jour, ma belle, un jour…

Julia fronça les sourcils devant les nouveaux mots sur son écran et perdit patience.

Quand ?

Un jour… #Bises #Love.

Julia lâcha son téléphone et referma l'écran de son ordi, avec un zeste d'agacement. Lenny, Luke, Vancouver, San Francisco… À quand un homme ici, maintenant, et pour toujours ?

— Bon, les louloutes, vous me faites une place sur le canap ?

Car en attendant, elle allait profiter des *Croods* et faire des câlins aux deux chipies d'à côté. Ici et maintenant.

Le dimanche matin, le jardin du Luxembourg appartenait aux Parisiens. Ou plutôt à ceux qui couraient, car à 7 h 30, dans la fraicheur humide de ce mois de décembre, il n'y avait que des joggeurs à fouler le gravier des allées. Julia venait d'effectuer son deuxième tour du parc, la musique à fond dans les écouteurs. Depuis qu'elle avait arrêté de sortir systématiquement le samedi soir, le jogging dominical était devenu plus facile. Elle crachait moins ses poumons ; mieux, elle arrivait parfois à suivre le rythme parfait d'un collègue de course qu'elle choisissait un peu au hasard. Elle aimait se trouver un lièvre. Elle aimait essayer de se fixer des objectifs. Le regard d'une coureuse arrivée à son niveau attira soudain son attention.

— Courtney ? Euh… salut !

— Salut, répondit son amie en tentant de reprendre son souffle. Oh putain, tu cours vite. Je vais mourir.

— Qu'est-ce que tu fais là ?

Courtney s'arrêta, bien trop essoufflée finalement pour poursuivre. Toutes deux se poussèrent sur le côté de l'allée, pour ne pas gêner les coureurs qui envahissaient les allées du parc — heure de pointe oblige — et Courtney en profita pour s'écrouler sur l'une des fameuses chaises en métal vert, typiques des parcs parisiens.

— Tu m'as dit une fois que tu venais courir ici chaque dimanche matin. J'espérais te trouver. Oh bordel, je n'ai plus de poumons…

— Tu me cherchais ?

— Ouais, je te cherchais. Je voulais te parler, mais j'avais pas trop le courage de t'appeler…

Julia était gênée. Revoir Courtney la gênait. Et leur

silence respectif depuis un mois, et la question de Lenny, comme un éléphant au milieu de la pièce... Rien n'était simple.

— Tu m'en veux ?

Julia saisit une drôle de lueur dans les yeux bleus de Courtney et en même temps, elle pensa qu'ils avaient la même couleur que ceux de Lenny. Ce bleu qui virait au gris. Des *pale blue eyes* aussi, comme dans la sublime chanson de Lou Reed. Bordel, il fallait qu'elle arrête de délirer.

— Tu parles de mon frère ?

Julia déglutit.

— J'osais pas t'appeler... Je m'en voulais aussi.

— Moi j'avais peur que tu me pètes la gueule à cause de lui...

— Oh non, Courtney... Je te jure que je sais faire la différence entre un connard et sa sœur...

— T'es chiée de l'appeler comme ça... mais bon, je peux comprendre...

— Pardon. Mais j'ai eu le sentiment d'être un peu prise pour une conne. Tu aurais peut-être dû me dire qui il était.

— Comment ça ?

— Acteur, célèbre, Netflix, Abigaël Garner, tout ça.

Courtney haussa les épaules.

— Ça aurait changé quoi ?

— Je me suis sentie stupide.

Julia regretta tout de suite ce mot-là. Elle s'en foutait d'avoir été stupide, ou d'en avoir eu l'air. Ce qui avait compté et qui avait été douloureux, c'était l'absence. Le manque immédiat.

— Lenny n'aime pas trop que je parle de ça... En fait, non, pour être honnête, c'est plutôt moi qui n'aime pas trop en parler. Après, il y a des questions, des attentes, des curiosités inutiles… je sais pas. Je suis pas nette sur ce sujet.

— C'est pas grave. Je peux comprendre.

— En fait, je suis peut-être bien un peu jalouse de lui… Un peu mal à l'aise… Tu sais que c'est lui qui me paie mon appart à Paris ?

— Non…

— Je vais me trouver un vrai travail, je vais m'assumer. Mais en attendant, sans lui, je suis pas là.

— C'est gentil de sa part, non ?

— C'est plus que ça. Je… Je te raconterai un jour, si j'ai la force. Mais c'est pas le sujet. Le sujet, c'est toi et mon abruti de frère et le bordel que vous avez créé.

Le battement du cœur de Julia. Le battement sourd dans sa poitrine. Et elle n'était pourtant plus essoufflée.

— Tu sais, je ne veux pas le gêner. Je sais qu'il a une copine. Abigaël. Elle est sublime…

— Ouais, je sais, fit Courtney en rêvant tout éveillée.

— Oh ça va, s'énerva Julia en lui donnant un coup de coude dans les côtes. Ça va. Je ne suis pas non plus insensible. Stop !

— OK, tu veux pas le gêner.

— Si j'avais su, peut-être que je n'aurais pas cherché à le séduire…

— Ah, tu l'admets !

— Quoi ?

— Que tu l'as séduit.

— Euh, je ne sais pas si tu as remarqué, mais ton frère c'est un canon. Pourquoi je n'aurais pas eu envie de tenter ma chance ?

Courtney soupira.

— Tu vois, même incognito, il fait cet effet-là. Ça a toujours été comme ça.

— Mais il est en couple avec cette fille magnifique et je ne veux pas foutre le bordel !

— Le truc, Julia, c'est que lui, je crois qu'il en a très envie.

— Pardon ?

— Lenny voudrait ton numéro. Il a l'espoir que tu acceptes de lui parler. Je veux pas parler à sa place — même si cet échange me donne l'impression d'être revenue à la case collège à jouer les intermédiaires entre vous deux — mais il a sincèrement envie de te parler.

— Bon sang, Courtney, à quoi on joue, là ?

— Je sais pas à quoi vous jouez tous les deux et honnêtement, je ne préfère pas le savoir, mais est-ce que oui ou non, je lui file ton téléphone ?

— Évidemment. On est des adultes. On va se parler.

— C'est ça, ouais, des adultes…

Tout à coup, cela sauta aux yeux de Julia : elle ne voulait pas ça. Elle ne voulait pas être la fille qui attend l'appel d'un garçon. Elle ne voulait pas passer son dimanche — et les jours suivants s'il ne l'appelait pas tout de suite — à se demander quand il allait composer son putain de numéro de portable et ce qu'il allait lui dire. Il y avait en elle un sentiment en trop de déjà vu. De déjà vécu. Et dans ce rôle de la fille qui attend, elle avait été très mauvaise.

— En fait, on va faire autrement, dit-elle en sortant son téléphone de la pochette en plastique qui le maintenait à son bras quand elle courait.

Elle le tendit à son amie après l'avoir déverrouillé.

— Tu vas m'enregistrer le sien là-dedans et c'est moi qui l'appellerai.

Courtney haussa les sourcils avec une lueur d'amusement sur le visage.

— Tu vas le faire languir ?

Julia n'avait même pas envisagé cette option ; elle

n'avait pensé qu'à elle et à cette attente qu'elle ne voulait pas subir. Mais l'idée lui plut. Et elle aima que Courtney la pense capable de ça. Elle esquissa un sourire pour toute réponse.

— Au fait, fit Courtney en lui rendant son téléphone, tu m'as manqué.

Julia sentit son estomac se serrer et son cœur fondre. Là, tout de suite, tout était trop... Ou pas assez... Le retour de Courtney dans sa vie qui rimait avec le retour possible de Lenny — ce truc inespéré auquel elle n'avait pas cessé de rêver depuis quatre semaines, sans jamais oser le formuler à voix haute. Et Courtney, avec cette petite phrase sentimentale, faisait tout exploser. Tout ce qu'elle avait contenu. Les sentiments, les sensations, les émotions, la lutte qu'elle avait organisée dans son cerveau. Tout partait en sucette.

— Toi aussi, répondit-elle, les yeux tournés vers ses baskets de runneuse, espérant dissimuler son émotion.

— Julia ?

— Hum ? fit-elle en relevant la tête.

— Ça va être le bordel, tu sais. Peut-être... enfin... Mais promets-moi qu'on va rester amies.

— Quoi qu'il arrive ?

— Voilà.

Sept heures de réflexion. Beaucoup moins que les sept ans du film qu'elle n'avait jamais vu. Sept heures d'un dimanche de décembre qui s'était soudain transformé en véritable tempête sous son crâne. En revenant lentement du Luco, en prenant une douche, en descendant voir sa famille bourgeoise du troisième, en négociant une sortie en rollers sur les quais de Seine avec les petites folles, en les ramenant juste avant le déjeuner, en zappant celui-ci sur un prétexte bidon, en remontant les escaliers jusqu'à sa caverne d'Ali Baba, en se posant à son bureau face à la fenêtre, en regardant les toits des immeubles face à elle, en laissant ses pensées dériver, Julia songea à ce que cela pouvait impliquer de reprendre contact avec Leonard Bennett.

Elle n'avait pas peur. Elle crevait d'envie de découvrir si une nouvelle étape pouvait exister. Elle se disait même qu'une seule autre nuit avec lui serait une fin en soi… Et puis, tout aussi vite, elle chassait ce postulat, elle houspillait ses faiblesses. Elle n'était pas rien. Elle n'était pas personne. Elle devait se témoigner plus de respect. Et lui demander d'en avoir pour elle également. Bref, c'était le bordel. Déjà. Celui que Courtney avait pressenti.

Comme pour donner encore plus de réalité à cette tempête, Julia eut envie de le regarder ; comme tant de fois depuis leur rencontre éphémère, elle se plongea dans les méandres d'Internet pour retrouver des bouts de lui. Des nouvelles photos ? Des nouvelles actus ? Une trace de son quotidien peut-être. Elle ne savait pas ce qu'elle cherchait. Presque par réflexes pavloviens, Julia lança Instagram et chercha le compte du comédien. Et c'est là que cela se produisit, au moment même où l'architecture éternelle du Louvre s'afficha sur l'écran de son ordinateur. Lenny avait fait ça. Pour la première fois depuis des semaines et des semaines, il avait publié une photo et un message et cela parlait d'elle. D'elle et de lui et de leur histoire. Ils étaient des milliers à l'avoir aimé et commenté mais ce message, elle le savait, Lenny le lui avait destiné. Le souffle coupé, Julia reposa l'ordinateur sur le sol et s'allongea sur son lit, en fixant le plafond au-dessus d'elle. OK, le bordel pouvait commencer.

***

Lenny avait passé un samedi très désagréable. Humide à l'extérieur. Maussade à l'intérieur. Paul était parti tôt rejoindre des copains pour un treck en montagne ; il ne reviendrait pas avant la fin du week-end. Il avait juste passé la tête dans la chambre avant de quitter la maison pour lui rappeler qu'ils allaient être livrés, à leur demande, de quelques stères de bois pour passer un hiver près de la cheminée du salon. C'était leur grand délire de l'automne. S'équiper d'autant de bûches que possible pour avoir le plaisir de tendres veillées au coin du feu. Mais la préparation logistique du délire en question avait bien fait chier Lenny quand le livreur l'avait réveillé à midi et qu'il avait fallu donner un coup de main — blessant pour ses pauvres mains de citadin et d'artiste — pour décharger le bois dans le petit sellier de la maison. Mais voilà. C'était fait. Et quand il se leva le dimanche matin, en meilleure forme physique que la veille (merci la gueule de bois, merci le stress, merci la culpabilité), Lenny décida de profiter de tout ce bois pour faire son premier feu de l'année, dès le petit déjeuner. Parce qu'il avait besoin de quelque chose qui fasse du bien. Quelque chose qui réconforte. Quelque chose qui soit chaleureux. Lui qui se sentait si froid et si seul.

Abe avait appelé pour proposer un brunch dominical. Abe aimait les brunchs et les dimanches, ce rendez-vous était donc la quintessence de son plaisir à Vancouver. Mais une nouvelle fois, penaud et le souffle court, Lenny avait réussi à déjouer l'invitation.

— Je me sens pas très bien, ce matin… un virus… un truc…

— Une gueule de bois ? demanda Abe avec une bonne dose de sarcasme ou de réalisme.

Mais non, Lenny n'avait pas bu depuis vendredi. Il avait passé son temps à regarder son compte Instagram à la recherche d'un signe de Julia et à espérer que sa sœur accepte de lui filer ce foutu numéro de portable. Ce qu'elle n'avait finalement pas fait, prétextant qu'elle allait d'abord parler à Julia. Courtney avait insisté pour que cela se passe ainsi parce que Julia était son amie avant d'être un coup d'un soir ou un remords. Et Lenny avait dû accepter ce deal, sans autre solution.

Et ce dimanche matin, il se retrouvait seul, devant un pauvre feu de cheminée, un téléphone entre les mains tout juste bon pour une conversation rapide et désagréable avec Abe.

Voilà, il y était. Au point de non-retour. Il était ce mec méprisable et menteur avec une petite amie qui n'avait pas mérité qu'on la trahisse, qu'on la trompe, qu'on la traite indignement.

Lenny n'avait jamais pensé de lui qu'il pouvait être parfait. Et il n'avait jamais pensé non plus qu'il pouvait être amoureux comme il se le découvrait pour la première fois de sa vie. Il n'était pas parfait. Et, surtout, il était amoureux. Et il ne savait pas ce qu'il allait faire de cette situation.

Mais le pire, le pire, c'était qu'il s'en foutait de ne pas savoir. La seule chose qui comptait c'était de pouvoir parler à Julia. Point. Au-delà, le reste n'était pas important.

Une heure plus tard, Lenny avait avalé un bon litre de thé et alimenté l'âtre plusieurs fois d'affilée. Il se sentait mieux. Installé sur un petit tabouret, devant les flammes, il avait pris sa guitare et jouait tranquillement. Presque apaisé.

Quand il n'était qu'un jeune garçon dyslexique et isolé, la guitare avait été sa première grande amie. Avant le théâtre. En s'emparant de cet instrument, offert par sa maman, intuitive au possible, Lenny avait commencé à jouer d'un instrument qui ne l'avait plus quitté. Il ne composait pas. Son grand plaisir, c'était de jouer. D'occuper ses mains, d'apprendre des enchaînements, de produire un son, bon et de parfois chanter ces chansons qu'il aimait et connaissait par cœur. Il était comme des millions de garçons dans le monde, un de ces gamins sauvés par la musique. Une vieille histoire, aussi vieille que le rock, la pop, le jazz… Ce matin-là, cette guitare sèche, qui avait fait le voyage avec lui demeurait sa plus fidèle amie.

Il n'entendit même pas le bip du SMS, par-dessus les accords qu'il jouait. Ce fut la lumière de l'écran de son iPhone qui l'informa de l'arrivée d'un message. Lenny s'empara du téléphone et découvrit un numéro inconnu.

Hello, c'est Julia.

Il suffit de quatre mots digitaux, sur un écran digital, pour que son cœur fasse des tours dans sa poitrine, son estomac se torde et sa gorge se serre ? Des doigts, agiles, dont il se souvenait des caresses sur son corps, avaient tapé ces quelques mots simples, modestes, prudents, et il était submergé à présent d'émotions indicibles dont il savait juste que c'était de l'amour. Que c'était exactement l'effet que cela faisait, l'amour. Sans le moindre doute désormais. Et bien sûr, à présent, des myriades de questions : qu'allait-il répondre ? Que fallait-il écrire ? Et surtout, comment se retenir de l'appeler immédiatement ? Comment s'en empêcher ? Et le devait-il même ?

Je voudrais te faire une réponse spirituelle, mais je suis juste content. Tellement content d'avoir un peu de toi dans mon téléphone.

Il appuya immédiatement sur envoi, effrayé qu'elle puisse trouver l'attente trop longue, instinctivement guidé par son cœur et les mots qu'il voudrait prononcer s'ils avaient été sur le même continent, dans le même pays, dans la même ville, dans la même pièce.

Et bien sûr, il attendit, les yeux fixés sur l'écran, terrifié de ne rien voir revenir vers lui, les secondes semblables à des années. Une éternité.

Lenny ?

Oui ?

Tu m'as manqué.

Chapitre 3

Tu dis que tu n'es pas
La fille qu'on connaît
Et que tu mens parfois
Mais j'ai touché du doigt
Un bout de vérité
Dessous ton haut de soie

VIANNEY, *Sans le dire*

Lenny avait décidé, en son for intérieur, d'être avec Julia le plus sincère des hommes. Honnête. Courageux. Vrai. Lui-même. D'être exactement avec elle ce qu'il n'était pas avec Abe en somme. Cette décision s'était imposée à lui dès le premier message qu'il lui avait adressé. Comme une intuition sourde qu'entre eux, ce serait la seule voie possible, face à une histoire qui avait si mal démarré. Et le plus fou, c'était qu'elle avait consenti elle aussi à cette franchise en écrivant elle-même ces quelques mots d'une grande pureté : « tu m'as manqué ». « I missed you ».

Immédiatement, les pensées qui l'avaient submergé s'étaient dirigées vers Abe et la certitude qu'il ne pourrait rien débuter avec Julia sans rompre nettement et définitivement avec Abe.

« Toi aussi tu m'as manqué », avait-il répondu avec simplicité. Puis, il avait ajouté, sans pouvoir

s'arrêter : « J'ai envie de te parler et de découvrir tout de toi... Mais avant, laisse-moi quelques heures pour faire ce que je dois faire. »

Julia avait mis plusieurs minutes avant de lui adresser une réponse. Les yeux scotchés à l'écran du téléphone dans sa paume, il était déjà en train de s'habiller de son autre main libre, pressé désormais d'entreprendre au plus vite ce qu'il était de son devoir de faire. C'est fou, ces instants que vous ne voulez pas connaître, mais que vous vous pressez de vivre quand même pour atteindre l'après ; comme un mauvais médicament que vous devez avaler pour aller mieux. Et que vous gobez en fermant les yeux. Abe ne méritait pas ces pensées, mais c'était ainsi. L'amour de Lenny était égoïste. Et lorsque Julia répondit enfin à son message par un « OK » lapidaire, mais certainement pas innocent, il se précipita dehors avec les clés de sa voiture dans la poche.

Abe habitait dans un appartement de la skyline de Vancouver. Cette ville, coincée entre les montagnes et l'océan, n'avait eu d'autre choix que de se développer, ces dernières années, en hauteur et les gratte-ciel avaient poussé comme des champignons avec des faux airs de New York, seule référence architecturale de Lenny qui connaissait mal les autres villes du continent nord-américain. Abe vivait dans un joli condo de trois pièces au vingt-quatrième étage d'un building qui en comptait le double. Condo, Lenny l'avait découvert en arrivant, était le mot qu'on donnait aux appartements dans ce pays. Lenny avait toujours trouvé que le sien ressemblait à un catalogue de décoration. Tout y était tellement parfait qu'on ne pouvait que s'y sentir bien. Belles couleurs, belles matières, jolis meubles, accessoires adaptés, touches de fleurs et de plantes, sans parler de ces larges baies vitrées qui illuminaient toutes les pièces. L'appartement parfait d'une fille parfaite. Et ce n'était pas maintenant qu'il allait prétendre que l'ensemble ne lui avait jamais plu : cela aurait été un mensonge de plus et il s'apprêtait justement à arrêter de lui mentir maintenant qu'il avait cessé de se mentir à lui-même.

Abe vint lui ouvrir avec le sourire. Quand il s'était annoncé à l'interphone en bas, elle avait poussé un petit cri de joie et tandis que l'ascenseur l'emportait vers les hauteurs, il avait tenté de réfléchir aux mots qu'il prononcerait. En vain. Tout s'embrouillait, perturbé qu'il était par l'excitation de sa future libération, le plaisir de la vie qu'il projetait déjà avec Julia, sans pouvoir contrôler cette partie rêveuse de son cerveau et pas assez rigoureuse pour s'en tenir au plan. Rompre avec Abe. Trouver la meilleure façon de lui annoncer les choses. Réfléchir aux limites qu'il s'imposait.

— Tu vas mieux ? Je suis contente que tu aies changé d'avis.

En écoutant Abe l'accueillir, Lenny se souvint de l'invitation au brunch qu'elle avait formulée et qu'il avait déjà oubliée. Il était pitoyable et il laissa échapper un soupir.

— Je ne suis pas venu pour ça, expliqua-t-il immédiatement. Je dois te parler de quelque chose d'important.

Il perçut une lueur d'inquiétude voiler le regard de la jeune femme puis son visage tout entier se transforma en un masque froid, dur, implacable et fragile tout en même temps. Il ne put ignorer les signes annonciateurs de la souffrance. Il se détestait par anticipation.

— Non, répondit-elle en reculant vers le salon. Je n'ai pas envie que tu le dises.

Abe s'échappa vers la cuisine et avec des gestes dont il devinait les mécaniques automatiques, elle se saisit d'un mug et servit du thé bouillant. Lenny se fit la réflexion qu'elle ne savait toujours pas que l'eau du thé devait frissonner. Jamais bouillir.

— Tiens, fit-elle en lui tendant la tasse blanche. Du breakfast tea, comme tu l'aimes.

Lenny accepta la tasse, mais s'en débarrassa sur la table qui les séparait.

— Abe, murmura-t-il en avançant vers elle. Même si tu penses savoir ce que je dois te dire, laisse-moi le formuler.

Abe ferma les yeux et le laissa s'approcher d'elle. Sans rien dire de plus, il l'entoura de ses bras et elle reposa son visage contre sa poitrine. Abe sentait bon, comme toujours. Ce mélange agréable de l'odeur des produits de beauté qu'elle mettait sur son visage, du parfum qu'elle s'était choisi et de la sueur discrète que produisait son corps. Une odeur qui longtemps, devinait-il, serait le symbole de ce moment-là. De lui qui l'enlaçait pour que cela fasse moins mal. Que cela soit moins froid. Qu'il ait moins honte aussi.

— Je ne veux pas, chuchota-t-elle en reniflant contre son T-shirt.

Ainsi, elle avait deviné ; elle n'avait été dupe de rien. Et elle n'avait rien dit jusqu'alors. Rien exigé. Pas tempêté. Lenny pensa sur l'instant qu'elle était au-dessus du lot et qu'il ne l'avait pas méritée. Du premier jour jusqu'à maintenant. Preuve ultime, il était encore une fois celui qui allait mal se comporter. Soudain, il l'entendit dire :

— J'ai compris que quelque chose clochait quand tu as commencé à dire cent fois par jour des phrases comme « On verra ». Plus tu me répondais ça, plus je sentais bien que le brouillard s'épaississait, qu'il n'y avait au contraire rien à voir. « On verra, on verra » ou pire « Comme tu veux »...

— Je suis désolé...

— Et puis, sur Insta, ta photo a tout confirmé... J'ai

cru devenir folle. Comment as-tu pu me faire ça ? J'ai eu envie de t'arracher les yeux, de foncer te voir pour t'arracher tes putains d'yeux…

Lenny sentit le corps d'Abe se tendre entre ses bras. Il la serra encore plus fort.

— Excuse-moi, excuse-moi, excuse-moi, répéta-t-il comme un mantra inutile.

— Mais je n'ai rien fait… Je n'ai rien dit… Parce que le pire, c'est moi. Le pire, c'est moi qui, comme une conne, espérais encore…

— Ne dis pas ça, tu n'es pas le pire. Tu n'es pas conne.

— Mais alors pourquoi ? Pourquoi tu ne veux plus de moi ? Qu'est-ce que j'ai fait de mal ?

— Rien… Abe… Tu n'as rien fait de mal… C'est juste… comme ça…

Sur une impulsion qui surprit Lenny, Abe se détacha de son étreinte et s'éloigna de lui. Elle s'approcha de la baie vitrée de la cuisine et sembla plonger son regard dans la vue spectaculaire. Puis, sans se retourner, il l'entendit demander, bien distinctement, d'une voix soudainement plus ferme et froide :

— Qui est-ce ?

— Une amie de ma sœur.

Être vrai. Ne plus mentir.

— Je l'ai rencontrée quand j'étais…

— À Paris. Oui, j'avais compris. Et est-ce que vous avez couché ensemble ?

Lenny regarda le dos droit d'Abe, immobile, stoïque, presque royale dans sa dignité. Et pourtant, il ne pouvait être sourd à la fragilité de la voix qu'il entendait.

— Oui, finit-il par répondre après avoir dégluti avec difficulté.

Être vrai. Ne plus mentir.

S'ensuivit un silence écrasant. Puis elle se pencha vers la vitre et posa son front contre le verre humide de la fenêtre.

— Lenny, finit-elle par murmurer, pourquoi tu ne me mens pas ? Pourquoi tu ne me protèges pas ?

Lenny fut aspiré par la plainte qu'il devinait dans ses deux questions. Par leur amertume, leur puissance aussi.

— Je suis désolé, marmonna-t-il encore.

— Tu n'es pas là pour que je te pardonne... Tu es là pour me quitter. Il n'y a pas d'espoir ?

— Je suis désolé.

— Et si elle ne veut pas de toi ?

Le truc, Abe, eut-il envie de répondre, c'est que cela ne changerait rien. Quelque chose d'irrémédiable lui était arrivé cette nuit-là de novembre. La nuit était devenue lumière, clairvoyance et joie. La nuit avait cessé d'être cette éternelle obscurité dans laquelle il était plongé sans le savoir depuis longtemps. Et aucun retour en arrière ne serait possible.

Alors, au lieu des mots qu'il s'interdisait de prononcer, il répéta :

— Je suis désolé.

— Pars, fit-elle, enfin, le libérant.

Même si Lenny avait repris goût à un peu de noblesse en s'essayant à une scène de rupture digne, tout en lui fut cependant soulagé quand il put quitter l'appartement. Et il savait que ce sentiment-là avait beau être sincère, il n'en était pas moins dégueulasse.

Lenny ne rentra pas chez lui tout de suite. Il conduisit d'abord sans but, dans la ville et son atmosphère calme du dimanche. Il ne mit pas de musique, ne regarda pas trop les paysages. Il roulait. Au hasard. Essayant de faire le vide dans sa tête, de comprendre s'il avait fait quelque chose de bien, s'il avait eu raison. Et dans quoi il s'embarquait en voulant construire une histoire avec une

Française à des milliers de kilomètres d'ici. Sans parler de leurs différences culturelles ou alimentaires. Mais il eut beau tenter de noircir le tableau, il y avait toujours cette lumière qui l'emportait.

Lenny se gara finalement sur un parking, près d'une des plages de la ville et resta quelques minutes, immobile, dans la voiture à regarder l'océan et les êtres humains qui, sur le banc de sable, profitaient de la vie. Avec leurs enfants. Avec leur chien. En couple. Avec les êtres précieux de leur vie. Et soudain, la seule chose que Lenny eut envie de faire, fut d'entendre sa voix. De composer son numéro de téléphone et d'écouter Julia lui répondre.

— Hey, toi, salut !

Enfin.

Elle.

— Salut, répondit-il simplement. Je ne te dérange pas ? Il n'est pas trop tard ?

— J'ai regardé sur Internet. Nous avons neuf heures qui nous séparent, répondit-elle avec beaucoup de sérieux.

— Neuf heures et des milliers et des milliers de miles aussi.

— Sept mille neuf cent seize kilomètres, précisa Julia.

— Tu es fan de chiffres ? Est-ce quelque chose que je dois savoir sur toi ?

Julia pouffa au bout de la ligne.

— Déformation professionnelle peut-être… Je suis en stage dans une direction administrative et financière en ce moment.

— Waouh ! C'est comme si tu me disais que tu travailles sur Mars.

— C'était mon impression au début, s'amusa Julia. Je croyais que j'étais faite pour le marketing ou un truc du genre. Mais j'ai découvert que j'adore les chiffres. Je passe mes journées sur des tableurs avec plein de nombres dedans. Et ça me fascine.

Lenny ne put s'empêcher de rire. Heureux de l'entendre se livrer. Heureux de la découvrir humaine. Présente. Réelle. Même si ce qu'elle aimait lui était complétement inconnu.

— Bon, faut que je te dise un truc, fit-elle avec un ton légèrement mélodramatique.

— Oui ?

— Je t'ai googelisé.

— Ah shit…

— Et je sais tout de toi…

— Mon Dieu… Et tu veux quand même bien me parler ?

— Sérieusement, Lenny, tu es un formidable comédien. C'est ça que je voulais dire. Tu as un putain de don.

Lenny ne trouva pas les mots pour exprimer ce qu'il ressentait à l'écouter lui dire qu'il avait du talent. Il découvrait à peine ce que cela lui faisait d'être admiré de quelqu'un qu'il aimait. Cela valait tout l'or du monde. Un cadeau inestimable.

— Je… Merci… Merci.

Ils se turent. Et le silence prit de plus en plus de place. Lenny crut un instant que la magie était partie. Il eut peur, il voulut rattraper le moment. Alors il lui dit exactement la frustration qui était la sienne.

— Ce n'est pas juste. Tu sais tout de moi ou du moins, tu le crois, et moi, presque rien.

— Qu'est-ce que tu voudrais découvrir ?

— Tout ?

— Tu sais, je n'ai pas une vie passionnante. Et même, pire, je suis une fille lambda qui ne…

— Foutaise, Julia, foutaise !

— Mais tu m'as coupé la parole ! Je rêve !

— Ouais… Ça, tu le sais pas encore, mais quand je suis stressé, je suis un asshole.

— Tu vends du rêve.

Lenny éclata de rire. Il entendit Julia se joindre à lui et cela accentua encore la joie simple qu'il ressentait à leur première vraie conversation depuis leur nuit parisienne. Un échange simple, fluide, direct, de deux belles âmes de cette terre.

— Tu es stressé ?

La question de Julia était simple. Teintée d'inquiétude, aussi. Elle avançait à pas de velours. Et il changea de rythme, brusqua le tempo.

— Il s'est passé beaucoup de choses ces dernières heures. Je t'ai retrouvée… J'ai quitté quelqu'un aussi.

— Tu n'as pas besoin de m'expliquer, répondit-elle avec douceur. Ne te justifie pas.

— Si, Julia. J'ai besoin d'être honnête. Il n'y a que comme ça que je veux faire les choses avec toi, maintenant.

Silence. Un long moment de silence.

— D'accord, répondit-elle.

— D'accord ?

— Je ronfle. Surtout quand j'ai trop bu. Et des fois, je bois trop, en effet.

— Oh mon Dieu, non !

— Tu voulais tout savoir… Alors allons-y. À toi !

— OK ! La première fois qu'on s'est vu, chez ma sœur, j'ai bu un café. Mais en fait, je n'aime pas ça, le café. J'en ai bu cette fois-là pour t'impressionner, mais à chaque fois, j'ai des palpitations et j'ai peur de mourir. Ah oui, je ne suis pas vraiment le type de mec très courageux non plus. J'ai souvent peur de mourir.

— Pourtant, dans la série, tu sais rudement bien te battre avec ta grosse épée.

— Ahaha. C'est de la comédie, baby ! Mais merci !

Et ainsi commença leur relation. Ils parlèrent longtemps de tous leurs défauts respectifs. Toutes ces choses que seules la proximité et l'intimité pourraient leur permettre de découvrir au fil du temps. Mais ils n'avaient pas la chance de pouvoir être ensemble, dans la même pièce, ou de partager un même fuseau horaire. Alors, spontanément, ils s'y prirent autrement et quelques heures après avoir raccroché, Lenny s'endormit en essayant d'imaginer les ronflements de Julia.

Le lendemain, il reprit le chemin du tournage. Et ainsi qu'il aurait dû s'en douter, ce fut un jour atroce. Le premier jour depuis sa rupture avec Abe. Leur courte discussion de la veille n'avait pas pris en compte la dimension pragmatique de la situation et aucun des deux n'avait mesuré les conséquences de leur séparation sur leur vie professionnelle. Dans le doute, Abe se drapa dans sa fierté, légèrement distante mais assez calme pourtant, et Lenny perdit tous ses moyens face à elle pendant les deux scènes qu'ils durent tourner ensemble. Ils refirent et refirent les plans plusieurs fois d'affilée et il dut même prendre sa main, l'enlacer, l'embrasser ; et à chaque fois que les gestes et les mots devaient être répétés, Lenny découvrait un peu plus la tristesse intérieure d'Abe qui résistait, faisait face, se forçait à ne rien montrer de sa peine alors même que l'homme qui venait de la quitter l'embrassait pour de faux.

Pour faire cesser le calvaire, Lenny finit par se reprendre et ils réussirent enfin à boucler cette scène. Quand ce fut terminé, Lenny jeta un regard inquiet à Abe et il put constater qu'elle était à la fois au bord des larmes et terrifiée à l'idée que l'équipe technique du plateau puisse s'en rendre compte.

— Viens, fit-il en la prenant par les épaules et en la protégeant des regards, on va dans ma caravane.

Abe se laissa faire et ils filèrent aussi vite que possible se mettre à l'abri. Une fois protégés des regards, elle éclata en sanglots en s'effondrant sur le mini-canapé. Il s'assit près d'elle, la prit dans ses bras et la berça légèrement, attendant que l'émotion et les larmes se tarissent peu à peu.

— Ça va être l'enfer, déclara soudainement Abe.

Lenny se rendit compte qu'il pensait exactement la même chose au même moment. Ça allait être une situation impossible. Un supplice. Et il eut envie de le dire. Mais voilà, s'il n'était pas solide pour deux, pas plus optimiste aussi, quelles seraient les conséquences ? Ils étaient au boulot, là : leurs états d'âme personnels ne devaient pas menacer leurs carrières. Alors, il finit par dire :

— Ça va s'arranger... C'est le premier jour. J'ai été mauvais, c'est ma faute.

Abe esquissa un sourire modeste.

— Tu as été très mauvais, je te confirme. Et je suis assez contente que tu en chies au moins au boulot.

— Vas-y, venge-toi, c'est mérité, répondit-il en la serrant plus fort dans ses bras.

— Oh ! Lenny, j'aimais tellement jouer et travailler avec toi... Ça aussi, c'est foutu ?

Lenny resta silencieux, car elle venait de renforcer son doute et son stress. Oui, s'ils ne faisaient pas attention, ils pouvaient foutre le tournage en l'air. Et les problèmes de plateau, ce n'était jamais bon pour la carrière d'un acteur.

— On va y arriver, finit-il par dire, d'un air aussi décidé que possible. Je te fais un thé ?

— La solution c'est toujours le thé, avec toi.

— Je sais... Je suis anglais, Abe : le thé me protège de tout. Et ça va marcher pour toi aussi.

*
* *

Le jour suivant, les choses furent moins catastrophiques. Abe était plus en mesure de dissimuler sa tristesse et lui davantage concentré sur son jeu et les indications de plan. Pourtant, l'ambiance autour d'eux était pesante ; sans doute que des rumeurs commençaient à circuler. Les techniciens des scènes de la veille avaient dû parler entre eux, se faire des idées, évaluer la situation. Lenny se promit de vérifier auprès de Paul dès qu'ils seraient tranquilles tous les deux, pour mesurer les dégâts. Mais pour l'instant, il devait repartir à l'habillage et se préparer pour la scène suivante. Enfin, pas tout de suite car c'était aussi ce à quoi il passait beaucoup de temps, sur le tournage : attendre dans sa caravane.

Ce fut pendant cette attente qu'Abe vint le trouver. Une telle visite n'était pas surprenante aux yeux de l'équipe, mais bien sûr, pour eux deux, les choses avaient beaucoup changé et Abe apparut sur le pas de la porte, dans son costume Renaissance, avec une gêne évidente.

— Est-ce que tu veux bien qu'on parle ? demanda-t-elle prudemment.

Lenny accepta bien sûr en hochant la tête et d'un geste de la main, l'invita à venir s'asseoir sur le petit canapé où la veille, il avait tenté de la calmer et de la consoler et où à une époque bien plus lointaine, il lui avait fait l'amour.

— J'ai réfléchi à la situation.

— Notre séparation ?

— Oui, notre séparation. Aussi désagréable que cela soit pour moi de prononcer ce mot, oui, c'est de ça dont je veux parler.

— Désolé…

— Bon, coupa-t-elle, je voudrais que tu arrêtes de me dire que tu es désolé. Parce que je voudrais que tu comprennes une chose : je suis très en colère et tes excuses ou ta pitié, ça n'y change rien.

Lenny se mordit les lèvres pour ne pas lui répondre, une nouvelle fois, à quel point, il l'était, désolé. Mais elle avait raison, il fallait qu'il s'arrête. Elle reprit :

— Et puis, je suis très triste aussi. Parce que je suis tombée amoureuse de toi et que toi, tu es tombé amoureux de quelqu'un d'autre. Et que dans les faits, cela veut dire que je t'ai perdu.

Plus factuel que cela, on ne pouvait pas et il admirait le cran qu'elle avait là, maintenant, devant lui à mettre des mots catégoriques sur leur situation.

— Par contre, il y a quelque chose que je refuse de perdre en plus de te perdre toi, c'est mon boulot dans cette série. Je veux avoir ce rôle aussi longtemps que possible. Tourner, tourner et encore tourner. Et là, depuis deux jours, nous deux, on représente un risque.

Lenny soupira tout en gardant le silence. Conscient d'être une nouvelle fois sur la même longueur d'onde qu'elle. Ce qu'elle exprimait rejoignait ses propres inquiétudes. La tension palpable, la distance — même microscopique — la peur peut-être. Tout cela avait envahi les plateaux, les caravanes d'habillage, celles de maquillage et même les moments plus détendus des repas.

— Si on n'arrive pas à gérer ça, on va le payer cher. Je sais que tu as moins l'habitude des tournages de série, mais j'ai déjà vu des problèmes relationnels entre des acteurs se retourner contre eux en moins de deux et des premiers rôles mourir très brutalement dans les scénarios.

— Qu'est-ce que tu proposes ? demanda un peu brutalement Lenny.

— Je propose qu'on soit intelligents. Le couple que l'on représente, il vaut quelque chose actuellement. C'est même de l'or pour la prod, un conte de fées pour les fans. Tu le sais bien.

Lenny ne chercha pas à être hypocrite : elle avait parfaitement raison. À deux, ils étaient devenus plus bankables que séparément. Les journalistes aimaient les interviewer ensemble, les fans twittaient sur les faits et gestes de leur couple, les scénaristes adoraient les mettre en situation de filmer leur alchimie. Et d'ailleurs, tant qu'il avait été l'heureux petit ami d'Abe, tout cela ne l'avait pas dérangé.

— Pour que cela dure, il faut aussi que nous deux, ça dure…

Lenny fronça les sourcils.

— Aux yeux des autres, précisa-t-elle. Pas pour de vrai… Il faut qu'on fasse semblant et qu'on joue au couple amoureux à l'écran comme à la ville.

— Abe, dans quoi est-ce que tu veux qu'on se lance ! Ce n'est pas raisonnable.

— Ce qui n'est pas raisonnable, c'est de ne pas chercher des solutions face aux risques encourus. Tu es sans doute plus chanceux que moi et plus talentueux et un jour, je suis convaincue que tu tourneras des grands films ou que tu auras ta fameuse troupe de théâtre à Londres comme tu en rêves. Mais moi, ici, c'est ma vie. Soyons honnêtes, des actrices comme moi, y'en a des milliers et cette série, maintenant, c'est peut-être ce que je ferai de mieux dans ma vie professionnelle. Alors tu me dois bien ça, Lenny… Tu dois m'aider.

La peur. L'estime de soi au rabais. La volonté de réussir, aussi. En quelques mots bien sentis, Abe avait exprimé les tourments classiques du métier d'acteur. Abe était adulée sur les réseaux sociaux, photographiée comme une déesse pendant les photocalls des avant-premières et des festivals. Elle avait un agent qui se battait bec et ongles pour lui trouver plus beau, plus enrichissant. Mais en dépit de sa beauté et de son talent, Abe était bouffée par l'insécurité. Et Lenny devait bien admettre que ses derniers faits d'armes n'avaient rien dû améliorer.

— Combien de temps ? demanda-t-il abruptement.

Abe leva vers lui des yeux plus vifs.

— Pas longtemps... Peut-être jusqu'à la fin du tournage de cette saison ?

Ils étaient début décembre. Le tournage s'arrêterait mi-mars. Lenny ferma les yeux, tentant de retrouver un calme intérieur qui avait disparu depuis de nombreuses secondes.

— Laisse-moi y réfléchir, répondit-il en fin de compte.

Ce soir-là, quand sa journée de travail fut terminée et qu'il put enfin accéder à son téléphone, abandonné dans sa caravane, Lenny expérimenta pour de vrai et pour la première fois, la réalité de sa relation naissante avec Julia. Pendant qu'il dormait encore, elle s'était levée, avait vécu toute une journée parisienne et elle s'était déjà couchée. Et tandis qu'il découvrait les trois SMS qu'elle lui avait adressés pendant sa journée de travail, il réalisa qu'il allait devoir attendre 22 heures ou 23 heures, heure de Vancouver, pour espérer pouvoir lui parler dans son petit matin à elle. C'était frustrant, purement et simplement. Ce n'était pas la fin du monde non plus. Et puis, peut-être qu'il valait mieux qu'il fasse une pause. Cette journée avait été éprouvante et il devait encore réfléchir à ce qu'Abe lui avait proposé, en se demandant par ailleurs comment l'expliquer à Julia. De quelle façon amener ce sujet, sans l'effrayer, ni passer pour un grand malade. Car s'il y avait quelque chose dont il était certain, c'était de ne pas vouloir lui cacher quoi que ce soit. Ensemble, ils avaient passé une espèce de pacte de vérité implicite. Se parler à bâtons rompus de leurs vices, de leurs mauvaises habitudes, de leurs pratiques douteuses, c'était une façon pour eux — bien personnelle il l'admettait — de se déclarer leurs sentiments et le début d'un recommencement, fondé sur la transparence et non plus sur des mensonges par omission. Et c'était précieux.

Paul était attablé devant un bol de céréales quand Lenny poussa la porte de la maison. OK, pas de perspective d'un bon repas ce soir. De toute façon, il n'avait pas faim. Il ferait certainement comme son ami, avec peut-être un thé en plus. Là, maintenant, il allait s'écrouler sur le canapé et respirer un coup.

Paul leva la tête de son bol et le regarda fixement.

— Dure journée ?

— Yes. Mais moins qu'hier.

Paul hocha le menton, en phase avec l'analyse. Il savait pour Julia. Il savait pour Abe. Il savait pour la tristesse et la joie.

— Abe m'a proposé un truc de fou : faire semblant d'être encore un couple au moins jusqu'à la fin du tournage de la saison. Ça me rend malade…

Paul ne sembla pas surpris outre mesure, même s'il était sensible au stress de Lenny.

— Son idée est aussi vieille qu'Hollywood. Cela a même un nom : regarde dans Google à Fauxmance. Tu vas voir le nombre de stars qui ont fait ça avant vous…

Lenny se jeta sur le MacBook posé sur la table basse devant lui et effectua la recherche en question. Le résultat lui donna le vertige. Mon Dieu, comme il était bien innocent, encore, dans ce show qu'était le business du divertissement. Les *Fauxmance* ou fausse romance, également appelées *Promance* soit professionnelle romance, étaient régulières dans le monde du cinéma ou de la musique et même si rien n'était jamais officiellement confirmé, il y avait de bonnes chances qu'un tas de rumeurs se révèlent vraies et cela le déprima un peu plus.

— C'est peut-être habituel, mais c'est moche, commenta-t-il en refermant le portable sur ses genoux. Je veux pas finir comme un putain de Tom Cruise et sa Katie...

— Ça va, y'a pire comme carrière...

Paul se leva de sa chaise et vint s'installer à côté de lui sur le canapé défraîchi de leur salon.

— Tu as plusieurs questions à te poser. La première c'est : pourquoi tu le ferais ?

— Par culpabilité et parce que ses arguments sont bons : faire attention à notre image, garder le job.

— OK. C'est glauque, mais réaliste. Autre question : est-ce que tu te sens capable de le faire ?

— Mon boulot, c'est de faire semblant, Paul... Donc oui, câliner Abe sur le plateau, continuer à publier des photos de nous deux sur tous ses réseaux sociaux, je pense en être capable. Même si cela va me faire chier.

— Eh bien, tu as ta réponse ! lança Paul en se levant. On fête ça avec une bière ?

Il se dirigea vers le frigo, visiblement enthousiaste à l'idée de célébrer la prolongation officielle du couple star avec une bonne Bud. Quand il revint s'asseoir en lui tendant l'une des précieuses canettes de bière, Lenny, lui, était toujours aussi morose.

— Explique-lui, finit par proposer Paul, devinant parfaitement où était exactement le seul problème. Je suis sûr qu'elle comprendra. Elle a l'air aussi dingue que toi.

La simple pensée de la dinguerie de Julia redonna le sourire à Lenny. Oui, elle allait comprendre.

Et elle avait compris.

Le voyage avait eu l'allure d'un départ d'adolescents pour une colonie de vacances. Il y avait de l'excitation dans l'air pour ce groupe d'adultes qui venait d'achever les derniers jours de tournage de l'année quelques heures auparavant et qui allait dans quelques jours être en vacances durant dix jours pour les fêtes de fin d'année. Mais avant ça, ils avaient tous pris l'avion pour rejoindre Dublin afin d'assister au grand complet à un week-end de convention dédiée à la série. Il s'agissait de l'une de ces fameuses conventions de fans qui conviaient le casting quasi intégral et proposaient un programme de réjouissances de 9 heures du matin à 23 heures le soir, le tout, installé dans un hôtel près de l'aéroport.

Lenny avait déjà vécu une expérience similaire un an plus tôt, après les premiers mois de diffusion et il savait plus ou moins à quoi s'attendre pendant ces deux jours : grosso modo, ce serait du grand n'importe quoi. Il prendrait tout cela avec le sourire, comme toujours, en espérant tenir le choc aussi longtemps que possible. Et puis il savait aussi que ce qui l'emporterait, ce serait la gentillesse des personnes qu'il allait rencontrer. Le public était le plus souvent des jeunes filles de quinze, seize ans qui avaient cassé leur tirelire d'anniversaire ou de Noël en avance pour s'offrir les pass à cinq cents euros auxquels pouvaient s'ajouter les cinquante euros déboursés pour une photographie en sa compagnie ou les vingt de plus pour une photo dédicacée. Certaines d'entre elles avaient la chance de participer à un *panel* — le Graal des vraies fans ! — avec quelques acteurs de la série afin d'avoir une discussion privilégiée, très minutée — trente minutes tout au plus — au sujet de la série qu'elles regardaient avec passion. Oui, les conventions étaient un pur business, un truc qui avait pris une ampleur de plus en plus folle, aux États-Unis et en Europe, à mesure que les séries devenaient les vedettes du divertissement, au détriment des films. La première fois, Lenny avait accepté d'y participer parce qu'il ne savait pas à quoi s'attendre. Et il avait validé cette nouvelle participation, parce qu'il savait exactement ce que cela pouvait lui rapporter. Déjà, pas mal d'argent. En un week-end de travail, il touchait un cachet plus élevé que pour un épisode tourné. Et encore, cette fois, Andy, son agent, avait encore mieux négocié son cachet pour la convention. Et cet argent, il comptait dessus. C'était grâce à lui, par exemple, qu'il avait pu décider Courtney à accepter un an de loyer d'un appartement à Paris. Le fruit de deux jours de convention pour un an de vie de sa sœur dans le paradis qu'elle avait toujours voulu découvrir.

L'autre bénéfice de ces manifestations légèrement hystériques résidait dans le sentiment de reconnaissance qu'elles provoquaient. À la différence d'un musicien ou d'un comédien de théâtre, Lenny avait très peu l'occasion dans son travail quotidien de rencontrer le public qui le regardait sur petit écran et d'avoir en direct des retours. Et il savait que durant les deux jours qu'il allait vivre, ce serait un flux permanent de témoignages sympathiques voire très émouvants, à propos de l'impact que son rôle, dans cette série, avait sur tout un tas d'êtres humains, bien réels, qui avaient parfois parcouru des kilomètres pour le voir lui, lui apporter des cadeaux, des livrets de photos, des poèmes, prendre des photos et repartir avec un autographe. Un truc de fou. Une émotion incroyable pour le jeune acteur qu'il était. Personne ne pouvait être insensible à cela ; aucune personnalité ne pouvait s'y habituer non plus. Et il avait beau trouver parfois certaines situations légèrement extrêmes — notamment, le cas de ces mères de famille, parfois plus folles que leurs propres filles — et ne pas toujours comprendre l'engouement qu'il pouvait susciter, cela restait des moments d'une énorme richesse, comme une drogue qui reboostait son ego, son âme et son cœur.

Alors oui, Lenny était joyeux quand il entra au Crowne

Plazza Hotel de l'aéroport de Dublin. Et impatient ; car dans vingt-quatre heures, il allait retrouver Julia. Et Julia, c'était encore plus qu'un sentiment de joie qu'elle provoquait en lui. Rien qu'à la pensée de son visage à deux centimètres du sien et des précieuses heures qu'ils passeraient ensemble, coupés du monde, son cœur se transformait en un chamallow géant, tout mou, tout doux et infiniment ridicule.

Depuis trois semaines, il y avait tellement de distance, tellement de manque que ce qui l'emportait parfois, c'était des désirs simples. S'endormir à ses côtés, deviner dans quelles positions elle mettrait son corps, où elle placerait ses mains, quel type de mouvement elle ferait pendant la nuit. Se réveiller avec la sensation de son corps chaud près du sien. Deviner si elle serait matinale ou plutôt grasse mat. Et puis, bien sûr, il rêvait de tous ces trucs qu'ils feraient ensemble entre le coucher et le lever du soleil. Parce que s'il y avait bien quelque chose qui ne laissait aucun doute, c'était leur compatibilité sexuelle. Le potentiel érotique de leur couple n'était pas une question ; c'était une affirmation. Et c'était par cela qu'ils avaient même commencé. Et qu'ils voulaient retrouver.

Quand Lenny s'approcha de la réception de l'hôtel, de nombreux membres de l'équipe attendaient déjà pour récupérer les clés des chambres. Abe était l'une des premières de la file ; elle se retourna pour le chercher du regard. Il fallait qu'il y aille. Qu'il la rejoigne. Qu'il se force à agir aux yeux des autres comme d'habitude. C'est à ce moment que son téléphone annonça l'arrivée d'un SMS.

Eh coucou. Bonne nouvelle. On est sur le même fuseau horaire (ou presque)

Il répondit aussitôt, sans pouvoir s'empêcher de sourire :

Tu as des joies simples.

Abe se retourna une seconde fois, comme un rappel à l'ordre nécessaire. Pris en flagrant délit, il se décida à avancer vers elle. Elle l'accueillit avec un sourire artificiel qui attrista Lenny. Ce n'était pas drôle pour elle mais il avait beau s'en rendre compte, son propre bonheur, ses joies l'emportaient toujours sur le reste. Il se sentait égoïste.

— Ils nous ont donné des chambres qui communiquent, expliqua-t-elle.

— Parfait ! répondit-il en passant son bras autour de sa taille. Viens, je t'aide avec ton sac. On y va.

Cette fois, ce fut lui qui plaqua sur son visage le plus factice des sourires et, sans lâcher sa taille, il traversa le hall jusqu'aux ascenseurs de l'hôtel. Sans prendre le risque de regarder l'écran de son téléphone qui, dans sa poche de blouson, annonça l'arrivée d'un nouveau texto de Julia.

Ils entrèrent tous les deux dans l'ascenseur. Enfin seuls. Le visage d'Abe sembla soudain mélancolique. Ils se regardèrent quelques secondes, silencieux, puis le téléphone émit un nouveau son. Troisième texto.

— Tu ne regardes pas ?

— Non. Plus tard.

— Lenny, soupira-t-elle… Tu as le droit de recevoir des textos d'elle…

— Plus tard, répéta-t-il balayant le sujet d'un geste de la main.

Abe s'appuya contre la paroi vitrée dans un nouveau soupir. Lenny réalisa à cet instant que ces deux jours allaient être compliqués pour tout le monde. Très compliqués. Il voulait pourtant les vivre.

***

Elle avait refait sa valise à trois reprises, remplaçant plusieurs fois les tenues qu'elle porterait quand elle le verrait. Elle s'était lavé les cheveux, le moindre centimètre carré de sa peau, exterminé le maximum de poils disgracieux. Elle avait changé d'avis pour les vêtements, recommencé sa valise, cherché une robe ou une jupe, quelque chose d'un peu fifille, songé à appeler Thalou pour se faire prêter quelque chose... Mais le temps passait trop vite et elle devait à présent se bouger les fesses pour choper un RER jusqu'à Orly et foncer jusqu'à l'enregistrement du vol Easyjet qui la transporterait en moins de deux heures à Dublin. Sans ça, rien de ce qui la stressait — à savoir retrouver enfin Lenny Bennett en vrai — n'arriverait.

L'idée avait germé au cours d'une de leurs nombreuses conversations téléphoniques de ces dernières semaines. Le tournage allait faire une pause pendant les vacances de Noël et Lenny en profiterait pour venir en Europe. Alors, il lui avait demandé si, peut-être, éventuellement, elle serait OK pour le rejoindre et passer enfin du temps ensemble le premier jour où il ne serait plus si éloigné que cela, ce qui correspondait à la convention de fans. Julia lui avait dit qu'elle n'avait jamais visité Dublin ou l'Irlande. Il lui avait répondu que si elle acceptait de venir, ils ne sortiraient pas de leur chambre d'hôtel parce qu'il avait tellement envie d'elle que parfois, ça le rendait dingue. Voilà de quoi était capable Lenny Bennett. Des compliments les plus directs qui soient. Cela aurait dû rassurer Julia, un mec qui soit capable de lui dire ça, mais elle avait pourtant à présent une boule de stress qui grossissait dans son ventre au fur et à mesure que l'avion orange se rapprochait de sa destination. Et si elle le décevait ? Et si la fille sur laquelle il fantasmait n'était pas à la hauteur de son souvenir parisien ? Et s'il regrettait même sa rupture avec Abe ? Julia eut beau chercher à se raisonner ou à se distraire en feuilletant le magazine de la compagnie, le stress ne disparut pas et atterrit avec elle à l'aéroport de Dublin.

De l'extérieur, l'hôtel ressemblait exactement à ce qu'il était : un hôtel moderne qui manquait de charme dans une zone aéroportuaire qui en avait encore moins. Mais quand elle passa les portes d'entrée, Julia eut l'impression que le bâtiment tout entier était en état de siège. Un champ de bataille rempli de décorations de Noël et de fans — assis, debout — qui faisaient de longues queues devant des portes qui donnaient accès à des salles ou des salons privés. Les fans en question étaient surtout des jeunes femmes qui semblaient être venues de toutes les régions d'Europe — on entendait de l'espagnol, de l'allemand, des langues probablement nordiques parlées par des jeunes femmes bien plus blondes et grandes qu'elle. De l'anglais aussi, bien sûr. Et toutes avaient dans leurs mains, des téléphones portables et autour de leur cou, des badges de la convention.

Légèrement abrutie par tant de monde et tant de bruit concentrés dans un endroit trop petit, Julia mit quelques secondes à repérer la réception. Elle s'avança timidement, en veillant à bien se rappeler les consignes que lui avait données Lenny.

— *Hello, may I help you ?*

— Je suis Miss Parker, dit-elle au réceptionniste qui venait de la saluer.

L'homme d'une cinquantaine d'années plongea ses yeux sur son écran et tapa son nom.

— Oui. Effectivement. Bonnie Parker. Chambre 208.

Julia ne put s'empêcher de sourire en découvrant le prénom dont Lenny l'avait affublée.

— Voilà votre pass pour la chambre et M. Barrow nous a également chargés de vous donner ceci.

L'homme déposa sur le comptoir devant elle un pass en plastique coloré. Un de ceux que toutes les fans venues pour la convention portaient autour de leur cou. Pour une raison qui lui échappa, Julia se sentit rougir.

— Merci, bredouilla-t-elle.

— Je vous en prie, Miss Parker. Bon séjour parmi nous.

D'un geste mécanique, Julia passa le cordon du pass autour de son cou et s'avança au milieu du hall, se rapprochant d'une des portes entrouvertes qui donnaient sur une plus grande salle. À ce moment-là, elle la reconnut. *Sa* voix. Grâce à l'effet que celle-ci lui faisait à chaque fois qu'ils parvenaient à se parler au téléphone ou par Facetime. Sa voix version digitale. Électronique. Automatique. La voix de Lenny qui parlait dans un micro.

— Miss ? Si vous voulez rentrer, veuillez laisser votre valise sur le côté. Vous la reprendrez après.

Julia s'aperçut qu'elle s'était approchée du cordon de sécurité qui protégeait l'entrée de la salle, suffisamment près pour donner au responsable sécurité l'impression qu'elle voulait y accéder. Poussée par la curiosité, elle décida de poursuivre son exploration.

— Je peux entrer avec ce badge ? demanda-t-elle au vigile.

Il opina : affirmatif. Julia fut soulagée et ne put s'empêcher de lui adresser un sourire auquel il ne répondit pas. OK. Pas grave. Elle n'était à ses yeux qu'une énième fan, légèrement excitée et larguée. D'ailleurs, c'était peut-être exactement l'identité de Miss Parker : une fan venue rencontrer une star du petit écran. Alors, Julia rangea sa valise sur le côté comme demandé, montra son badge puis l'homme la fit passer de l'autre côté de la porte. Et le spectacle commença.

*
**

D'abord, Julia ne vit rien ; devant elle, des dos par centaines, tournés vers un point focal devant eux. Elle se mit sur la pointe des pieds, chercha un meilleur angle et finit par voir ce qu'ils regardaient tous. Là-bas, sur une scène légèrement surélevée, ils étaient neuf, assis sur des fauteuils. Neuf des acteurs de la série et parmi eux, au centre, comme dans une hiérarchie implicite, elle aperçut Abigaël. Puis, enfin, le seul qu'elle cherchait : Lenny Bennett. Son Lenny. Bordel, qu'il était beau ! Diablement sexy même, avec sa barbe de quelques jours, ses mèches blondes autour de son front et ce regard si joyeux, presque enfantin, tourné vers les spectateurs. Il était toujours en train de parler, répondant aux questions posées par l'assistance.

— … Je ne sais pas comment vous expliquer ça… Mais vous savez, en tant qu'acteur, quand on tourne une scène, on se demande toujours : « Est-ce que c'était bien » ? Ce qui est une autre façon de dire « Est-ce que j'étais bon ? » Oui, il faut que vous le sachiez, les acteurs sont assez égocentriques.

Rires dans la salle. Le rire majestueux d'Abe, peut-être légèrement excessif, s'y joignit puis l'actrice donna un coup de coude à son partenaire, voisin et petit ami officiel pour finalement lancer à l'audience :

— Enfin, surtout Lenny, comme vous pouvez le constater !

Nouveaux rires dans la salle.

— Merci, Abe, reprit Lenny en souriant, faussement vexé. Merci. Bref… Ce que je voulais dire c'est que, grâce à vous, aujourd'hui, j'ai compris que le plus important, ce n'est pas ce que je pense de mon jeu d'acteur. Le plus important, c'est ce que vous ressentez, vous, quand vous regardez la série. Et tout à l'heure, pendant qu'était projeté ce montage des meilleures scènes de la saison, je regardais vos visages et je me disais : on a fait du bon boulot ! Ils ont l'air heureux. Alors merci !

La salle se mit à applaudir. Fort. Une voix, par-dessus, cria :

— I loooooove yoooou, Lenny !

— Merci, moi aussi ! répondit-il à la volée.

Nouveaux rires. Nouveaux applaudissements. L'ambiance était électrique, chaleureuse et tandis que tous les visages convergeaient vers Lenny qui finissait d'être applaudi, Julia se figea en observant la manière dont Abe le regardait lui.

Abe ne jouait pas. Aussi talentueuse soit-elle, et, en toute honnêteté, bien que non-spécialiste, Julia la trouvait bluffante dans chaque épisode, la jolie Canadienne ne pouvait pas simuler l'amour qu'elle portait à Lenny. Il y avait de l'admiration aussi. De la fierté peut-être. Quelque chose de pur.

— Je voulais aussi vous dire merci d'être venus aujourd'hui à Dublin pour nous rencontrer. C'est émouvant de vous parler, de recevoir vos cadeaux, de sentir votre soutien. Guys, cette journée est magnifique grâce à vous !

Et puis ce fut fini. Lenny lâcha le micro et Abe prit à son tour la parole, répondant aux questions du public. Julia laissa son regard fixé sur Lenny, décontracté, souriant, un Lenny dans son élément qui ne devinait pas qu'une fille nommée Julia était en train de le dévorer des yeux en espérant, vainement, qu'il la remarque dans cette foule de visages.

Mais cela n'arriva pas et dix minutes plus tard, tous les acteurs quittèrent la salle sous des tonnes d'applaudissements. La dernière chose qu'elle vit fut le bras que Lenny glissa autour de la taille d'Abe au moment où ils sortirent par une porte sur le côté. Sonnée, Julia resta immobile, tandis qu'autour d'elle, tout le monde quittait la pièce dans un brouhaha enthousiaste. Elle ne savait pas dire ce qu'elle ressentait. À la fois un truc très agréable provoqué par le simple fait de l'avoir revu et écouté, ce qui avait rendu soudain les choses tellement réelles et possibles. Et en même temps, elle subissait un stress encore plus grand que quelques minutes auparavant. Elle respira profondément plusieurs fois d'affilée puis se décida enfin à agir. Elle allait monter dans la chambre 208 et attendre Lenny. Après, ça irait mieux. Tout irait mieux.

La chambre qu'elle découvrit était vide. Cela ne la surprit pas : Lenny venait de s'échapper en coulisse par une porte dérobée, mais il n'était pas Houdini. Il n'allait probablement pas tarder car le programme de la première journée était terminé.

Julia entra prudemment dans la pièce. Ça n'avait beau être qu'une chambre d'hôtel anonyme, elle avait quand même l'impression de pénétrer dans un domaine privé, occupé par un homme qu'elle connaissait bien peu. Elle regarda autour d'elle, toujours sur le pas de la porte, et fut émue par la vision des affaires que Lenny avait abandonnées ici et là et qui attestaient sans aucun doute possible de sa présence. Sur la chaise, accroché sur le dossier, elle reconnut le bomber noir qu'il portait le jour de leur rencontre et, jeté négligemment sur le petit bureau, le bonnet noir qu'il arborait souvent à Vancouver, sur les selfies qu'il avait faits de lui et envoyés ces derniers temps. Ce simple bonnet dissimulait à la fois ses boucles blondes et son identité, et ce bien plus efficacement que des lunettes noires qui n'auraient fait qu'attirer l'attention des passants.

Julia abandonna sa valise à l'entrée et avança vers le lit où elle s'assit, sans oser visiter la chambre plus en détail, presque honteuse à l'idée qu'on la surprenne en train de fouiller. Ou qu'on pense que c'était ce qu'elle faisait. Elle soupira puis sortit son téléphone et se décida à lui envoyer un message. Après quelques secondes de réflexion, elle s'essaya à un truc léger, un peu coquin. À l'image de leurs échanges réguliers par texto.

Ton premier cadeau est arrivé dans ta chambre. Joyeux Noël !

Mais elle avait peur, la trouille lui vrillait le ventre, et fut encore plus angoissée quand, au bout de quelques minutes, Lenny ne lui avait pas encore répondu. Alors que son habitude était toujours de lui écrire vite, de lui répondre du tac au tac. Son silence, précisément dans cette situation était difficile à supporter. Et s'il avait changé d'avis ? Et s'il regrettait qu'elle soit venue ? Et si plus qu'un cadeau, elle était un boulet ? Car comment ce type si parfait qu'il en devenait presque irréel et que des centaines de jeunes femmes et quelques hommes aussi étaient venus rencontrer pour lui parler, lui témoigner leur admiration et même peut-être leur amour, pouvait trouver en elle, Julia, le moindre intérêt ? Et Abe, à ses côtés, si souriante et si rayonnante de beauté paraissait, elle, tellement digne d'intérêt. Tellement de son monde.

Julia ne se découvrait pas jalouse ; la jalousie c'est quand on pense qu'on peut rivaliser avec quelqu'un. C'est quand, à tort ou à raison, on estime qu'on mérite quelque chose que quelqu'un d'autre possède à votre place. Or, face à cette vision de Lenny et Abe, ensemble, complices, beaux comme des dieux, qui lui avait explosé à la figure, Julia avait totalement perdu confiance en elle, du bout de ses orteils, jusqu'à la pointe de ses cheveux impossibles à coiffer (merci la bruine irlandaise qui avait bousillé tous ses efforts pour les discipliner élégamment).

Et soudainement, il fut là. Devant elle. Sur le pas de la porte de la chambre et avec un sourire tellement grand qu'elle ne put faire autrement que de lui en offrir un en retour et d'avancer vers lui.

— Julia...

— J'ai peur, répondit-elle avec une totale honnêteté.

— Moi aussi, avoua-t-il en faisant les derniers pas jusqu'à elle. Mais une trouille qui fait plaisir aussi...

— J'ai trop mal au ventre pour ressentir du plais...

Lenny prit son visage en coupe dans ses mains et la fit taire en posant ses lèvres sur les siennes. Comme cette première fois. Le même geste. La même force. La même sensation de se dissoudre, de se liquéfier. De se perdre dans ce baiser.

— Ça va mieux ?

— Un peu.

— Alors, laisse-moi continuer jusqu'à ce que tu te sentes vraiment, vraiment mieux...

Ces dernières semaines, il avait été une voix et beaucoup de mots. Il avait été des rires, des blagues et des confidences. Mais comme c'était bon là, à présent, de le retrouver tout entier. Car ce qu'il lui offrait, c'était tout son corps et ses pensées, et toute sa douceur et sa férocité. Comme elle aimait ça, le goûter, l'embrasser, le rendre fou de désir... Encore plus peut-être que lorsqu'il prenait le contrôle et la guidait vers le plaisir. Et pour Julia, c'était la première fois. La première fois que le plaisir et les sentiments et la vérité étaient parfaitement alignés. La première fois qu'elle n'avait pas honte non plus d'être folle de lui parce que de manière improbable, voire miraculeuse, Lenny semblait fou d'elle également. Et qu'entre fous, on pouvait s'abandonner. La boule au ventre, le stress, la peur, l'insécurité, Lenny avait fait tout disparaître, baiser après baiser. Et il était parvenu à faire oublier, sans même le deviner, les souvenirs de cette foule de jeunes femmes et d'Abe et sa beauté sculpturale. Et le Lenny assoupi à ses côtés, nu, chaud, beau, était la seule image, étourdissante, qui envahissait désormais son cerveau.

Puis il y eut les toc toc à la porte d'entrée. Ou ce qu'elle crut être la porte d'entrée. Doucement, elle secoua l'épaule de son amant endormi. Pas certaine de ce qu'elle devait faire s'il ne se réveillait pas. Mais il ouvrit les yeux et bordel, la première chose qu'il fit, fut de lui sourire. Un ange, ce mec.

— Ça toque à la porte, chuchota-t-elle.

Lenny continua à lui sourire puis cela recommença. Avec une voix féminine qui s'ajouta aux bruits sourds du toc toc.

— Lenny ? Tu es réveillé ?

Julia tourna la tête en même temps que Lenny vers la porte dont provenaient les bruits, une porte à laquelle elle n'avait pas prêté attention, dans le mur qui les séparait de la chambre d'à côté.

— Lenny ? Tu m'ouvres, s'il te plaît ?

Lenny se redressa dans le lit, sauta sur le sol, nu comme un ver et, déséquilibré, retomba comiquement sur le matelas. Julia eut envie de rire. Mais lui n'avait pas l'air parti pour rigoler.

— C'est Abe, chuchota-t-il, en enfilant le boxer abandonné sur la moquette. Les deux chambres sont communicantes… La prod croyait bien faire, tu comprends ?

— Lenny ? Tu vas être en retard ! Lève-toi !

Lenny jeta un regard désespéré vers la porte, se tourna vers Julia et lui intima, d'un doigt sur la bouche, de se taire.

— Je suis dans la salle de bains, dit-il, bien fort. Je te rejoins en bas.

— OK, répondit Abe de l'autre côté du mur. Ne tarde pas.

Lenny traversa la pièce sans faire de bruit et vint retrouver Julia dans le lit. L'un et l'autre restèrent face à face, les oreilles aux aguets. Puis ils entendirent tous les deux le bruit qu'ils espéraient : celui de la porte de la chambre d'Abe qui claquait puis des premiers pas de la jeune femme dans le couloir. Julia se mit à respirer à nouveau normalement et ne put s'empêcher de sourire en repensant à cette scène digne d'un vaudeville qu'ils venaient tous les trois de jouer. Lenny, lui, ne semblait pas s'amuser de la situation.

— J'aurais dû te prévenir qu'elle était à côté, s'excusa-t-il, le visage fermé.

— Ça va, Lenny. Je gère, dit-elle pour tenter de les rassurer tous les deux en une seule fois.

Soulagé, il se laissa tomber sur le matelas et elle vint instinctivement se lover contre lui, heureuse de sentir ses bras qui s'enroulèrent aussitôt autour d'elle.

— Tu crois qu'elle nous a entendus cette nuit ? bafouilla soudain Julia en rougissant à moitié.

Objectivement, c'était probable mais la beauté de leur nuit l'emportait sur le risque. Ils rirent tous les deux.

— Je ne sais pas comment tu fais ça, chuchota-t-il à son oreille, mais tu me rends dingue, Julia.

Elle se colla plus fort à lui. Puis, sans prévenir, se redressa et se mit à le secouer.

— Faut que tu te lèves, Lenny, allez, faut que tu ailles bosser !

Lenny soupira.

— Pas envie !

— Des milliers de fans t'attendent aujourd'hui.

— Arrête de te moquer.
— Je ne plaisante pas, c'est impressionnant ce qu'il se passe ici. Il faut que tu y ailles. Tu le leur dois.
— T'es sérieuse ? Tu ne trouves pas que c'est un sacré cirque ?
— Pas du tout. C'est spécial. Une énergie positive. Des gens qui expriment de l'attention. Franchement, tu as de la chance.
Lenny acquiesça.
— J'avais peur que cela te gêne… ou que tu détestes le principe.
— Je ne suis pas forcément très à l'aise, admit-elle. Mais je gère aussi.
Gérer. Décidément, ce mot envahissait son vocabulaire et leur conversation matinale. Peut-être qu'être au contact du monde de Lenny lui faisait soudain prendre conscience du nombre improbable de situations bizarres qu'il avait « à gérer ». À commencer par ce couple factice avec sa partenaire Abe.
— Tu gères très bien, assura-t-il. Et j'apprécie beaucoup.
— T'inquiètes.
— Bon, je me prépare, alors…
— Oui.
— Et toi, tu vas faire quoi ?
— Je vais jouer à Pénélope.
— Il y a un hammam dans l'hôtel et puis une piscine, une salle de gym.
— J'ai pas pris de maillot. C'est ballot.
— La boutique de l'hôtel en vend sûrement. Va t'en chercher un, tu le mettras sur la note de la chambre.
Julia fronça les sourcils. Peut-être à cause de cette question d'argent. Peut-être surtout à cause de la culpabilité sous-jacente de Lenny.
— Je ne suis pas venue pour me baigner ou pour que

tu m'achètes un maillot de bain, je suis venue pour te voir. Alors, je vais rester tranquillement dans la chambre à bouquiner, vider le minibar et regarder des films érotiques en VOD. Elle est belle, la chambre. Ça va bien se passer.

— Tu sais ce qui est véritablement beau dans cette chambre ?

— Non ?

— Toi, toute nue, dans ce lit. Je risque de trouver le temps long aujourd'hui.

Julia avait pris un bain, bu des cafés, beaucoup regardé la télévision irlandaise. Mais malgré toute sa bonne volonté de prendre son mal en patience avant de retrouver Lenny, très vite, elle se sentit dans la chambre comme Raiponce dans sa tour. Pourtant, elle n'avait pas envie de grand-chose d'autre si ce n'est de le retrouver, lui. Pour quelques nouvelles heures. Qui seraient courtes. Lundi, au petit matin, elle reprendrait un vol pour Paris et, si tout se passait comme prévu, serait opérationnelle dans sa tour de la Défense dès 9 h 30. Et après ? Qu'allait-il se passer après ?

Julia s'écroula sur le grand lit défait et fixa le plafond. Voilà, le stress reprenait les rênes de son cerveau et l'éloignait de cette bulle parfaite qu'ils avaient créée autour d'eux. Qu'allait-il se passer ? Quand se reverraient-ils ? Aurait-il seulement envie de la revoir ? Et comment pouvait-elle prendre place dans son monde ? En était-elle seulement capable ? Julia ferma les yeux, presque à bout de souffle tant sa gorge se serrait et les émotions circulaient en elle, comme le sang dans ses veines. La sonnerie de son portable la sauva de ce tourbillon de stress. Le surnom de Nathalie s'afficha sur l'écran : Thalou venait aux nouvelles de la « combattante de l'amour ».

— Alors ? demanda directement son amie.

— Je crois que je suis amoureuse.

Un soupir mélodramatique fut la première réponse de Thalou. Puis elle lança, agacée :

— Évidemment… Ce n'est pas un scoop !

— Comment tu arrives à le savoir mieux que moi ?

— Ça fait deux mois que tu n'as pas couché avec un autre mec, deux mois que tu ne sors plus tous les soirs de la semaine et deux mois que tu le connais…

— Bordel, pourquoi je suis la dernière à m'en rendre compte…

— Et ça va comme tu veux ?

— Avec lui, c'est parfaitement parfait.

Thalou respecta le silence qui s'ensuivit. Un silence durant lequel Julia ferma les yeux et sourit en même temps. Profondément heureuse. Cotonneuse. Fragile aussi, dans ce bonheur irréel. Puis elle l'entendit relancer la discussion.

— Mais ?

Julia rouvrit les yeux, comme un rappel à la réalité. Sans surprise, Thalou avait senti ce petit quelque chose qui encombrait son bien-être.

— C'est parfait quand on est seuls. Quand il est au milieu du reste du monde, c'est plus difficile.

— Mais tu as le plus important, non ?

— Son monde, c'est lui aussi.

— Si tu as confiance en lui, il n'y aura pas de problème.

— Oh ! j'ai confiance. Totalement, stupidement, bêtement. Dans une certaine mesure, c'est moi qui n'ai pas confiance en moi. J'ai peur de ma capacité hyper développée à faire tout foirer. J'ai un putain de talent pour ça, tu le sais ?

— Oui.

— Merde, Thalou, c'était le moment où tu devais me rassurer.

— Désolée. Je suis en train d'apprendre à être diplomate, mais je ne suis pas encore opérationnelle. Un prof à Sciences-Po m'a dit l'autre jour que pour l'ENA, il faudrait que je développe ce truc qui s'appelle l'hypocrisie.

— Ouais, ça s'appelle aussi avoir une sensibilité.

— Oh ça va, Julia... Ce que je voulais dire c'est que oui, tu as parfois tendance à bien planter les trucs qui comptent et que tu as par ailleurs une légère incapacité à t'engager avec quelqu'un.

— N'importe quoi... Tu fais psy, toi, maintenant ?

— Tomber amoureuse de quelqu'un d'inaccessible genre Luke ou au contraire, ne jamais rester en couple plus de deux secondes et demie avec personne, c'est du pareil au même. Tu as un sérieux problème d'engagement.

— Si tu veux mon avis, reste bien concentrée sur ton projet ENA, s'agaça soudain Julia plus qu'elle ne le voulait. Car tu es très mauvaise pour les autres trucs qui s'appellent la vie réelle, les sentiments, tout ça.

— OK. Bien envoyé. Je le mérite. Pardon... C'est quoi ta théorie à toi, alors ?

— Peut-être que c'est parce que je n'ai jamais trouvé le bon et que c'est en train d'arriver, là, maintenant ? C'est pas le concept même de l'amour ?

Ce qu'il y avait de bien dans cette amitié, c'était qu'elles se parlaient franchement. Et même quand c'était blessant, Julia ne regrettait jamais leurs échanges vifs. Même si celui-ci n'avait pas été des plus agréables. La raison en était simple : Thalou disait vrai. Oui, Julia avait bien remarqué qu'en elle, quelque chose la retenait. Avec Lenny, elle avait actionné le mécanisme dès que la blessure s'était présentée, au lendemain de leur première nuit ensemble. En dépit de tout ce qu'elle voulait vivre avec lui et de ce qu'elle avait osé auprès de lui, quand il avait voulu lui parler, évoquer la vie d'après, elle avait appuyé sur le bouton « casse-toi », car elle ne voulait pas souffrir plus que ce qu'elle ressentait déjà. De peur d'être abandonnée, elle prenait les devants. Et ce n'était pas sorcier de comprendre d'où venait son manque cruel de confiance en elle. Mais elle n'aimait pas songer à ça, elle détestait penser à son père. Elle haïssait les ténèbres trop familières qu'elle retrouvait à chaque fois que cela arrivait.

Selon elle, le problème quand vous étiez une enfant des années 2000, c'était que tout avait déjà été vécu. Tout avait été expérimenté et banalisé. Ainsi, de manière tout à fait classique, Julia avait fréquenté à l'âge de dix ans un pédopsychiatre. C'était son asthme qui avait été le déclencheur ; ces crises qu'elle faisait à chaque événement important de sa vie et qui l'empêchaient de vivre comme de respirer. La première crise avait eu lieu quand ses parents lui avaient annoncé leur séparation ; la plus grave, celle qui l'avait conduite à l'hôpital Necker un début de soir d'été, s'était déroulée quand sa mère avait formulé le projet d'envoyer Julia une semaine en colonie de vacances dans un centre équestre normand. Après cet épisode-là, elle avait fini par rencontrer une dame dont le boulot était de la faire parler, de la conduire à exprimer ce qui l'empêchait de respirer. Julia avait compris les mécanismes que son corps et son cerveau mettaient en place pour manifester ses émotions quand elle était incapable de les verbaliser. Et elle avait aussi fini par accepter qu'un de ces trucs qu'elle n'arrivait pas à énoncer, c'était la souffrance de la petite fille que son père avait abandonnée. Cette absence elle aussi si banale dans le monde qu'elle connaissait.

À vingt-deux ans, Julia savait que ce sujet restait le plus

épidermique de sa vie. Elle n'avait pas revu son procréateur depuis des années ; la dernière fois, elle avait dans les quinze ans et avait juste eu envie que le moment soit le plus court possible. Aujourd'hui, elle savait qu'après des années à Carcassonne, il était revenu vivre à Paris — ou en banlieue — et qu'il travaillait en studio. Depuis qu'elle avait découvert ce retour, tout près d'elle, elle vivait avec le stress de le croiser par hasard, dans un métro ou dans la rue et de ne même pas le reconnaître — elle était en même temps certaine que lui en serait incapable. Que savait-il d'elle ? Qu'avait-il voulu savoir ? Rien. Rien du tout. Toute sa jeune vie, son père lui avait signifié en long et en large à quel point elle n'était rien, elle ne valait rien, elle n'était digne de rien. Elle n'en valait tout simplement pas la peine puisqu'il avait pu la laisser, sans se retourner et sans jamais revenir.

Mais le problème qui venait la percuter ce matin-là c'était les conséquences de cet abandon. Puisque le premier homme de sa vie l'avait quittée alors qu'elle avait tant besoin de lui, n'importe quel autre homme pouvait recommencer. Alors tel un animal guidé par son instinct de survie, Julia avait inscrit dans sa chair, dans ses neurones et dans ses souvenirs cette leçon de la vie. Et pour se prémunir de la souffrance redoutée, elle avait mis en place un schéma de défense quelque peu basique, mais redoutablement efficace : fuir plutôt que risquer de souffrir. À l'image de ses baskets qui semblaient toujours partantes pour l'emmener le plus loin possible dès qu'un garçon ou un homme avait essayé de bâtir une relation plus sérieuse avec elle.

Julia ne voulait plus de ça. Deux mois plutôt, déjà, elle avait failli rater Lenny. Et si celui-ci n'y avait pas cru pour deux, elle n'aurait certainement pas eu le plaisir d'être à ses côtés à Dublin ce week-end-là. Et elle ne voulait plus non plus se laisser porter par le courant et ne pas prendre sa vie en main. Et le dire était peut-être le début du changement.

D'ailleurs, cette perspective d'un nouveau départ la décida. Elle allait sortir de cette chambre, mettre son pass VIP autour du cou et humer l'air de la célébrité et de la starification. Peut-être aurait-elle la chance d'apercevoir Lenny, peut-être pourrait-elle même se réjouir de le voir dans son élément, sans être prise par ce sentiment légèrement paniquant d'insécurité qui l'avait bouffée la veille à son arrivée à l'hôtel. Elle lui avait affirmé ce matin même qu'elle gérait et elle allait gérer !

Précipitamment, elle s'habilla, attrapa la clé de la chambre, son téléphone et sortit dans le couloir. Ce fut ce moment que choisit sa mère pour l'appeler. Tout en claquant la porte derrière elle, Julia répondit au téléphone.

— Bonjour, ma fille !

Le ton de sa maman était joyeux, doux. C'était un réconfort pour Julia de retrouver sa voix.

— Bonjour, chère mère ! répondit-elle avec le sourire. Tu m'appelles d'où ? J'entends rien. Ça crie derrière.

— Je suis avec les petites au square… Et comme tu ne m'as pas appelée hier pour me rassurer…

— Désolée…

— C'est bien, Dublin ?

— Oui, mentit-elle. Il fait beau en plus.

Julia parlait beaucoup à sa mère et ne lui cachait pas les détails logistiques de sa vie. Quand elle sortait, quand elle partait en week-end, prenait des trains, des avions, des voitures. Quand elle traînait avec Thalou ou des amis d'école, de stage, de vie. Mais le seul sujet qui n'était jamais d'actualité était sa vie sentimentale ; pour ça, sa mère devait lire entre les lignes. Comme ce matin-là. Où elle savait sa fille à Dublin, avec un ami. Mais rien d'autre.

— Tu peux essayer de ramener des bricoles pour les petites ?

— Genre un pack de Guinness ?

— Oui. Parfait. Et tu m'appelles demain quand tu as atterri, s'il te plaît ?

— Promis. Je le fais cette fois.

Julia raccrocha, le sourire aux lèvres, mais celui-ci fut de courte durée. Là, tout près d'elle, immobile devant la porte de sa propre chambre, Abigaël la dévisageait. Et bordel, de près, elle était encore plus impressionnante de beauté. Une vraie poupée à la peau parfaite, avec un teint lumineux et des yeux, mon Dieu, incroyablement expressifs. Mais là, ce qu'ils exprimaient, Julia ne savait pas trop quoi en penser.

— Hello, articula Abigaël en sortant la clé de sa chambre de sa poche.

Ses yeux se baissèrent vers la serrure de la porte et l'actrice essaya d'y insérer sa clé mais Julia vit ses mains trembler. C'était incroyable de penser que cette jeune femme miraculeusement belle, talentueuse et célèbre, était davantage troublée qu'elle.

— Hello, bafouilla-t-elle un chouia trop tardivement pour être naturelle.

Que dire d'autre ? Que faire d'autre ? Comment rester ? Comment partir ? Julia se sentit mal. Terriblement coupable. Affreusement salope. Tout ce qu'elle n'aimait pas penser d'elle-même lui explosait à la figure à mesure que la fragilité d'Abigaël lui apparaissait. Enfin, l'actrice réussit à enfoncer la clé dans la serrure, déverrouiller la porte, s'engouffrer dans la chambre et puis ce fut tout ; elle avait disparu. Il n'y avait plus que cette porte refermée dans un bruit sourd et Julia, bêtement occupée à la fixer.

***

J'ai croisé Abigaël devant la chambre. Je crois qu'elle a compris… Je suis désolée.

Je voudrais te parler asap…

Lenny ne paniqua pas, mais il dut bien admettre que les deux textos successifs, l'un de Julia, l'autre d'Abe, le tout à cinq minutes d'écart, ce n'était pas de bon augure. Pourtant, là, maintenant, il n'y avait rien qu'il puisse faire. Pour trente minutes encore, il était bloqué au photocall — un *photocall* de convention — où le but du jeu n'était pas d'être mitraillé par tous les photographes people que comptait la galaxie, comme pour un tapis rouge d'avant-première ou un festival, non, là, il n'y avait qu'un professionnel dont le boulot était de faire défiler toutes les fans qui voulaient se faire photographier avec Lenny et acheter ensuite la photo. Et chaque cliché n'était pas seulement une pause côte à côte ; c'était une rencontre, des échanges, Lenny qui se montrait le plus serviable, heureux, ouvert possible, c'était accepter des cadeaux qu'on lui offrait, recevoir des témoignages d'admiration aussi, c'était tous ces trucs inouïs qui lui arrivaient. Sauf que là, tout de suite, il aurait bien voulu pouvoir s'échapper. Parce que le seul témoignage d'affection qu'il voulait recevoir, c'était celui de Julia qui ne lui annonçait pas qu'elle allait prendre ses jambes à son cou et le laisser avec son monde de fous, son ex-petite copine mais encore collègue de travail et ses fans européennes.

Entre deux jeunes filles, visiblement copines et objectivement allemandes, Lenny, aussi vite que ses doigts le lui permettaient, répondit à Julia.

Je vais aller lui parler. Ne t'inquiète pas, baby.

Merci. Tu es beau quand tu écris.

Surpris, Lenny leva la tête de l'écran de son téléphone et engloba la salle du regard. Là, près de la porte, tout à côté du gars de la sécurité, elle le regardait. Merveilleusement souriante. Lenny poussa un soupir de contentement en lui répondant discrètement par une moue amusée. Ouf ! Elle avait l'air entière et sereine ; peut-être qu'elle allait rester encore un peu. Tout espoir n'était pas perdu. Ragaillardi, Lenny se tourna vers la jeune Allemande qui s'avançait vers lui et l'accueillit avec un grand sourire.

Il y eut encore bien des jeunes filles, bien des sourires et des embrassades, bien des pauses devant l'objectif et puis il fut enfin libéré. À l'entrée de la salle, Julia avait disparu sans qu'il ne sache dire quand. Peut-être était-elle remontée dans la chambre ? Peut-être sortie prendre l'air sur le parking de l'hôtel ? Il se faufila aussi vite que possible hors de la pièce et la chercha du regard dans le hall envahi. En vain.

Il finit par écrire à Abe tout en se dirigeant vers les ascenseurs.

Je monte te voir.

Il déverrouilla la chambre et entra, pressé de savoir si Julia s'y trouvait mais il ne lui fallut que quelques secondes pour se rendre compte de son absence. Tant pis. Le désir, l'envie, c'était Julia. Mais l'urgence, c'était la jeune femme brune, dans la chambre d'à côté. Il s'approcha de leur porte commune et frappa.

— Abe ? C'est moi…

— C'est ouvert, répondit-elle.

Lenny entra, à la recherche des premiers mots qu'il pouvait prononcer et qui ne seraient pas « je suis désolé », mais un truc dont il ne comprit ni la provenance ni la consistance le toucha à l'épaule avant de tomber sur le sol, à ses pieds. Il s'agissait d'un livre. Plutôt petit, mais sacrement percutant, lancé par les petits bras musclés d'Abe.

— Ouch ! fit-il, largement plus surpris que blessé. Arrête !

Mais Abe s'était déjà saisie d'un autre objet volant identifié cette fois, le menu du room service, que Lenny parvint à éviter.

— Putain, Abe, arrête tes conneries !

À la recherche de nouvelles munitions, Abe ne le vit pas arriver jusqu'à elle et il en profita pour s'asseoir tout près d'elle sur le bord du lit et l'immobiliser en la prenant dans ses bras. La jeune femme, en larmes et en colère, résista et se débâtit encore et encore. Il persista à la tenir contre lui, à la serrer, espérant pouvoir lui transmettre sa force et sa tendresse, tout en même temps. Alors, peu à peu, elle s'apaisa, relâcha la pression, arrêta la lutte et il n'y eut plus que le son de ses sanglots pour rappeler à Lenny dans quelle merde ils étaient.

— Ça va mieux ? demanda-t-il prudemment en relâchant son étreinte.

Abe hocha la tête.

— On peut parler ? continua-t-il.

Elle inspira une grande bouffée d'air et acquiesça encore.

— Abe… Je sais que c'est dur pour toi. Ne crois pas que je ne le devine pas… Surtout depuis deux jours où on est non-stop en représentation…

— Lenny, arrête. Le sujet n'est pas là. Le sujet c'est cette fille dans ta chambre. Qu'est-ce qu'elle fout là ? C'est elle ?

Elle avait raison : le sujet, c'était ça, c'était Julia. Et par respect, il devait le reconnaître.

— Oui, c'est elle, confirma-t-il.

Lenny regarda la jeune femme fermer les yeux. Elle avait beau l'avoir deviné, elle avait besoin de digérer.

— Comment elle s'appelle ?

— Abe, soupira-t-il... À quoi ça sert... Notre deal, entre toi et moi, c'est de faire semblant. Et je fais semblant. Pour le reste, tu ne peux pas m'empêcher de la voir. Tu m'as demandé de rester discret. Et je le suis.

— Non ! Pas du tout ! Tu nous fais prendre des risques avec elle, ici, dans cet hôtel et dans ta chambre.

— Personne n'a remarqué Julia à part toi et ça, c'est parce qu'on a une putain de chambre communicante, s'emporta-t-il. Ne me fais pas croire qu'on a représenté un risque.

— Julia, murmura-t-elle... Tu vois, il suffisait de me répondre la première fois. De toute façon, tu ne peux pas t'en empêcher. Elle est partout. Tout le temps. Dans les textos que tu lui envoies sans cesse, dans la joie que je vois en toi quand tu crois qu'on ne te regarde pas. Dans cette façon de prononcer son prénom... Julia. C'est beau.

— Je n'ai pas cherché à te mentir. Ou à te cacher sa présence. J'ai essayé de trouver un moyen de ne pas te faire souffrir.

— Et bien essaie plus fort parce que là, c'est un total échec.

Chapitre 4

You're the best thing about me
I'm the kind of trouble that you enjoy
U2, *You're the best thing about me*

La fin de la convention avait été un mélange de soulagement et de torture. S'éloigner pour deux semaines complètes du travail, de l'équipe du tournage, de la proximité des scènes tournées avec Abe avait constitué la partie agréable de l'affaire. Le plus dur avait été de laisser partir Julia, au petit matin chagrin, pour un avion qui la ramenait à Paris puis le supplice de son lundi sans elle… et de son mardi… et du mercredi. Bon, il n'allait pas égrener tous les jours de la semaine, mais l'idée était là. Lenny n'avait pas eu beaucoup de doutes avant de retrouver Julia à Dublin, mais le peu qu'il avait s'était volatilisé complètement quand elle était repartie. La jeune femme qu'il avait tenue dans ses bras, embrassée, caressée, pénétrée, était fidèle au fantasme qu'il avait redouté d'avoir idéalisé depuis leur première rencontre. Ainsi était Julia. Pour la vie peut-être. Et le pire, le meilleur, c'était qu'elle n'était pas seulement cette petite bombe qu'il ne pouvait s'empêcher de désirer et de posséder avec une frénésie sexuelle presque adolescente, non, elle était quelqu'un de bien. D'une grande richesse. D'une jolie simplicité. Drôle.

Émouvante. Tendre. Avec ce je ne sais quoi de si exotique et mystérieux qu'il crevait déjà d'envie de retrouver.

Mais avant leurs retrouvailles qu'ils avaient programmées pour le lendemain du jour de Noël, Lenny avait dû patienter et travailler. Comme elle, il avait des contraintes ; ce n'était pas un stage dans une multinationale française mais un emploi du temps chargé de star du petit écran. Une série d'interviews organisée par l'attaché de presse de la production qui avait profité de la présence de Lenny sur le sol anglais pour redonner un coup de projecteur sur la nouvelle saison en cours. Cela s'était accompagné de deux séances photos et d'un plateau télé pour une émission matinale. Ensuite, il y avait eu cet engagement, pris de longue date et qui lui tenait à cœur pour une vente aux enchères caritatives. C'était une ONG qui défendait l'éducation des filles dans les pays du tiers-monde qui l'avait invité à leur soirée pour faire le buzz et profiter de sa notoriété. Cela s'était bien passé. Ensuite, le lendemain, le 24 décembre au matin, il avait enfin filé à Bristol retrouver sa maman, son grand-père et sa sœur pour profiter d'un Noël en famille dans la plus pure tradition Bennett. Là-bas, il avait retrouvé sa sœur jumelle, remontée comme un coucou suisse.

Courtney était arrivée à la maison une bonne semaine avant lui bénéficiant, en tant que prof, de longues vacances scolaires. Alors oui, elle n'était pas très bien payée et oui, travailler pour une école privée en tant qu'assistante d'anglais, n'était pas le rêve de sa vie mais cette compensation-là faisait partie des avantages qu'elle chérissait particulièrement. Car malgré cette façon si française qu'elle avait choisie pour vivre sa vie, s'il y avait bien une période où Courtney se sentait indubitablement britannique, cent pour cent sujette de Sa Majesté la reine, c'était pour la *Greetings Season*.

À Paris, avait-elle expliqué à son frère dès qu'elle l'avait eu sous la main, à la sortie du train, elle avait été subjuguée par la beauté des décorations de Noël, notamment dans les quartiers chics des 7e et 8e arrondissements. Niveau nourriture, les Français envoyaient du lourd. Ou plutôt, du raffiné avec ce mélange de décontraction « à la bonne franquette » et de snobisme. Et d'ailleurs, elle avait beau avoir beaucoup de peine pour les canards et les huîtres, ces deux animaux faisaient partie de ses dernières découvertes culinaires. Mais voilà, elle s'était également rendu compte qu'il y avait une foule de détails qui manquaient à l'appel pour qu'elle puisse se sentir heureuse de passer les fêtes de fin d'année en France et le principal d'entre eux était de se sentir à la maison, avec sa moman, le chien de sa moman et son satané frère.

Car à la maison, on préparait Noël des semaines et des semaines avant le jour J. On se demandait ce qu'on allait manger. On rachetait quelques nouvelles décorations pour le sapin, mais on s'assurait que toutes les anciennes, celles qui rappelaient les années qui avaient passé, étaient toujours en bon état et prêtes à être réutilisées. On s'envoyait des cartes qu'on exposait sur le rebord de la cheminée ou qu'on accrochait aux murs. En France, elle avait bien essayé tout cela, pour se mettre dans l'ambiance, et ses amis avaient fait de leur mieux pour l'accompagner mais il fallait bien admettre qu'aucun d'entre eux n'était aussi taré qu'elle en matière de traditions.

À présent, après une semaine passée au bercail, son amour pour Noël avait pris un peu de plomb dans l'aile. Et Lenny savait exactement pourquoi : sa mère et sa sœur, dans la même maison, plus de vingt-quatre heures, c'était le carnage assuré. Alors au bout d'une semaine, il redoutait même de devoir appeler les secours. Ainsi était la relation conflictuelle de Courtney avec sa maman. Leur mère et ses manies. Leur mère et ses questions. Leur mère et ses névroses.

— Au moins, maintenant que tu es là, elle va pouvoir s'attaquer à quelqu'un d'autre, se réjouit Courtney en poussant la porte de la maison.

Lenny grimaça. La mission de casque bleu le fatiguait par avance et il n'était pas venu dans l'intention de jouer ce rôle-là. D'ailleurs, le petit diable égoïste qui se posait régulièrement sur son épaule lui murmura à l'oreille « Mais, pourquoi tu es venu au fait ? » car il redoutait la pièce qui allait se jouer dans cette maison dans les prochains jours. Celle où sa mère essaierait désespérément de compenser le manque de communication entre elle et sa fille par une affection débordante pour lui. Et celle où sa sœur finirait par en être jalouse et péter son petit câble habituel. Et lui, au milieu d'une zone de guerre, refusant de choisir un camp sans pouvoir s'empêcher de penser que, quand même, sa mère avait bien merdé avec Courtney. Il fallait le reconnaître.

— Profite parce que je ne vais pas rester longtemps, finit-il par lâcher à sa sœur.

Courtney se retourna immédiatement vers lui, les sourcils froncés.

— Tu repars quand ? Tu es pressé ?

Lenny avança dans l'étroit couloir de la maison et poussa sa valise en bas de l'escalier.

— Julia a trois jours de vacances. Elle me retrouve à Londres.

Puis Lenny tourna le dos à sa sœur et comme pour couper court à une litanie de reproches qu'il sentait arriver, il appela, bien fort :

— Maman ? *I'm home !*

— T'es vraiment dégueulasse ! vociféra sa sœur derrière

lui. Si j'avais su, je ne vous aurais jamais mis dans la même pièce, elle et toi.

Lenny ne put s'empêcher de sourire. Et alors qu'il entendait déjà les pas de sa maman descendre l'escalier avec enthousiasme, il se rapprocha de sa sœur et la prit dans ses bras en la serrant un peu trop fort pour que cela ressemble à de la vraie tendresse.

— Merci, ma chère petite pétasse de sœur adorée...

— Arrête, couina-t-elle en tendant de se dégager. Et ne m'appelle pas pétasse !

— Mais c'est pas vrai, gémit leur mère en les regardant chahuter. Vous êtes déjà en train de vous disputer !

Revenir ici, faire ce chemin à l'envers, retrouver les pas empruntés lors de leur départ du nid leur permettait de redevenir tous les deux les gamins qu'ils avaient été. Puériles et agaçants. Avec une seule envie : se faire chouchouter et ne pas lever le petit doigt. Ce qui fonctionnait assez bien auprès d'une mère en manque de progéniture à cajoler. Lenny venait de s'installer les doigts de pied en éventail sur le canapé et profitait du calme temporaire de la maison, Courtney était partie en virée et sa mère finissait de leur préparer un thé.

— Comment tu trouves Courtney ? demanda Gina en posant un plateau sur la table basse devant lui.

Merde. Ça y était, l'offensive était lancée. Il n'avait rien vu venir.

— Bien ? émit-il prudemment.

— Vraiment ?

Lenny avait beau ne pas être emballé à l'idée de discuter de cela avec sa mère, il ne put s'empêcher de compatir en devinant la souffrance de celle-ci. Son inquiétude. Sa peur. Celle qu'il percevait dans le ton de sa voix.

— Vraiment, répéta-t-il, avec conviction. Elle est heureuse à Paris. Ça se passe bien.

— Ici, elle est sur les nerfs, agressive. Depuis une semaine, on n'arrête pas de se contredire.

— Je pense que c'est quand même le signe de sa bonne santé mentale. Vous avez toujours été dans ce mode-là sauf quand… Enfin, tu sais…

Gina ferma les yeux et il vit ses doigts serrer la tasse de thé comme si elle s'y raccrochait. Est-ce que tous les problèmes des Anglais pouvaient trouver une solution dans le thé ? Est-ce que toutes leurs émotions s'y diluaient ? Depuis qu'il voyageait et vivait une bonne partie de l'année au Canada, il lui apparaissait de plus en plus clairement que ses compatriotes, dont il ne se désolidarisait pas, avaient de sacrées inhibitions émotionnelles. C'était touchant et amusant tout à la fois de les regarder lutter contre leurs sentiments, leurs sensations. Mais grâce à Dieu, les psys, les pubs et le thé existaient.

— Tu vois toujours ton thérapeute ?

Gina en consultait un depuis presque deux ans, grâce à lui. Lui et la finesse d'Andrew aussi. Au moment où le jeune Leonard Bennett avait eu l'opportunité de signer pour une première saison d'une série internationale produite par Netflix, quelque chose en lui avait souhaité refuser l'obstacle. Et Andrew, son agent, s'en était inquiété.

Avant de comprendre.

Lenny, qui était à Londres, venait d'appeler sa mère pour lui annoncer la bonne nouvelle. Elle était sortie de son travail, le fond sonore indiquait à Lenny sa présence dans un pub où elle avait apparemment des habitudes. Il n'était que 18 heures mais les propos de sa mère, inintelligibles, le renseignèrent, sans doute possible, sur son ébriété. Carabinée. Un jour de semaine.

Alors Lenny était allé voir Andrew.

— Ta mère doit être très heureuse pour toi, non ? avait demandé ce dernier.

Andrew fréquentait amicalement Gina depuis quelque temps, assez pour s'en faire une idée précise. Et il était admiratif de cette femme, héroïne de la classe moyenne britannique, mère célibataire qui plus est, qui avait fait passer ses enfants avant toute chose et en toutes circonstances.

Mais Lenny n'avait pas répondu à sa question. Andrew avait vu son regard assombri, sa tendresse naturelle figée dans des traits inhabituellement durs.

— Qu'est-ce qu'il y a ? avait-il demandé.

— J'ai une offre professionnelle incroyable, la chance de ma vie et je ne vais pas pouvoir partir, avait répondu Lenny.

— Pardon ?

Lenny, sur le siège en face de lui, était figé. Fuyant le regard d'Andrew, il avait expliqué :

— Elle a besoin de moi. Elles ont besoin de moi.

Ainsi était faite la vie de Lenny Bennett, vingt et un ans, apprenti comédien, londonien à mi-temps, et fils et frère de deux femmes essentielles à sa vie mais pour qui il était indispensable.

— Lenny, avait murmuré le sage homme en se rapprochant de lui, on va trouver des solutions.

Et Andrew, soixante-sept ans, ancien prof de droit et agent de comédien dans cette nouvelle vie qu'il s'était inventée, aida Lenny à trouver des solutions. Dont la principale consista à faire en sorte que Gina soit aidée par quelqu'un de compétent. Et en même temps que Lenny osa parler à sa mère de son problème d'alcool, en dépit de la crainte qu'il avait de la réaction de cette femme orgueilleuse, il osa aussi mettre des milliers de miles entre les femmes de sa vie et son destin.

Et Gina alla mieux.

Depuis ce jour, deux ans avaient passé. C'était si proche et si loin. Lenny fut tiré de ses souvenirs quand sa maman se tourna vers lui.

— Comme tu es grand, murmura-t-elle en approchant la main de ses cheveux.

Elle allait faire ce geste, ce geste mille fois répété, de ses doigts dans ses boucles décoiffées. Comme il avait aimé sentir sa main, quand elle venait le border dans sa chambre. Parfois encore, il se souvenait de la puissance du sentiment de sécurité qui naissait en lui grâce à ce rituel affectueux. Quand les doigts de sa mère touchèrent ses cheveux, Lenny ressentit une vague de chaleur bienheureuse traverser son corps de haut en bas. Il était heureux d'être là, malgré cette part manquante que représentait Julia.

Ce geste-là, pourtant, cohabitait dans le cerveau de Lenny avec d'autres souvenirs plus ambigus et tout aussi marquants. Ceux des colères de sa mère. Des colères enfouies depuis longtemps qui pouvaient remonter d'endroits insondables et marquer durablement de leur empreinte les jours suivants. Il avait encore la mémoire du visage de Gina dans ces moments d'adrénaline quand les frustrations de la vie débordaient pour un rien, pour une fameuse goutte d'eau. La facture de trop qu'elle n'allait pas pouvoir payer sans recourir à la générosité de son propre père. La remarque d'une institutrice qui s'étonnait de la fatigue des uniformes scolaires de ses jumeaux. Les jumeaux eux-mêmes et leurs incessantes batailles, disputes, réconciliations bruyantes. Chaque chose du quotidien semblait alors la révolter et faire monter la pression. Alors, pour un rien, mais un rien de trop, Gina pouvait des jours durant devenir cette maman irrationnelle, à l'affection brutale, au mutisme traumatisant et Lenny, au fur et à mesure que les épisodes s'étaient renouvelés, avait appris à faire ce qu'il fallait faire dans ces cas-là : devenir le père de sa mère, cette force possible sur laquelle il espérait qu'elle pourrait s'appuyer et protéger sa sœur du courroux maternel. Une façon pour lui de rendre à sa sœur toute la force qu'elle lui donnait par ailleurs en le guidant à l'extérieur. Elle le protégeait dehors, il veillait sur elle à la maison.

Depuis, la vie avait juste continué et les colères de sa mère n'avaient pas totalement disparu ; elles s'étaient modifiées à mesure que les problèmes de Courtney s'étaient déployés et que Lenny, à l'inverse, s'était émancipé. Le temps qui file, l'âge qui avance, la solitude, les hommes qui ne la regardaient plus comme ils faisaient dix ans plus tôt quand elle trottait fièrement sur ses petits talons compensés pour aller gagner sa vie en tant que responsable rayon d'une boutique de bijoux du centre de Bristol. Et puis sa fille de retour à la maison. Et puis son fils parti…

C'était peu avant la proposition de tourner dans la série que Lenny s'était fait la réflexion que sa mère était toujours particulièrement joyeuse quand elle téléphonait. Une gaieté bavarde et parfois incohérente. Qui la faisait passer du coq à l'âne. Des super ventes qu'elle avait faites la veille à la gouttière sur le côté de la maison qui s'était bouchée et pour laquelle elle allait devoir faire appel à un homme compétent. Un homme à tout faire. Un homme qu'elle n'avait pas dans sa vie. Elle évoquait tout sans mettre de filtres à ses paroles. Et quand Lenny essayait de démêler à distance les problèmes, en rappelant le lendemain avec des solutions, c'était à peine si elle se souvenait d'avoir évoqué ces sujets et elle s'extasiait alors du fils serviable qu'elle avait.

Les anciennes colères n'avaient donc pas disparu. Elle les avait tout simplement mises à distance en les noyant dans l'alcool puis en consultant un psy.

Lenny savait cela. Lenny savait tout. Et avec la maturité, il avait compris que sa mère n'était ni parfaite, ni mauvaise. Mais qu'elle avait des phases humaines qui avaient fait souffrir ses enfants et surtout elle-même. D'autant que la douleur la plus importante venait ensuite de la culpabilité d'avoir maltraité ses enfants. Et ce jour de décembre, c'était exactement à cela que Gina faisait allusion quand elle dit :

— Tu vois, avec ta sœur, j'ai tout raté quand il aurait fallu tout réussir…

— Maman…, implora-t-il. Tu n'as rien raté.

Mais Gina secoua la tête.

— Elle m'en veut encore et moi aussi, je m'en veux encore.

Lenny fut transpercé par ses mots. Et si, au début, il crut qu'il était simplement gêné de remuer ce passé, alors que le pire était arrivé il y a des années de cela et que depuis Courtney avait progressivement ressorti la tête de l'eau, Lenny dut admettre que lui aussi s'en voulait encore. Quand Courtney avait tenté de se suicider à seize ans pour arrêter d'avoir mal, Lenny en avait été fou de douleur. Car bien sûr, il avait tout deviné. N'était-ce pas ce qu'on attend d'un frère jumeau ? De lire dans votre âme ? De ressentir ce que vous ressentez ? Mais il était anglais et ado ! On ne parlait pas de ça. Ils avaient beau avoir partagé pendant neuf mois un ventre maternel, la pudeur était de rigueur. En parler lui aurait semblé offensant. Mais se taire avait été pire.

Bien des années plus tard, Courtney avait expliqué à son frère que depuis ses onze, douze ans, elle s'était toujours sentie comme une souris. Une toute petite souris au milieu d'un monde de gros chats. Et le seul moyen selon elle de survivre dans cet environnement dangereux était de se faire passer pour un chat. Même si c'était dur, épuisant et parfaitement contre nature de prétendre être un félin quand on est une souris. Et elle avait joué cette comédie longtemps et longtemps et longtemps jusqu'au jour où elle n'en avait plus été capable du tout et avait voulu que tout s'arrête.

Le pire, heureusement, n'était pas arrivé, mais le chemin vers une amélioration avait été long. D'abord parce qu'entre Courtney et sa mère, cela avait été dur. Des choses qu'on regrette d'avoir dites, mais qui ne s'envolent jamais en dépit des excuses. Et de ça aussi Gina s'en voulait encore. Elle avait voulu élever ses enfants dans le respect des autres, des différences, mais quand sa fille lui avait avoué son homosexualité, le sol, sous ses pieds, s'était effondré. C'était une chose que de prôner la tolérance, c'en était une autre que de l'appliquer dans son propre foyer. Et elle avait manqué ce rendez-vous avec sa fille, aveuglée par la peur qu'elle ressentait à l'idée de la vie différente qui s'ouvrait pour son enfant.

— Tu sais, le pire c'est que je l'ai laissée toute seule faire face. Chercher qui elle était, ce qu'elle désirait. C'était difficile, douloureux et mon boulot de mère aurait été de l'aider. Mais je n'ai rien fait. C'est mon plus grand regret.

Lenny perçut une émotion sourde dans la voix de sa maman et il en voulut à la vie de la faire naître. Parce que sa mère, cette super héroïne de leur vie, n'avait certainement pas mérité de ressentir cette douleur. Alors, il eut envie de lui faire plaisir. Il eut le désir de la réjouir. De tout temps, d'une certaine manière, faire le pitre, jouer la comédie, endosser des rôles avaient toujours eu pour objectif de distraire sa mère. Chaque famille avait besoin d'un clown et c'est lui qui s'y était collé.

— *I met a girl, mummy and I'm very happy…*

Gina tourna la tête vers son fils avec sur les lèvres un sourire digne de la Joconde. Énigmatique. Interrogative.

Sentant sans doute que les mots de son fils, dans leur simplicité, disaient beaucoup plus.

— Une nouvelle fille ?

— Oui.

— LA fille ?

— Peut-être, confirma-t-il, gêné…

— Oh ! mon Lenny, dit-elle, le rose aux joues d'excitation… Tu sais que c'est la première fois ?

— Quoi ?

— Que tu me parles d'une de tes conquêtes. Tu as toujours été tellement discret ou implicite, genre « Hello, maman, voilà, c'est Molly, Holly, Lucy ou Abe ».

Et Lenny n'était pas certain de ne pas déjà regretter de l'avoir fait cette fois en l'écoutant énumérer quelques prénoms issus du répertoire de sa vie amoureuse. Car oui, la pudeur dont il faisait d'habitude preuve était une forme de défense face aux risques massifs d'intrusions maternelles. Gina pouvait être tellement embarrassante et étouffante.

— Peut-être que je grandis, osa-t-il.

Gina approcha une nouvelle fois sa main près du visage de son fils et caressa tendrement sa joue.

— Ça, oui, tu grandis, mon fils, confirma-t-elle avec un brin de nostalgie dans le grain de sa voix. Tu grandis trop. Mais cela te va bien.

***

Lenny aurait dû s'en douter. À donner un peu, il dut payer un prix bien plus élevé. Entre Courtney et sa mère, il fut contraint de rendre des comptes à propos de Julia. À propos d'Abe aussi. À propos d'un futur auquel il ne savait même pas quelle direction donner si ce n'est qu'il voulait qu'il continue à être rempli le plus possible de Julia. Mais les femmes de sa famille étaient épuisantes, exigeantes et pinailleuses. Elles posaient des questions qui fâchaient ou pour lesquelles il n'avait pas de réponse et il fut soulagé quand une fois terminé le dîner du 24 décembre il put se réfugier dans sa chambre d'ado et foncer dans son lit avec son iPhone pour appeler Julia. Toute la journée, ils s'étaient envoyé des news sur la progression de leurs festivités. Il savait que Julia était vers Chartres, où vivait la famille de son beau-père et que pour tous, le grand moment était le repas du 24 au soir. Une situation qui étonna Lenny. Le grand repas de Noël en Angleterre était le 25 et les festivités commençaient dès le matin par un peu de champagne (Julia s'était étranglée de rire à l'idée d'être bourrée au champagne dès le petit déjeuner) avant, vers 13 heures, de se mettre à table, en commençant par écouter le sempiternel discours de la reine Élisabeth à la télé pour ensuite se jeter sur la soupe d'huîtres en entrée, l'énorme dinde farcie aux marrons et accompagnée de brocolis (« Des brocolis à Noël, avait une nouvelle fois noté Julia, mais pourquoi tant de haine ? ») avant de terminer par un *plum pudding* qui était clairement un dessert dont il ne sut pas trop expliquer à Julia pourquoi les Britanniques se forçaient à le consommer.

Lenny passa en revue les messages qu'ils s'étaient échangés, s'arrêtant sur un selfie qu'elle avait fait d'elle, devant un salon avec une cheminée et un truc qui ressemblait bien à un ficus de Noël. Il caressa l'écran avec son doigt, bêtement béat avant de changer de fenêtre afin d'accéder au répertoire téléphonique. Il allait l'appeler et lui souhaiter le plus joli des Noël de sa vie et lui dire aussi qu'il espérait qu'ils le passeraient ensemble l'année prochaine. Parce que c'était avec sa famille au complet qu'il voulait être.

***

Comme tous les ados de son milieu, Julia avait eu le loisir, plusieurs fois dans le passé, de visiter la capitale anglaise. Londres était une sorte d'étape dans un parcours initiatique classique : la première fois, on la visitait, gamin, avec ses parents pour un long week-end des vacances de février ou de la Toussaint. Tour de Londres, Buckingham Palace, des Burgers Kings, des fish and chips à tous les coins de rue et un folklore exotique, mais fatigant pour des yeux d'enfants. Ensuite, à l'adolescence, on y retournait, flanqué en général d'une correspondante anglaise qui n'habitait jamais à Londres même, mais dans l'une de ces villes au milieu de la si verte campagne anglaise. À vingt ans, pour un week-end entre copines, on y dévalisait les Top Shops et les Primark de la capitale et on sortait jusqu'à tard le soir dans des pubs ou dans un club. Et puis, un 26 décembre, elle se retrouvait dans un Eurostar calme, presque endormie et la perspective de remettre les pieds dans cette ville devenait le symbole d'un grand bonheur à venir. Car dans cette ville désormais, vivait le plus londonien des garçons de sa vie : Lenny Bennett.

Depuis Dublin, il n'y avait que cette perspective qui avait donné du sens à son quotidien. Se lever le matin, prendre le métro, aller bosser, avancer sur son rapport de stage, le retrouver à Londres. Aller manger avec ses collègues de taf, parler des cadeaux de Noël à acheter, des queues dans les magasins, le retrouver à Londres. Partir à Chartres, fêter Noël en famille, jouer avec Inès et Paloma aux Playmobile et le retrouver à Londres.

Et cela arrivait. Enfin. Là, à la sortie de la gare de St Pancras, posté devant la vitrine de la librairie Hatchards, un jeune homme en bomber noir jetait des coups d'œil attentifs au balai des voyageurs qui passaient près de lui. Il s'était fait discret, il portait ce bonnet noir qui dissimulait sa blondeur bouclée et avait même sur le nez une petite paire de lunettes ovales qu'elle ne lui connaissait pas. Et pourtant, *of course*, elle ne voyait déjà plus que lui, son air crispé, ce corps aux mouvements nerveux. Et elle attendait avec impatience, tandis que ses pas l'amenaient à lui, le moment précis où il la reconnaîtrait. Cet instant où elle verrait son visage s'ouvrir à la joie.

Elle avait beau avoir commencé à s'habituer. Elle avait beau tenter de faire semblant aussi, la beauté de Lenny la transperçait toujours d'une manière unique. Il était objectivement beau. Et depuis qu'elle le connaissait entièrement, elle savait aussi que c'était une belle personne. Et le fait que cet homme-là, avec toutes ces beautés en lui, s'intéresse à elle au point que son visage s'illumine en la découvrant, tenait du miracle. Un pur et doux rêve. Dont elle ne voulait pas se réveiller.

— Julia, soupira-t-il en s'avançant vers elle.

Et d'une façon infiniment tendre, il l'entoura de ses bras et plongea son visage dans son cou. Elle lâcha sa valise, traînée tel un Caddie de course de mamie, elle laissa glisser son sac porté à l'épaule et se mit, elle aussi, à le serrer fort, fort. Bien plus fort encore. Pour ne pas avoir de regret. Parce qu'elle ne voulait pas se laisser bouffer par la gêne et qu'elle refusait les regrets. La dernière fois, dans cette chambre d'hôtel, au petit matin, elle avait trop vite fui, incapable de faire face à la tristesse. Elle était bien meilleure pour les retrouvailles. Elle ne voulait que des retrouvailles. Jamais plus de départs.

— *Welcome in London, baby...*, chuchota-t-il tout près de son oreille.

Le souffle de Lenny sur sa peau provoqua en elle un tsunami. Voilà. Tout pouvait recommencer. Ils étaient ensemble et c'était tout ce qui comptait.

***

Le Londres de Lenny était à l'image de Lenny à Londres. Entier. Vif. Conquérant. De bien des manières, le regarder évoluer dans cette ville lui rappelait sa Parisienne de mère. Si attachée à sa capitale, à ses territoires, à ses codes et à ses limites. Lenny était pareil dans sa ville et elle adorait le découvrir dans son élément.

En quittant la gare, ils avaient pris le métro, direction East London. C'était dans un quartier inconnu de Julia que Lenny avait posé ses valises. Il s'était même enraciné dans la zone hipster de Shoreditch en s'achetant, un an auparavant, un petit appartement, après avoir vécu ses années de formation au théâtre dans une succession de colocs un peu trop trash à son goût. En découvrant son camp de base londonien, Julia fut impressionnée. Certes, l'appartement n'était pas très grand — une quarantaine de mètres carrés organisé autour d'une pièce principale living-room et kitchen et d'une petite chambre avec des fenêtres hautes à barreaux — mais l'ensemble était propre, décoré avec un soin évident et dans un style tout sauf hipster. Pas de meubles de bric et de broc récupérés dans la rue. Pas de trucs soi-disant cools à la scandinave, tendance du moment… Non, l'appart de Lenny respirait sa culture *so british.* Un canapé club en cuir, des murs aux couleurs sombres pourpres, marron, des meubles sobres que le temps avait patiné. L'ensemble bluffa Julia.

— Les filles sont autorisées dans ton club de gentlemen ?

Lenny lui lança un sourire amusé.

— Les Julia seulement… J'ai acheté l'appart meublé. Moi et ma fainéantise, on a trouvé ça plus facile. Cela dit, ajouta-t-il en s'approchant de Julia, plantée au milieu du salon, tu es la première fille à venir y dormir…

— Si tant est que j'y dorme vraiment, lança-t-elle en faisant glisser son manteau à même le sol.

Ce qui était bien avec Lenny, c'était qu'elle ne doutait jamais du désir qu'elle lui inspirait. Et c'était beau d'être nourrie par cette certitude. Beau de ne plus avoir peur de ses propres envies. Auprès de lui, elle s'était libérée. Et là maintenant, au milieu de ce salon anglais, à 11 heures du matin, elle avait envie de lui ; envie de le sentir avoir envie d'elle. Alors, sans plus attendre, elle plaqua ses lèvres sur la bouche de son amoureux et plongea tête la première.

***

— Lenny ?

— …

— Lenny ?

— Hum ?

— J'ai faim…

Dans ce grand lit aux oreillers profonds, elle aurait pu facilement rentrer en hibernation. Mais son estomac ne partageait pas son avis. Julia avait soif aussi. Soif de partir à la découverte du monde Lenny au-delà de ces murs. Petit à petit, il l'avait laissée entrer. D'abord, son corps, puis son esprit. Puis son univers. Vancouver. Dublin et à présent Londres.

Il s'était assoupi. Le sexe faisait dormir Lenny. Beaucoup. Il fallait dire qu'il ne s'économisait pas. Il était presque fiévreux. Pour Julia, c'était souvent le contraire, comme si le sexe rechargeait ses batteries. Laissant son amoureux continuer à somnoler, Julia partit en exploration dans la cuisine, ouvrit le frigo, un ou deux placards. Rien.

— Je suis arrivé ce matin, expliqua-t-il derrière elle réveillé par son absence. Pas eu le temps de remplir le frigo. Viens, on s'habille. On va manger dehors.

Dans le resto indien où ils avaient atterri, Lenny dévorait littéralement les nombreux plats qu'il avait commandés pour partager avec elle ses préférences. Dans cet endroit, il était arrivé en connaisseur et le patron l'avait salué. Amusée, Julia le découvrait de plus en plus londonien.

— Pour être un vrai Londonien, il faut avoir un pub et un indien de référence. C'est la base.

Julia l'écoutait en grignotant.

— Quoi d'autre ? demanda-t-elle, curieuse.

— Quoi ?

— Qu'est-ce qui définit un vrai Londonien ?

— Les renards, lança-t-il, hyper affirmatif.

— Quoi ?

Certain de son effet, Lenny l'observait écarquiller les yeux de surprise.

— L'amour des renards, eut-il la bonté de préciser.

Mais cela ne dissipait pas le sentiment d'incompréhension de Julia. Sans doute eut-il enfin pitié d'elle, car il accepta enfin de lui expliquer :

— Londres est plein de renards partout. Ça fait un peu drôle si tu considères que c'est la première place financière mondiale. Mais c'est aussi la capitale des renards.

— Mais pourquoi ? Tu en as déjà vu ?

— Tous les Londoniens rencontrent des renards sur le chemin du travail ou de retour du pub. C'est habituel. Ils sont là parce qu'on a des tas de parcs, des jardins partout et plein de poubelles accessibles. En fait, c'est quand Londres a grignoté les forêts et les campagnes pour grossir dans les années 1930 que les renards ont été dérangés puis se sont adaptés. C'est nous qui sommes leurs hôtes. C'est pour cela que nous les respectons.

— Je n'en reviens pas. Tu me dis si tu en vois un ! Promis ?

— Promis, jura-t-il en reposant sa fourchette et son

couteau, visiblement repu. Notre objectif de ces trois jours ? Que tu voies un renard !

Trois jours à Londres et puis ensuite, quatre jours à Paris... Et ensuite ? Ensuite, ce serait la grande inconnue. Julia savait que le tournage à Vancouver reprendrait le 4 janvier et que Lenny jouait déjà l'extrême limite en prenant un avion de Paris le 3 ; il serait le dernier à rejoindre l'équipe. Et tandis que tous ces gens, ces Canadiens, ces Américains auraient la chance de le retrouver, elle serait seule. Seule au milieu de son village planétaire.

— Il faut que j'aille voir Andrew, lança Lenny. Cet après-midi, j'ai rendez-vous avec lui.

Julia le connaissait de nom. Andrew était l'homme qui avait remarqué Lenny et qui avait lancé sa carrière. Andrew était l'homme que Lenny écoutait. Son agent.

— Tu pourras rester seule une heure ?

Décidément, la solitude. Déjà. Même s'il n'y avait rien de comparable.

— Oui. Bien sûr. Son bureau est dans quel quartier ? Je visiterai.

— On va traverser le fleuve, soupira Lenny... Le bout du monde...

— Quoi ?

— Les vrais Londoniens n'aiment pas traverser la Tamise... C'est un obstacle presque aussi infranchissable que le Grand Canyon.

— Oh mon Dieu, s'exclama Julia. En fait, je croyais que les Parisiens étaient les pires chauvins du monde... Mais tu es pire. Tu es comme ma mère !

— Peut-être, mais avoue, elle tue cette ville, non ?

— Paris ? demanda-t-elle avec malice.

— Noooo ! Londres !

***

Ils avaient eu plusieurs fois cette discussion dans le passé. LA discussion. Quelle suite donner à sa carrière ? Dans quelle direction orienter le succès actuel ? Bien sûr, Lenny était impatient de tourner d'autres histoires — à la télé ou au cinéma, il n'avait pas d'états d'âme. Encore moins depuis qu'il s'était essayé aux productions originales de Netflix. Mais ce qui l'habitait en revanche c'était de choisir des rôles qui lui plaisaient. Jouer des personnages qui le grandiraient. Relever des défis le démangeait, et il se montrait impatient, dévoré par l'envie de changement.

Andrew avait plus de mesure et de recul. Quand il avait jeté son dévolu sur Lenny, celui-ci, du haut de ses seize ans, n'était que ce gamin ultra sensible et talentueux qui s'amusait chaque mercredi après-midi à improviser et improviser et encore improviser dans son cours de théâtre amateur, sans percevoir tout ce que son talent pouvait lui apporter dans la vie. Un métier. Une raison de vivre peut-être. Un élan. Mais il avait été séduit par la férocité douce de Lenny. L'élégance tranquille du jeune homme était un moteur d'une grande puissance.

Au bout de deux ans à endosser les traits d'un personnage historique un peu trop caricatural à ses yeux, deux années aussi à vivre loin de sa maison, Lenny avait remis la discussion sur le tapis. Andrew avait reçu des propositions ; des castings possibles, des producteurs à rencontrer. Mais rien qui, à ses yeux, ne valait ce que Lenny aurait dû quitter pour eux. Et ça agaçait son jeune protégé.

— On dirait que tu as envie de fuir.

— Ce n'est pas faux... Va passer huit mois par an à Vancouver, peut-être que tu comprendras mieux.

— C'est Vancouver ou autre chose ?

Lenny soupira. Pas facile de ne pas évoquer les raisons qui le poussaient à revenir vivre sur un fuseau horaire européen.

— Comment vont les amours avec Abe ?

— On a rompu.

— Ça explique quelque chose ?

— Oui. Évidemment. Au fait, on fait encore semblant d'être ensemble. Une idée de génie d'Abe.

— Oh mon Dieu, tu as accepté ?

— Je… je ne sais pas ce que je suis en train de faire… Je suis en train de devenir une personne étrange dans un monde étrange.

Andrew connaissait les symptômes et les syndromes. Dans sa carrière d'agent, il les avait repérés plusieurs fois chez des acteurs qui découvraient le succès et les enjeux de ce nouveau monde. C'était une étape difficile pour laquelle il ne voyait pas de solutions toutes faites. Chacun devait trouver le chemin, avec ce qu'il était, ses forces et ses faiblesses et ce qu'il voulait devenir. Et Lenny était en train de le comprendre dans la douleur.

— Abe a peur que notre séparation soit un frein à nos carrières respectives.

— Elle n'a pas tort. Mais cela ne veut pas dire que la peur évite le danger.

— Je ne comprends pas.

— D'un côté, tu veux arrêter la série et tourner des nouveaux trucs et quitter au plus vite Vancouver si je te suis bien… De l'autre, tu acceptes de jouer une comédie de « Super-couple » pour protéger ton rôle dans cette même série. Tu dois choisir ton point de gravité. C'est à ça que tu dois réfléchir.

— Super-couple ? Qu'est-ce que c'est ça ? Un couple de super héros ?

— Je note que tu fais semblant d'ignorer ce que je viens de te dire à propos de tes choix de carrière. Mais pour ton info, un super-couple, c'est un phénomène qui est né aux États-Unis. Quand deux stars au statut comparable deviennent un couple, ça renforce le statut de chacun, ça augmente leur pouvoir respectif. Et ça hystérise tout ce qu'il se passe autour d'eux.

— Oh ça va, on n'est pas Justin Bieber et Selena Gomez… Faut pas exagérer.

Andrew haussa les sourcils et Lenny fut convaincu que celui-ci se moquait de ses références. Cela faisait partie des choses que Lenny appréciait chez son agent. Il était d'un autre monde. Un monde ancien où les stars planétaires de la chanson n'avaient pas leurs entrées.

— Ou Brad Pitt et Angelina Jolie si tu préfères, précisa Lenny.

Andrew rebondit :

— Tu as raison. Tu n'as pas assez de tatouages et d'enfants… En fait, tu peux choisir ou non de devenir un super-couple. Il suffit de jouer les codes ou de refuser le système. C'est encore une histoire de choix. Abigaël et toi, vous êtes un mini super-couple. Il est encore temps.

— De quoi ?

— De redevenir un individu indépendant.

— Merci, Andrew pour ce cours du jour. Je vois le prof en toi.

— Oh ! ça va, espèce de petit hipster prétentieux. Fais-moi confiance.

Lenny éclata de rire. Ce qui était sûr, c'était qu'avec Andrew, il pouvait être lui-même. Son agent avait toujours été bienveillant et protecteur avec lui, comme s'il était un de ses enfants (il en avait deux, très grands maintenant, un garçon et une fille qui avaient fait de lui un grand-père). Lenny se voyait un peu comme le dernier garnement de la famille. Un garçon tout juste sorti de l'adolescence et d'une grande fraîcheur tout en étant sans doute trop impatient.

— Et comment elle s'appelle ? demanda soudain Andrew.

Lenny ne s'étonna pas de sa perspicacité et ne protesta que pour la forme.

— T'es chiant à tout deviner…

— Le principal c'est que tu sois heureux, Lenny. Tomber amoureux, c'est quand même la plus belle chose qui soit… Ça et signer des contrats à dix millions de dollars à Hollywood.

— Toi, tu veux tes dix pour cent !

— Dix pour cent de dix millions et je prends ma retraite !

Lenny s'amusa de sa réponse dont il savait très bien qu'elle était totalement fausse. Andrew ne s'arrêterait jamais. Aller au théâtre, rencontrer des jeunes artistes, discuter avec des producteurs, développer des connexions professionnelles, c'était ce qui le rendait vivant. À soixante-neuf ans, Lenny était convaincu qu'il n'avait pas encore eu envie d'appuyer sur pause. Mais il se trompait. De plus en plus, Andrew ralentissait et parfois, la seule raison qui le motivait à continuer au lieu de laisser la main à toute l'équipe qu'il avait constituée était sa loyauté envers Lenny. Lancer définitivement la carrière du jeune acteur était le projet qu'il avait envie d'assurer avant de tirer sa révérence ; le guider dans les méandres de l'industrie du divertissement, son ultime mission de Pygmalion. Après tout, c'était lui, Andrew, qui était venu le chercher et lui avait fait croire que c'était possible. Et c'était lui qui avait rendu possible ce possible. Il lui restait désormais à pérenniser l'avenir de son jeune protégé.

— Tu veux la rencontrer ? proposa Lenny. Elle attend en bas la fin de notre rendez-vous.

— Mon Dieu, Lenny, on ne fait jamais attendre une lady. Tu veux la garder longtemps ? Crois-moi, il va falloir la traiter mieux que ça.

— T'es complètement dingue…

— Je te promets qu'il y a des règles éternelles. Fais-la monter, on va boire le thé et manger des scones. C'est toujours agréable de prendre le thé avec une jolie fille. Parce qu'elle est jolie bien sûr ?

La nuit était tombée sur la ville lorsqu'ils quittèrent les bureaux de l'agence d'Andrew. Et, bien sûr, il s'était mis à pleuvoir. Lenny ressentit une vague de morosité s'emparer peu à peu de lui. Quitter Andrew, sa chaleur, sa bienveillance lui faisait souvent cet effet. Peut-être qu'il aurait ressenti la même chose si Andrew avait été son père. Son père dont il se disait souvent que, quel que soit ce à quoi il ressemblait, physiquement ou moralement, il n'aurait jamais pu être à la hauteur d'Andrew Reynolds.

Devant l'entrée du building, il regarda le dos de Julia qui observait avec défiance la pluie londonienne. Elle ne manquait pourtant pas d'accessoires pour s'en protéger ; doudoune, bonnet, écharpe, sa petite Française semblait redouter le froid et la pluie comme personne dans la ville. Il eut un peu de compassion et décida qu'ils allaient prendre un taxi pour lui éviter de se dissoudre sous le crachin. Ils montèrent à l'arrière d'un cab noir, à l'abri du regard inquisiteur des piétons qui parfois vous fixaient avec cet air, toujours le même, de se demander où ils vous avaient déjà croisé. Chez Alice lors de la dernière party ? Où était-ce un ancien de l'école ? À l'abri de cette curiosité, Lenny pouvait se coller à Julia et la regarder regarder la ville défiler sous ses yeux. Il aimait la voir observer, poser des questions, s'intéresser. Il adorait ses étonnements et rêvait de passer son temps à la surprendre. Peut-être que tant qu'il saurait faire cela, elle aurait envie de rester ? Combien de temps une fille comme elle voudrait le fréquenter ? À quel moment il n'aurait plus la trouille qu'elle parte ? Cesserait-il un jour de se poser la question ? Au fond, il sentait bien que rien, avec Julia, n'était comme avant. Avant, il n'avait pas envie de présenter sa petite amie ou d'en parler à toutes les autres personnes importantes de sa vie. Or, en deux jours, il n'avait fait que ça. À sa mère, à Andrew.

Et il y avait d'autres symptômes nouveaux. Tous les efforts qu'il faisait, toutes les dépenses qu'il assumait, pour essayer au maximum de faire rentrer ses contraintes pro et perso avec celles de sa Parisienne. Décider d'aller passer la fin de ses vacances à Paris auprès d'elle. Profiter de ce temps qu'elle aurait, le soir, le matin, les nuits et dormir la journée quand elle serait au travail. Le Lenny d'avant ne faisait pas ce genre de choses. Le Lenny d'avant pensait davantage à lui, composait avec sa vie et ses obligations en priorité et s'échappait vite quand les contraintes de l'autre devenaient trop importantes. Le Lenny d'avant se moquait parfois complètement des autres. Mais le truc aussi, c'était que la personne qu'il était encore il y a quelques semaines n'avait pas peur à tout bout de champ que cette Julia-là se lasse de lui.

Julia brisa leur silence :

— Ça va ?

Elle avait des antennes. Ou des radars à émotion. Il lui sourit sans répondre, calme. Pour qu'elle ressente cette paix intérieure qu'il essayait de laisser descendre en lui.

— Andrew est impressionnant.

Andrew avait impressionné Julia ! Ça ne l'étonnait pas, non bien sûr, mais c'était beau à entendre.

— Il est encore plus gentleman que toi.

— Oh ! dit Lenny avec enthousiasme. Tu me vois comme un gentleman ?

— Disons que tu es anglais, élégant, cultivé, poli… J'arrête ?

— Humble, il faut que tu rajoutes. Tu sais comment on définit un gentleman ici ? Un homme *qui sait jouer de la cornemuse, mais qui n'en joue pas...*

— Vous êtes des dingues, rit-elle en comprenant.

De retour dans son quartier, Lenny se sentit mieux. À l'origine et pendant des siècles et des siècles, Shoreditch avait été un faubourg misérable de Londres. Pauvreté, criminalité et prostitution étaient la sainte Trinité qui régissait l'endroit.

C'était l'une des choses qui avaient convaincu Lenny de s'installer dans le coin. Ce passé sauvage qui n'avait pas complètement disparu. Ça et le fait que Shoreditch était aussi le quartier le plus cool de la capitale. Le quartier des bars uber-stylés, le royaume des barbes et chemises de bûcheron, le temple des food trucks vegan ou pas, la capitale des magasins de vinyles, *the place to be* pour un petit acteur britannique de vingt-trois ans, vaguement hipster sur les bords. Et puis il y avait cette capacité de transformation dont il était témoin quand il y passait du temps ; à chaque coin de rue, un nouveau graff pouvait être apparu dans la nuit et toutes les promenades ressemblaient à la visite d'un musée en plein air dédié au street art. Certains râleurs y voyaient une imitation assez mauvaise de Berlin, d'autres trouvaient que c'était surtout la gentrification qui était à l'œuvre et que l'esprit bohème du quartier, quand les artistes fauchés avaient découvert le coin, n'était plus que du marketing peu réussi. Lenny se foutait de toutes ces considérations. Un jour, peut-être, il serait gros, bourgeois et critique, mais ici et maintenant, il adorait la vie qu'il s'était inventée en arrivant ici.

Et puis il y avait aussi le signe. Celui envoyé à un

aspirant comédien en quête de carrière. Le quartier de Shoreditch avait déjà vu auparavant un jeune homme qui, comme lui, avait de grandes espérances. Lenny l'avait découvert un jour, par hasard, en visitant l'église St Leonard, posée dans une rue à côté de son immeuble : il y avait fort longtemps, un mec nommé Shakespeare avait fondé sa troupe et joué, dans le premier théâtre créé en Angleterre, des pièces telles que *Hamlet*, *Macbeth* ou *Roméo et Juliette*. L'église de ce quartier était ainsi appelée l'église des acteurs. Plusieurs comédiens de la compagnie de Shakespeare y avaient été enterrés et une plaque, à l'intérieur du bâtiment, leur rendait hommage.

En apercevant l'église par les fenêtres du taxi, Lenny eut envie d'y emmener Julia. Il éprouvait le besoin de partager avec elle l'étonnement du jeune homme qu'il avait été en lisant cette plaque et la confiance, temporaire, que cela avait fait naître en lui. Comme s'il pouvait compter sur la protection de tous ces gens, tous ces artistes qui avaient avant lui expérimenté la peur, l'insécurité, le manque de confiance, mais aussi le plaisir des textes, des mots, du jeu, du partage sur une scène. Une solidarité qui circulait par-delà les siècles. OK. Il était un peu exalté à dix-huit ans. Mais ça lui avait fait un bien fou.

— Tu sais que j'ai une église qui porte mon nom dans le coin.

— Rien que ça ?

— C'est plus classe que les étoiles sur le trottoir d'Hollywood Boulevard. J'y suis allé, il y deux ans. Ça fait *cheap*. Les gens marchent dessus en plus… Tout ça pour ça et à la fin, on te piétine…

— Tu n'es pas un peu snob ?

— C'est maintenant que tu t'en rends compte ? Bon, tu veux la voir ou pas, mon église ?

— *Yes, egocentric man*. Je ne crois pas avoir le choix…

Ils sautèrent du cab noir et Lenny les fit revenir sur leurs pas pendant quelques dizaines de mètres. À la nuit tombée, on devinait à peine l'édifice de pierre d'un gris austère. L'obscurité lui donnait presque un air lugubre. Comme pour la rassurer, même si elle n'avait pas exprimé de peur, Lenny attrapa la main de Julia et la serra dans la sienne. Puis ils poussèrent la porte de l'église.

Une fois à l'intérieur, par automatisme, ils firent silence et avancèrent avec calme à l'intérieur du bâtiment désert. Ils venaient tous les deux de cette même culture des lieux sacrés. Mais ils n'en avaient jamais parlé.

— Tu es croyante ? chuchota-t-il.

Julia hocha la tête. C'était un oui. Qui le surprit.

— Genre catholique frénétique ? demanda-t-il.

— Non, fit-elle en souriant. Je ne suis même pas baptisée et toute ma famille est athée. Du moins du côté de ma mère. Mais je ne sais pas dire d'où cela vient. Je crois. Pas toujours. Je ne suis pas constante... Et toi ?

— Je suis superficiel et puis évidemment, de temps en temps, je songe à devenir bouddhiste. Tu vois, genre, le bouddhisme pour les nuls.

— Tu es dur avec toi-même... Alors, elle a quoi de spécial, ton église ?

Lenny invita la jeune femme à le suivre vers un des coins et il s'arrêta devant une large plaque de marbre incrustée dans le mur de l'édifice.

— Un jour, je suis rentré par hasard, amusé de voir que l'église s'appelait comme moi, Leonard et je suis tombé sur ça.

Julia leva les yeux et se mit à lire à haute voix :

Cette pierre est placée ici à la gloire de Dieu et en reconnaissance du travail accompli pour le Théâtre anglais par les comédiens, musiciens et autres hommes de théâtre qui sont enterrés dans l'enceinte de cette église et en particulier à la mémoire de ceux qui sont nommés ci-dessous :

James Burbage, mort en 1597, un menuisier de métier et le chef des comédiens de Lord Leicester qui, en 1576, construisit à Shoreditch le premier théâtre anglais.

Richard Burbage, son fils mort en 1619, grand tragédien et premier acteur à jouer les rôles de Richard III, Hamlet et Roméo...

Julia interrompit sa lecture, soudainement stupéfaite, et regarda Lenny.

— Vraiment ? demanda-t-elle pour qu'il confirme.

Il hocha la tête.

— Oui, je sais, j'ai eu un vertige en lisant ces mots... Tous ces siècles entre lui et nous. Mais il est ici, le premier Hamlet, le premier Roméo. Là-bas, sous cette crypte.

Julia détourna les yeux des inscriptions sur la pierre et fixa son regard sur lui. Dans le clair-obscur de l'église, les ombres qui dansaient sur son visage épaississaient le mystère permanent qu'elle représentait à ses yeux. Il répondit à son regard, avec intensité.

— J'adore que tu sois passionné par ton métier. Ça te rend beau... et sexy.

— Oh mon Dieu, parjurer dans un lieu sacré !

— Tu es doué, Lenny. Faut jamais que tu lâches...

Comment devinait-elle ? Comment parvenait-elle à lire entre ses lignes ? Il savait si peu dire lui-même le malaise qu'il ressentait.

— C'est la seule chose que je sais faire de toute façon, lança-t-il en haussant les épaules.

— Oh je suis sûre que non. Mais quand on a ça, on doit être à la hauteur de ce privilège.

— Mais tu serais encore là si je n'étais plus rien ?
— Je serai toujours là.

Deux amoureux à Paris. Voilà ce qu'ils étaient. Deux jeunes gens libres dans une autre ville qui leur rendait bien cette liberté. Lenny avait été amusé de voir à quel point un nouvel an de Parisiens pouvait être une soirée ratée. Ils ne savaient pas faire la fête, ils savaient boire et parler —pas boire et s'oublier et danser et être excentriques. Mais Lenny s'en moquait, car la nuit leur appartenait encore. À tous les deux. Et le 1er janvier aussi et le 2… puis le 3, pfff, ce serait fini pour un bout de temps. Alors, il fallait profiter. Encore et encore. Et il aimait Julia aussi pour cela. Parce qu'elle savait arrêter le temps, vivre le moment présent, reporter la tristesse ou la fatigue à plus tard. Elle avait appris à faire ça dès le début de leur rencontre et il lui en était infiniment reconnaissant. Parce qu'elle parvenait à le faire pour deux. Parce que lui, là, maintenant, il avait eu le malheur de penser à ce 3 janvier et à l'avion qu'il prendrait de Paris pour atterrir à Vancouver. Et ça allait être dur et c'était déjà difficile.

Ils marchèrent côte à côte dans la nuit parisienne, main dans la main. C'était nouveau, ça aussi, cette sensation-là, de vouloir la tenir par la main. Ne pas lâcher cette proximité physique. Lui dire de cette façon et de toutes les autres manières possibles qu'il avait besoin de la sentir avec lui. Proche de lui. Là, dans le creux de ses doigts gantés. Des gants qu'il portait pour lui faire plaisir. Parce qu'il n'avait pas si froid que cela, alors qu'elle mettait des couches et des couches d'habits pour se protéger d'un froid qu'il ne sentait pas. D'ailleurs, c'était un jeu qui viendrait tout à l'heure, quand il aurait plaisir à lui enlever tous ces vêtements inutiles, étonné comme à chaque fois par ces subtiles superpositions d'habits qu'elle portait. Des pulls, des chemisiers, des écharpes, des petits T-shirts tendres aux épaules dentelés. Et puis sa peau, enfin, sous ses doigts. Le grain de sa beauté effleurée. Et leur osmose retrouvée. Dans cette petite chambre paradisiaque où sa simple présence à lui avec sa valise et ses affaires remplissait tout l'espace.

Tout cela l'émouvait. Tout cela était beau. Tout cela le rendait triste et heureux tout en même temps.

— Hé, ça va ?

Elle le regarda, inquiète.

— Yes ! Pardon... j'étais ailleurs...

Il pressa sa main dans la sienne pour la rassurer et il fut heureux de la voir sourire en retour.

— Tu sais quoi ? J'ai détesté cette soirée ! Vous ne savez pas faire la fête en France ou quoi ?

— Ah, ça va mieux, répondit-elle, sans même montrer son agacement face à cette attaque en règle. Tu es triste de ne pas avoir bu dix pintes sans t'arrêter peut-être ? C'est vrai que tes soirées avec tes copains sont tellement plus qualitatives !

Lenny éclata de rire puis dans un mouvement tendre et décidé, il attrapa la taille de Julia et approcha son visage à deux millimètres du sien.

— Je vais vous embrasser, Miss Julia. Comme ça vous ne pourrez plus insulter mes compatriotes.

Et Lenny déposa ses lèvres sur la bouche gourmande de sa blonde. Là. Au milieu de ce boulevard parisien, dans l'agitation d'une nuit de nouvel an.

— *Oh My God ! It is Lenny Bennett !*

— Lenny !

Oh shit. Lenny sut. Il n'eut pas besoin de regarder encore, il savait ce qu'il allait se passer. Il tournerait le visage vers les voix qu'il entendait et découvrirait deux filles ou trois ou quatre — elles auraient dans les quinze ou vingt ans. Elles seraient là, à le regarder, éberluées. Et puis elles sortiraient leur téléphone et elles s'approcheraient, excitées, et elles diraient « J'adore ce que tu fais. C'est incroyable de te trouver là. Et est-ce qu'on peut faire un selfie ? Mes copines ne vont pas y croire. » Et ils converseraient ainsi, le temps de prendre les photos et il s'efforcerait d'être agréable et disponible tout en essayant de mettre fin rapidement à l'échange parce qu'au fond de lui, comme à chaque fois, il y aurait cette idée bizarre d'illégitimité. Pourquoi voulait-on capturer son image ? Qu'espérait-on de cette trace visuelle ? Quelle valeur cela allait-il avoir ? Et puis, ensuite, il les remercierait et puis, ensuite, il les prendrait dans ses bras peut-être, fidèle à sa réputation de gars bien, gentil. Et peut-être qu'à la toute fin de la rencontre, il serait même content. Aurait passé un bon moment. Mais voilà, la différence cette fois, c'était qu'il n'était pas seul. La différence, c'était qu'elles venaient de le reconnaître alors qu'il avait dans ses bras une jeune femme qui n'était pas Abe.

— Ça va ? demanda prudemment Julia alors qu'ils reprenaient leur marche, à nouveau seuls.

Elle ne le faisait pas exprès peut-être, mais elle se tenait maintenant à distance ; il y avait entre eux des centimètres immenses dont il lui était reconnaissant.

— Je suis assez tranquille à Paris d'habitude… J'ai été surpris.

— Je suis désolée, murmura-t-elle, comme si elle était responsable.

— Hé, non !

— Quoi ?

— Tu n'es pas coupable. Et moi non plus.

— Si elles ont pris une photo de nous deux, tu sais,

quand on s'embrassait... Je ne sais pas depuis quand elles t'avaient repéré...

Lenny avait déjà fait le tour de la question. Si c'était le cas, eh bien cela accélérerait les choses et puis c'était tout. Peut-être même qu'il s'agissait d'un acte manqué. Bien sûr, à Paris, dans cette ville où il avait la paix jusqu'à présent, il avait en général été moins prudent. Peut-être que son inconscient avait envoyé se faire foutre tous ces principes, ces considérations, ces efforts et qu'il allait provoquer un assainissement.

— Souvent, depuis que je te connais, je me demande comment tu fais pour vivre avec cette célébrité. Est-ce que tu aimes ça ? Un peu ? Moi, dès qu'un serveur du Starbucks finit par se souvenir de mon prénom, ce qui en l'occurrence est exactement leur but ultime, eh bien je me sens espionnée. Je déteste... Alors toi, là...

— En toute honnêteté, il faut une bonne dose d'égocentrisme et d'estime de soi pour se lancer dans ce métier. Et je l'ai choisi. Donc...

— Mais ça te fait plaisir ?

— Pas tout le temps, bien sûr. Mais je n'ai pas le sentiment d'être si dérangé ou observé que cela. Peut-être que si je vivais à L.A., ce serait autre chose... Mais je ne suis pas tenté. Les paparazzi, les chasseurs d'autographe, les stalkers... Je veux que ça reste du cinéma. Je ne veux pas aller vers ça. Je ne veux pas que cela soit plus que ce que je vis maintenant.

— Mais il y a un risque.

— Oui, admit-il. Ça peut dépendre des choix que je fais. Ça peut aussi s'arrêter du jour au lendemain et ensuite, je ne serai plus que ce mec qui a été un peu connu un jour et qui perd ses cheveux...

Lenny repensa à la conversation qu'il avait eue avec Andrew et à cette question que son agent lui avait posée et qu'il avait délibérément choisi d'éluder. Que voulait-il pour la suite ? Quel chemin voulait-il avoir ?

Au bout du bout du bout, ce que voulait Lenny, c'était exactement ce que voulait la majorité de l'humanité depuis sa naissance. Il voulait une famille à lui, un espace de sécurité où faire vivre les siens. En jouant, en mettant en scène des pièces ou en cultivant son jardin, le plus important n'était pas là. Et peut-être bien qu'en s'approchant un peu trop des lumières d'Hollywood, il s'éloignerait de la simplicité de son désir profond. Ou peut-être qu'il pouvait l'approcher un peu, en tirer beaucoup de bénéfice et puis tout quitter, comme on retire ses cartes au jeu pour vivre autre chose. Il y avait du rêve dans ce projet. Mais Lenny avait toujours rêvé et le pire, c'était que certains de ses rêves s'étaient déjà réalisés. Alors, pourquoi ne pas continuer à en avoir de plus grands et de plus beaux ?

— Parfois, je me dis que tout ça, c'est juste une étape. Que je vais trouver autre chose à faire pour la suite.

— C'est ce que j'adore en toi… Tu t'inventes toujours…

Lenny fut surpris par cette déclaration. Touché, aussi.

— Je fais avec ce que je suis.

— Et tu es très bien, Lenny…

— Merci… Mais je ne me vois pas comme ça. Tu sais, ma dyslexie par exemple, je me suis bien rendu compte que je n'allais pas faire des études à Oxford ou à Cambridge avec mon dossier scolaire, d'autant qu'on n'en avait pas non plus les moyens. Il fallait que je m'invente autrement. Que je me fasse du bien. J'écris mal alors on me prenait pour un débile ! Je voulais trouver un truc qui montre aux gens que je ne l'étais pas.

— Tu as pas mal réussi…

— Et toi ?

— Quoi ?

— Tu veux quoi ? À part passer sous le radar des baristas des Starbucks de ce monde...

— Je te veux toi.

Lenny identifia la pirouette romantique de Julia. Il insista.

— Un jour, tu n'y échapperas pas... Tu devras répondre à cette grande question métaphysique de quoi faire du reste de ta vie quand tu auras fini ton école de je ne sais trop quoi...

— Ouais, ouais, ouais, admit-elle en bougonnant vaguement.

Déjà, elle prenait la fuite sur le boulevard, le devançait de quelques pas, à l'approche de la porte de son immeuble où ils arrivaient. Il la regarda, amusé et ému. Il savait désormais lire entre ses lignes. Entre ses peurs. Entre ses doutes et ses incertitudes. Il savait qu'elle le lui rendait tout autant. Dans sa vérité d'être humain. Il savait que cette fille comptait plus que tout ce qui avait un jour compté pour lui. Il savait que c'était précieux et que tout était si fragile pourtant. Il savait et ça le décida. À l'instinct. Dans ce moment de l'année où les grandes choses se décident.

— Julia ?

Sur le petit tableau digital, elle avait tapé à toute vitesse les chiffres du digicode et poussé la lourde porte mais, à l'écoute de son prénom prononcé, elle se retourna. Et quand elle posa son regard sur lui, il voulut le lui dire comme il ne l'avait jamais voulu avant.

— Je ne sais pas quoi dire d'autre... Je t'aime, Julia... Je t'aime.

Oh mon Dieu, comme il pouvait être maladroit pour des sentiments si beaux ! Lui, le joli cœur à l'écran, infoutu d'être bon au moment où cela comptait pour de vrai. Mais voilà, c'était la vérité, et pas une émotion qu'il fallait incarner pour un scénario. Et ça l'avait pris par surprise, et aucun texte n'avait été imprimé ou stabiloté.

Julia resta quelques secondes choquée et le seul son qui parvint aux oreilles de Lenny en réponse fut le claquement sourd de la lourde porte de bois qui se referma quand elle la lâcha. Et puis soudain, il ne sentit plus que son corps collé contre le sien, ses bras autour de son cou, ses mains qui prenaient ses joues et sa bouche près de son oreille qui murmurait :

— Moi aussi, Lenny, je t'aime tellement.

Et son cœur, dans sa poitrine, sembla grossir, pulsant de plus en plus vite tout le sang dans son corps et rebondir et rebondir. C'était fort, bordel, bon. Pur.

***

Lenny se disait qu'un jour, une fois le désir assouvi, celui-ci s'envolerait. Mais les voilà qui grimpaient à nouveau les six étages dans une espèce d'urgence folle de se retrouver nus l'un contre l'autre, l'un dans l'autre, l'un à l'autre.

— Je voudrais prendre une photo, murmura-t-elle.

— Une photo ?

— Une photo de toi et de moi et du premier jour où on s'est dit « Je t'aime ».

— Julia, gémit-il.

Elle fouillait déjà son sac à la recherche de son téléphone, empêchée par les caresses et les baisers de Lenny qui ne semblait pouvoir arrêter le désir de le consumer. Et elle aimait cela très fort. Ce désir, cette attirance, cette peau qui la couvrait de son odeur et la sensation de sécurité que cela provoquait en elle.

Elle parvint à déverrouiller son téléphone et à ouvrir

l'application photo et là, dans le mouvement de leur baiser, elle tendit l'appareil devant leurs deux visages. Lenny riait sur la première, Lenny embrassait sa joue sur la deuxième, Lenny aspirait ses lèvres sur la troisième, Lenny regardait sérieusement l'objectif sur la dernière tandis qu'elle plongeait son visage dans son cou et lui répétait une nouvelle fois « je t'aime ».

Voilà, fixer le regard de cet homme quand elle lui disait son amour. Comme un talisman plus qu'un souvenir. Puis elle lâcha le téléphone et se tourna tout entière vers lui et il commença à l'embrasser. Profondément. Là, debout, contre la porte, il la tenait, tout entière contre lui et il l'embrassa comme s'il lui faisait déjà l'amour. Comme elle avait vu des gens s'embrasser dans certains films pornos. Un baiser d'une lenteur et d'une profondeur qui durait et qui ressemblait déjà à lui et à son sexe en elle. Mais uniquement par le pouvoir de ses lèvres et de sa langue dans sa bouche et contre sa langue.

— Oh, Lenny, murmura-t-elle quand une seconde, il abandonna sa bouche pour la regarder avec une intensité rare.

Et là, toujours debout, le dos contre cette porte froide, elle sentit les doigts de Lenny faire sauter les boutons de son jean, se glisser entre le tissu de sa culotte et trouver, là, blotti et impatient, le centre d'elle-même. Et les caresses qui commencèrent, et cette sensation qui grandissait et ses gémissements qu'elle ne savait taire, cet orgasme qui montait à une vitesse incroyable, à la force des baisers et à la caresse des doigts. Peut-être que c'était ça. C'était l'amour quand il n'y a plus de peur, plus de gêne. Plus d'angoisse de ce que l'autre ressent. Parce que les mots et les gestes ont parlé ensemble et que le corps se libère, comme des papillons qui s'envolent. Et l'orgasme la parcourut, non pas le plus intensément possible, mais avec une rapidité affolante.

— Si tu savais comme ça me rend fou de te voir jouir, chuchota-t-il en plantant son regard dans le sien.

Il déplaça ses lèvres de son oreille à sa bouche et l'embrassa à nouveau profondément. Plus, elle en voulait plus encore. Elle voulait ce corps souple, pâle, beau, contre le sien et ses rondeurs. Elle voulait prendre dans sa main sa longue queue et la glisser entre ses lèvres. Elle voulait l'amener jusqu'au point où il allait se perdre lui-même.

— Déshabille-toi, ordonna-t-elle avec une confiance qui la surprit elle-même.

Et pour forcer le mouvement, elle entreprit de se dévêtir elle-même, envoyant valser ces couches de tissu qui lui étaient désormais comme insupportables.

***

Lenny s'était réveillé quelques minutes auparavant, comme alerté par le manque. Celui de la chaleur de Julia qui n'était plus là auprès de lui. Quand, à la porte, il entendit des pas approcher puis une main toquer, il pensa que c'était elle, de retour sans doute de l'appartement de ses parents. Avec peut-être un truc à manger ou à boire. Mais en ouvrant la porte, Lenny se retrouva nez à nez avec un homme. Un homme d'une quarantaine d'années en jogging et T-shirt qui avait l'air aussi surpris que lui de le trouver là. Une fois l'étonnement passé, l'homme le dévisagea durement. Ses yeux sombres le détaillèrent de haut en bas. Lenny se félicita d'avoir eu la bonne idée d'enfiler un jean et un T-shirt.

— Euh... Bonjour ? tenta-t-il dans la langue de sa douce.

Les yeux de l'homme se firent moins durs.

— *You're Mister Dublin* ?

— *What ?* lança-t-il perplexe.

— Le petit ami de Julia ?

— Oui, oui, répondit-il, rassuré par une définition normale de la situation. *Mister Dublin* ?

L'homme lui sourit enfin et tendant sa main vers lui, répondit :

— Enchanté. Je suis Jérôme, le beau-père de Julia. J'imagine qu'elle est sortie. Vous voulez descendre ? On a préparé un brunch post réveillon du nouvel an et les petites et leur mère espéraient la présence de Julia. Elle nous rejoindra. OK ?

Sans effectivement s'y attendre, il se retrouva au milieu du canapé, dans le salon de la famille de Julia, coincé entre deux petites Parisiennes bavardes, vives et terriblement curieuses de sa présence, et deux adultes, Jérôme et Anne, plus réservés et sans doute fatigués de leur soirée.

— Vous voulez un café ? Du thé ? Un jus d'orange ?

La mère de Julia l'avait accueillie avec un mélange de curiosité et de méfiance et semblait encore sur ses gardes. Comme lui n'était pas plus rassuré, cela donnait un ensemble assez ampoulé.

— Du thé… Merci.

Elle faisait des allers-retours entre le salon et la cuisine, apportant sans cesse de la nourriture.

— Vous avez besoin d'aide ? demanda-t-il, cherchant à tromper son stress.

Depuis qu'il avait pénétré dans l'appartement, il espérait l'arrivée rapide de Julia pour venir l'aider à faire face à cette situation bizarre et imprévue où il rencontrait sa famille alors qu'elle n'était même pas là. Il ne s'était pas du tout attendu à ça. Jusqu'à présent, depuis son arrivée à Paris, tous les deux avaient vécu en totale autarcie. Julia n'avait pas fait mention de sa famille et lui ne savait même pas dire si les siens allaient bien. Il nota quand même qu'à midi passé, pour un 1er janvier, il serait bientôt temps d'appeler sa maman pour lui souhaiter une bonne année.

Par SMS, Lenny avertit Julia. Elle lui répondit immédiatement par un smiley étrange qui souriait, rougissait et pleurait en même temps. Puis ajouta qu'elle serait là dans dix minutes max. Lenny avait soupiré. Puis il reçut à nouveau un texto « Sorry ».

— Tout va bien ? demanda Jérôme.

— Julia sera là dans dix minutes, expliqua-t-il.

— Où est-elle ? demanda une voix féminine.

Lenny haussa les épaules au moment où Anne revenait avec un mug de thé à son attention. Ça le mit mal à l'aise d'être là, à rencontrer pour la première fois la mère de l'amour de sa vie et de lui donner l'impression d'être le dernier à être au courant de quelque chose de peut-être important.

— Je ne sais pas, admit-il tout de même.

Et comme par magie, il reçut un nouveau texto.

J'ai dû trouver une pharmacie de garde. J'avais besoin de Ventoline pour mon asthme.

Lenny lut à haute voix le message. Et ces mots le remplirent de perplexité.

— Julia est asthmatique ? demanda-t-il.

Anne se posa en face de lui, de l'autre côté de la table basse. Elle plia ses jambes sous ses fesses et cala une tasse dans sa main. Elle l'observait, il le sentait, avec de plus en plus d'idées derrière la tête. De plus en plus de curiosité. Une grande envie de savoir qui elle avait invité à prendre ce premier brunch de l'année.

— Julia fait quelques crises. C'est très irrégulier. Elle commence mal son année, ajouta-t-elle avant d'avaler une gorgée de thé.

Quand Julia apparut enfin, Lenny sut aussitôt que quelque chose n'allait pas. Mais apparemment, il n'était pas le seul. Sa mère avait cette espèce de regard doux et interrogateur qu'il connaissait bien : c'était celui que sa propre mère réservait souvent à sa sœur. L'amour maternel était inquiet par essence, c'était sa fonction, sa raison d'être. Mais il découvrit en Julia un pouvoir de comédienne. Dans un sourire, une énergie fictive habilement jouée, elle tenta d'effacer le trouble.

— Vous avez kidnappé Lenny... C'est incroyable...

— Non, ça va... C'est agréable de faire votre connaissance aujourd'hui, lança l'intéressé.

Julia se dirigea vers le canapé où il était coincé entre Paloma et Inès.

— Vous me faites une place ?

Inès, la petite blondinette, celle qui ressemblait à Julia, se leva, mais vint s'asseoir sur les genoux de sa sœur quand celle-ci prit place sur le canapé. Elles se câlinèrent comme deux petits chats.

— Tu as rencontré les deux beautés ?

Lenny ne résista pas à les envelopper de son regard l'une après l'autre. Les deux petites humaines étaient adorables. Paloma, la plus grande, l'observait discrètement depuis qu'il était arrivé dans leur salon. Elle était présentement en train de manger du bout des lèvres une tartine de pain grillé à la française. Elle semblait intimidée. Mais il l'était bien plus qu'elle. Les enfants, il n'avait pas l'habitude. Les enfants étrangers qui ne parlaient pas sa langue, encore moins. Pourtant, dans leurs échanges de regard silencieux, il sentait quelque chose de simple. De direct.

— Est-ce que vous voulez un autre thé, Lenny ?

Jérôme, en route vers la cuisine, venait de le lui proposer. Il accepta avec reconnaissance. Avec la soirée de la veille et leur nuit agitée, il se sentait encore engourdi de sommeil et en manque de théine. Julia pressa sa cuisse contre la sienne et lança :

— Lenny est un buveur de thé. Tu peux y aller, il ne refusera jamais.

— Vous êtes anglais ? demanda Anne.

Lenny acquiesça, évaluant au passage ce qu'ils pouvaient savoir de lui. Si Julia leur avait expliqué, ou pas, quel mec bizarre, à la drôle de profession, il était.

— Oui, reconnut-il.

— Ah, mais il va falloir qu'on arrête de l'appeler Mister Dublin, alors, lança Jérôme de la cuisine.

— Mister Dublin ? répéta Julia, interloquée, en regardant Jérôme.

— C'est le nom de code entre ta mère et moi... Depuis ton week-end à Dublin.

— Je n'ai aucune racine irlandaise a priori... mais j'aime bien, s'amusa Lenny.

— Ça, c'est tout vous, protesta Julia en regardant tour à tour sa mère et son beau-père.

— Tu ne nous dis rien, il faut bien qu'on imagine, lança Jérôme.

— OK, fit Lenny à son tour. Qu'est-ce que vous voudriez savoir ?

— Ne te sens pas obligé, fit Julia en touchant à nouveau sa cuisse. Ils sont hyper curieux. C'est embarrassant.

— Non... non, c'est OK... Vraiment... Donc voilà, je m'appelle Lenny Bennett, j'ai vingt-trois ans. Je suis anglais... de Bristol... et je crois que l'on peut dire que je suis le petit ami de Julia.

— Oh mon Dieu, gémit-elle en réponse. Le petit ami ? Rien de plus cul-cul que ça ?

— Ma fille n'est pas très romantique, je le crains, lança Anne en souriant. Et on adore la torturer. Puis-je vous demander ce que vous faites dans la vie, Lenny Bennett ?

— Je suis comédien… ou acteur… artiste du divertissement…

Le silence qui s'ensuivit ne le surprit pas. Il y était habitué. Dès qu'il sortait de son cercle familial ou professionnel, c'était le genre de réaction qu'il obtenait des gens normaux. C'est-à-dire des gens qui ne s'estimaient pas artistes. Des gens qui appréhendaient les professions artistiques avec suspicion ou crainte. Comme tout ce qu'ils ne connaissaient pas. C'était OK, il avait pris le pli depuis le temps.

— Et vous en vivez ? poursuivit Anne.

Julia vint à sa rescousse, simplifiant probablement la discussion, mais refroidissant en même temps l'atmosphère de la pièce.

— Maman, fit-elle en roulant les yeux, Lenny tourne depuis ses dix-sept ans. Et en ce moment, c'est le personnage principal d'une série de Netflix. Donc oui, mon petit ami travaille. Et il travaille même beaucoup. Il repart après-demain à Vancouver pour quatre mois de tournage et j'aimerais bien profiter de mon dernier jour avec lui, sans une équipe des Renseignements Généraux là pour enquêter sur lui. Donc si vous voulez bien nous excuser, on va prendre congé et vous laisser finir votre brunch. OK ?

Jérôme éclata de rire, Anne soupira et Julia se leva du canapé, donnant le signal de leur départ imminent. Lenny en fut légèrement décontenancé. Mais comme dans toutes les situations où il ne savait pas comment se comporter, il utilisa la méthode qui fonctionnait le mieux. Celle du charme. Souriant. Souriant et souriant encore. Remerciant. Et souriant encore en disant au revoir à tous.

Puis quand ils furent tous les deux, revenus dans la petitesse de la chambre de Julia, Lenny regarda enfin sa girlfriend dans les yeux avec une attitude de semireproche, semi-interrogation. Sans pouvoir s'empêcher pour autant de sourire du cinéma de Julia.

— *What ?* demanda cette dernière.

— C'était quoi, tout ça ?

— Quoi ?

— Toi ! s'exclama-t-il. Tu as joué à quoi ?

— Désolée, Lenny ! Alors tu vois, je ne suis pas la petite amie parfaite. J'ai des problèmes, des humeurs. Et je peux être une vraie connasse assez régulièrement.

— Bon, en même temps, tu as une mère, un beau-père, tu as des problèmes, quoi... C'est la vie !

— Ouais... et j'ai honte aussi... Ils viennent te choper, essaient de te séduire avec du thé et toi, tu ne peux pas résister à ça, n'est-ce pas ?

— Je n'avais pas envie de résister. C'est ta famille. J'étais content de les rencontrer même si ça m'a pris au dépourvu. Ta mère est... impressionnante, impressionnante en bien, mais elle m'a foutu un peu les jetons. Ton beau-père, lui, il est très chaleureux... Et tes sœurs, je crois que je pourrais les croquer tellement elles sont *cute*.

La vérité, c'était que pour ce qu'il en avait vu, il avait trouvé la famille de Julia normale et impressionnante en même temps. C'était l'ADN même de Julia. Ce mélange d'élégance bourgeoise, presque aristocrate, et cette simplicité aussi. Il avait juste un doute sur Anne, sa maman.

— Je crois que ta mère me déteste.

— Quoi ? Pourquoi elle te détesterait ?

— Elle était un peu froide, tu vois...

— Elle a fait son glaçon parce qu'elle était intimidée. Faut pas t'en faire...

— Et toi, Julia... Pourquoi tu fais ton glaçon, maintenant ? Qu'est-ce qui ne va pas ?

Julia se vautra sur le lit en évitant avec un talent de

comédienne assez limité de le regarder, lui. Il le savait, quelque chose n'allait pas.

— Julia ?

Lenny s'approcha du petit lit et avec précaution s'assit à ses côtés. Il voulait qu'elle le regarde dans les yeux. Il voulait discerner dans son iris vert sa vérité.

— J'ai fait quelque chose de mal ? C'est le truc avec ta famille ?

Elle remua les lèvres et sans que le son ne sorte il devina un « non ».

— C'est en rapport avec ta crise d'asthme ? essaya-t-il encore.

Elle secoua la tête.

— Julia, murmura-t-il en soudant le front au sien. Aide-moi.

Il sentit la longue inspiration qu'elle prenait et à mesure que cet oxygène emplissait chaque petite alvéole de ses poumons, il espérait des mots qui l'éclaireraient.

— On a merdé, Lenny. Toi et moi...

— Quoi ?

— On n'a pas mis de préservatif, cette nuit... On a oublié... Quand je me suis réveillée, désolée d'être technique, mais j'ai senti qu'on avait oublié...

— Oh ! Julia, je suis désolé... je... c'est ma faute...

Mais Lenny se souvenait parfaitement de ces instants de faiblesse et d'abandon qu'elle voulait faire naître chez lui. Il l'avait vu dans son regard brûlant d'un désir si fort, si puissant, qu'elle aussi avait joué et perdu pied et que la faute était commune. Elle ne savait pas lui en vouloir tout simplement.

— C'est notre faute... j'étais là. J'ai oublié aussi.

— Ça ne m'est jamais arrivé d'oublier. Je ne comprends pas comment...

Lenny arrêta là sa phrase, tout en se faisant la réflexion

que de toute façon, depuis sa rencontre avec Julia, sa vie s'était remplie de cette impression de vivre des tas de situations pour la première fois, y compris des situations immatures et irresponsables comme celle-ci.

— Je suis sortie tôt ce matin. Je cherchais une pharmacie ouverte pour acheter une pilule du lendemain aussi vite que possible.

— Julia... je suis vraiment vraiment vraiment désolé. Tu aurais pu me réveiller... J'aurais dû t'aider. Ça va aller ?

— Je... Je ne sais pas... Ce truc, ce n'est pas efficace à cent pour cent, tu comprends...

— Oui mais bon, il faut être optimiste. Quand est-ce qu'on sera fixés ?

— Dans les premières vingt-quatre heures, c'est efficace à quatre-vingt-quinze pour cent. Ça laisse cinq pour cent de risques, récita-t-elle. Mais bon, plus on la prend tôt, plus elle est efficace. Alors dès que j'ai réalisé ce qui était arrivé, je suis partie. Le plus vite possible. Mais un 1er janvier, toutes les pharmacies étaient fermées. Alors j'ai dû aller place de Clichy. Là-bas, il y a une pharmacie de garde. Je m'en souvenais parce qu'une fois, Paloma était très malade et la nuit, Jérôme était parti en catastrophe acheter ce qu'il lui fallait là-bas... Mais je n'étais pas très à l'aise. Et dans la queue, devant moi, il y avait ce type. Je pense que c'était un drogué. Un mec qui venait chercher de la méthadone, ou je ne sais pas quoi. Parce que je suis nulle en drogue, tu vois... et puis c'était un peu la cour des Miracles, cette pharmacie, ce matin... et moi, j'y allais pour acheter une pilule du lendemain. Et tu vois, j'avais honte... et je... Lenny...

La cascade de larmes fit son apparition juste après celle de mots. Et sur les joues rougies, il voulut embrasser ces larmes qui coulaient. Cette peine, la peine de Julia, ça lui faisait mal à un point qu'il ne comprenait pas totalement. Alors il attendit, en la serrant contre lui et les mots reprirent leur chemin et Julia lui raconta toute l'histoire. L'histoire qui avait commencé bien avant lui et elle, dans cette chambre, ce 1er janvier.

Julia avait d'abord pensé, irrationnellement, qu'elle ne pouvait pas être enceinte. Ses règles arrivaient toujours de manière assez bordélique, incapable qu'elle était, depuis ses quatorze ans, de se souvenir d'une date, d'un jour, d'un cycle. C'était son corps qui lui donnait le signal de leur retour ; un bouton d'acné d'abord, toujours le même ou presque, à se montrer sur le coin gauche de son menton et qu'elle dissimulait tant bien que mal avec de l'anticerne. Et puis des petites douleurs, dans le ventre, rien de très gênant. Elle était plutôt chanceuse, Julia, dans ses symptômes menstruels. Pourtant, quand tout cela se produisit cette fois-là, les règles n'apparurent pas dans la foulée. Et plus inquiétant, elle sentit un autre inconfort particulièrement nouveau : elle se mit à avoir mal aux seins. Et ça, c'était franchement une première. Pourtant, Julia ne pensa pas tout de suite que cela pouvait annoncer une grossesse. Son cerveau, sa rationalité, tout lui disait que c'était impossible. La dernière fois qu'elle avait fait l'amour, c'était avec Luke. Le dernier jour de son séjour chez lui. Fin août. Avant son retour à Paris, avant de comprendre que cela ne représentait pas le début de leur histoire, mais plutôt la fin de leur relation. Et voilà que quatre semaines après, comme pour lui rappeler avec amertume à quel point elle avait été prise pour une conne par un garçon qu'elle avait aimé pendant des lustres, elle se retrouvait à se demander, assise face à son bureau, dans sa chambre du sixième étage, après un dîner passé en famille, avec les petites qui gigotaient et ricanaient et sa maman qui l'interrogeait sur comment se passaient les cours en ce moment, si elle n'attendait pas un enfant.

Julia avait vingt ans. Et quelque.

Elle était sexuellement active depuis vingt-trois mois exactement. Dont moins d'une semaine consacrée à Luke. Assez pour être enceinte ?

— Oh, ma douce, pourquoi tu n'as rien dit avant ? J'aurais tellement aimé faire plus pour toi…

Les mots de Thalou avaient fait déborder ses yeux et pour la première fois depuis le début, elle avait laissé des grosses larmes s'échapper sans tenter de les retenir. À quoi bon ? Tout était fini et tout faisait encore mal et elle voulait que Thalou la console de ce chagrin. Et un jour peut-être, elle saurait en parler à sa mère aussi. Peut-être.

Mais en attendant, elle comprenait que peut-être, elle n'avait pas cherché d'aide auprès de sa meilleure amie pour se punir un peu plus. Pour souffrir davantage. Cela avait été tellement dur. Oh bien sûr, dans ce parcours qui l'avait menée au bout de presque un mois à un rendez-vous tôt le matin à la clinique des Lilas, il y avait eu des moments de bienveillance. Comme le regard de cette infirmière qui, en silence, lui avait tenu la main durant l'anesthésie, au moment même où son cœur battait si fort dans sa poitrine et où son estomac semblait se tordre de peur. Comme la gynécologue du planning familial où elle s'était rendue dans le 13e arrondissement au milieu des tours du quartier chinois, qui l'avait accueillie avec un sourire tendre et auprès de qui elle avait prononcé pour la première fois à haute voix les mots « je suis enceinte » sans se sentir jugée ni méprisée.

Mais ces quelques éclairs de gentillesse n'effaceraient pas ces autres moments, ces intonations qui n'étaient pas délicates et qui disaient bien plus que les mots qui n'étaient pas autorisés au nom de la neutralité ; ces informations peu fiables qu'on lui avait distillées sur les délais, les méthodes, les procédures à suivre ; ces regards moralisateurs qui lui avaient donné l'impression d'être dans le meilleur des cas, une petite fille qui avait fait une grosse bêtise et dans le pire, une tueuse d'enfants.

Sans doute que Thalou aurait été un soutien inestimable dans ce parcours qui l'avait usée. Elle l'aurait accompagnée de bien des manières possibles. Mais Julia s'était instinctivement affranchie des règles qui régissaient son monde jusqu'alors et s'était repliée sur elle-même au lieu d'aller, comme toujours dans le passé, chercher l'aide de son amie. Car le monde avait changé. C'était elle et elle seule qui était tombée enceinte ; elle et elle seule à qui était revenue la décision ; elle et elle seule qui était allée dans cette salle d'opération froide et hostile ; elle et elle seule qui avait avorté.

Julia avait la réputation d'être étourdie, de perdre instantanément tout ce qui pouvait avoir de la valeur, au moins sur le plan administratif : son passeport, sa carte de cantine, les dossiers d'inscription à l'école, à la gym, les chèques d'étrennes qu'elle recevait. Sa mère la houspillait sans cesse sur ce sujet qui était un running gag dans leur vie de famille. Mais quand il s'était agi de trouver une solution à son problème intime, Julia avait réalisé qu'elle était dotée d'une force insondable. Rendez-vous au planning familial, rendez-vous chez un échographe, argent, papiers et ordonnance, argent, repapier à faire signer par le gynéco du planning familial, écho de datation, soixante euros + les dépassements d'honoraires, prise de sang groupe sanguin, prise de sang taux HCG. En trois semaines et demie, elle avait fait face à tout et toute seule, accompagnée par des inconnus qu'elle n'avait pas laissés une seule seconde pénétrer dans son cerveau. Julia était passée en mode warrior.

Thalou avait décidé de rester auprès d'elle, cette nuit-là, chuchotant au téléphone quelques mensonges à son jeune amoureux. Julia lui avait fait jurer le plus grand des silences.

Allongées l'une près de l'autre, dans ce même petit lit une place, sous les toits de Paris, elles étaient restées longtemps éveillées et silencieuses. Thalou s'était rappelé les premières nuits qu'elles avaient passées dans cette même chambre, trois ans auparavant, quand elles étaient de jeunes lycéennes, folles, vivantes, et éperdues d'amour. Elle s'était souvenue de ces longues discussions et de cette question éternelle : quand Luke allait-il comprendre ? Quand ouvrirait-il les yeux ?

— Et le père ? avait-elle soudain demandé, sans pouvoir s'en empêcher.

Julia s'était raidie entre ses bras. C'était quand il n'y avait plus d'enfant que le mot père venait la frapper en plein visage.

— Y a plus de père, avait-elle murmuré. Y a plus de bébé.

— Il était au courant ? Il t'a aidée ?

— Pour être au courant, il aurait fallu que je puisse lui parler. Je ne me voyais pas lui faire un texto ou un message Facebook sur un sujet pareil. Et des nouvelles, il ne m'en donne plus depuis longtemps…

Thalou avait tressailli. Julie venait de lui confirmer ce qu'elle avait compris.

— Quel connard…

— C'est moi qui étais conne, avait répondu Julia. J'ai toujours été conne à propos de Luke.

Thalou n'avait rien répondu. Julia était tombée amoureuse du jeune Américain. Et à partir de ce moment-là, elle n'avait jamais plus reculé, au point de faire des choses stupides, aveuglée qu'elle était par les sentiments qu'elle éprouvait. C'était comme ça. Et elle avait payé assez cher pour ne pas s'entendre dire qu'elle avait raison. Luke l'avait rendue amoureuse et conne. Et il y avait consenti.

Julia raconta à Lenny ce jour funeste. De la froideur des infirmières qui ne voulaient pas la laisser partir seule, de ses larmes qu'elle retenait devant elles tandis qu'elle les détestait d'assister à sa douleur et à sa détresse. Finalement, discrètement, elle avait attendu que le taxi qu'elle avait commandé se pointe devant les portes de la clinique puis elle avait foncé, sans se retourner, le corps vrillé par la douleur qui se réveillait en bas, au creux de son ventre.

C'était un jeudi, un midi et elle était seule, allongée sur son lit, entre les quatre murs de sa chambre de bonne qui ne lui avait jamais paru aussi vide, petite, froide et sordide. Dehors, par la fenêtre entrouverte, elle pouvait percevoir les bruits sourds de la ville et même entendre quelques pigeons qui roucoulaient près d'elle, quelque part sur le toit. Tout lui semblait éteint et morbide. Comme ce sentiment sourd en elle de dégoût, de tristesse, de désolation et de culpabilité mêlés. Et de honte, surtout. La honte d'être cette fille naïve, qui avait tant rêvé de cette nuit d'amour avec ce garçon fantasmé et qui était revenue en France, enceinte (mais bordel, il avait bien mis un préservatif, non ?) et avait dû en même temps comprendre et accepter qu'il ne la rappellerait pas, qu'elle n'était rien, qu'eux deux, c'était aussi éphémère et décevant que ce moment de sexe aviné.

Rien. Elle n'était plus rien que cette jeune femme trahie, honteuse. Et parler, se confier, chercher de l'aide, elle n'avait pas pu. Par amour-propre sans doute, un amour déplacé. Par dignité. Pourtant, elle ne se sentait pas du tout digne, pas forte, avec dans sa culotte, des serviettes hygiéniques de la taille d'un paquebot, parées pour accueillir les chutes du Niagara qui ne stoppaient jamais. Gorgées de son sang coupable.

Épuisée par les larmes, encore shootée par l'anesthésie sans doute, Julia avait fini par s'endormir, enroulée dans la couette Ikea que sa mère lui avait offerte quand elle s'était installée dans la mansarde, symbole de son début d'indépendance et de vie libérée. Bordel. Comment tout cela avait pu arriver ?

À son réveil, au milieu de l'après-midi, le soleil d'octobre inondait la pièce, réchauffant de ses modestes rayons les murs décrépis. Et Julia avait compris que, d'une manière ou d'une autre, elle avait changé pour toujours. Même si elle ne savait pas encore dire en quoi.

— Voilà qui je suis, dit-elle finalement en conclusion à ce récit.

Lenny sentit sur ses propres joues dévaler des larmes amères. Il était aussi ému qu'elle et ne comprenait pas pourquoi.

— Julia... Je...

Il déglutit avec peine, réalisant sur l'instant à quel point sa gorge était serrée.

— Je ne peux pas te promettre qu'il n'y a pas de risque que tu sois enceinte même si je suis confiant. Par contre, je peux te promettre que tu ne seras pas seule si cela arrive.

Chapitre 5

No one ever said it would be this hard
Oh take me back to the start

COLDPLAY, *Nobody said it was easy*

Lenny avait éprouvé du soulagement en montant dans son avion long-courrier pour le Canada. Bien sûr, il disait au revoir à des journées et des nuits douces et brûlantes, à des conversations d'alcôves, à des rires et des tendresses qu'il avait adorés. Mais le dernier acte de la pièce avait été trop brutal. Comme un rappel à l'ordre de la vie concrète, pragmatique et réelle. Alors, quitter Paris lui apparut comme un moyen de laisser derrière lui trop de stress et d'émotions mal contenues, ainsi qu'une Julia qui s'était offerte dans sa vérité et souffrait de ce qu'elle avait confié. Comme si elle devait digérer ce qu'elle lui avait demandé de comprendre.

Le soulagement fut de courte durée. À peine le temps d'arriver et de se remettre au travail, que la solitude le frappa de plein fouet. Julia lui manquait. Terriblement. Et Lenny était tout bonnement en train de faire une expérience troublante ; celle de rencontrer l'amour pour la première fois de sa jeune vie et de comprendre en même temps que ce n'était pas un arrêt sur image *et ils vécurent heureux et eurent beaucoup d'enfants.*

Non, l'amour était cette chose mutante qui un soir vous privait d'air, tellement vous étiez heureux et sûr de vos choix et puis qui vous empêchait d'avancer le lendemain matin, parce que vous vous sentiez les pieds enfoncés dans du ciment, sans plus pouvoir faire un pas. L'amour pour Julia ressemblait à ça. À l'attente qu'ils partageaient à distance. À la peur d'une grossesse. Aux échanges faussement enjoués et pollués par les non-dits puisque la bonne nouvelle n'arrivait pas. C'était même pire aujourd'hui. Son cerveau, son cœur, son énergie semblaient être restés européens tandis que le continent nord-américain lui demandait de se remettre au travail, de revenir dans le système, de reprendre le rythme et de cracher du texte, de l'émotion, de la vie à la demande.

Et là, présentement, Lenny avait les yeux dans le vide, alors qu'autour de lui, toute une équipe — toute une myriade de différentes équipes, pour être tout à fait précis, issues de différents corps de métier — s'agitait sur le plateau où ils tournaient depuis le début de la matinée. Tout cela pour faire exister une intrigue, une histoire et un personnage qui était à l'instant bien plus vivant que lui-même.

De toute façon, là maintenant, il n'avait rien à faire. Là maintenant, tout le monde attendait l'arrivée d'Abe qui était en retard. Et on patientait pour la star.

Note pour plus tard, pensa Lenny, relancer Andrew pour cette proposition hollywoodienne dont il lui avait parlé à Noël. Hollywood, ça ne pouvait pas être pire que ce qu'il éprouvait là. Et au moins, à la fin, il serait plus riche et peut-être plus libre. Mais Lenny savait dire au moment où il les concevait que ces plans-là n'étaient pas fiables. Et qu'il se fourvoyait un peu plus.

— Ça va ? Tu es avec nous ?

Lenny sursauta. Non, il n'était pas là et il n'avait pas vu s'approcher son ami, Paul, à trente centimètres de lui.

— Tu as l'air dans les vapes, Lenny.

— Je le suis, confirma-t-il en retrouvant un sourire passager. Quand est-ce que la reine Abe va arriver ?

— Arrête, Lenny. Elle est au maquillage. Ce n'est pas elle qui traîne. Ils ont dû prendre du retard pour la préparer.

Lenny n'en croyait rien. Il connaissait bien Abe et son professionnalisme pour savoir qu'un retard d'Abe sur un plateau était toujours signifiant. Ce qu'il ne savait pas deviner en revanche, c'était la signification de celui-ci. Depuis leurs retrouvailles, ils avaient recommencé la comédie du bonheur. Ça n'avait pas été aussi dur qu'il l'avait redouté. Faire semblant avec elle était naturel. Il lui parlait pendant les scènes, il lui parlait quand ils sortaient de scènes. Il la touchait pendant les scènes. Il continuait de la toucher ensuite. Et elle, il devait bien le reconnaître, avait quand même beaucoup de classe et de talent pour faire entrer tout le monde dans leur jeu. Elle riait facilement, continuait à inonder son compte Instagram de clichés du bonheur et de commentaires légers. La parfaite partenaire pour faire la publicité de leur jeunesse à tous les deux ; cette jeunesse dont le star-system se nourrissait.

Mais où serait-il quand il ne serait plus jeune ? Qui intéresserait-il encore quand sa fière attitude aurait disparu depuis longtemps ? Il se savait consommable et un jour serait même périmé. Il savait que c'était même encore pire pour les filles et les femmes de ces métiers. Et cela rendait tout encore plus exigeant. Il fallait ici et maintenant tirer le meilleur d'une situation professionnelle qui ne serait pas éternelle. Ici et maintenant, faire des choix sans se tromper. Et cette pression, aujourd'hui, le fatiguait. Ça, et la perspective d'un mini prolongement de lui-même dans le ventre de Julia. Ça et les milliers de miles et cette eau entre eux. Ça et son ego immature. Ça et…

Il l'entendit avant de la voir. Le froufrou de sa robe rouge Renaissance. Elle était belle, Reine, dans cette version Renaissance d'elle-même. Mais son regard sombre disait autre chose.

— Désolée, lança-t-elle à la volée en se plaçant face à lui sur la croix placée au sol. Je suis prête maintenant.

Il s'installa, face à elle, les pieds posés sur sa propre croix. Mike, le directeur, assis sur sa chaise, lançait déjà le top à l'équipe technique. Il respira, les yeux fixés au-delà de son visage de reine et attaqua la scène.

— Non… Je ne peux pas… Je ne peux plus.

Et le frou-frou de la robe s'échappa du plateau. Sans que nul ne puisse l'arrêter ou n'essaie seulement. Lenny assista à cette scène incompréhensible et une sensation désagréable commença à naître dans le creux de son ventre.

— Quelqu'un sait ce qu'il se passe ? lança Mike en lâchant son casque audio pour se lever de son fauteuil.

Lenny perçut le murmure du plateau. Le murmure des jours où quelque chose cloche et où les techniciens se parlent à voix basse. Il jeta un coup d'œil désespéré vers Paul qui se décida à avancer vers lui, tandis que le directeur était interpellé par un assistant.

— C'est la merde, murmura Paul le plus discrètement possible à l'attention de Lenny. Regarde ça, ajouta-t-il en lui tendant son téléphone portable.

Là, sur l'écran, une photo. De lui dévorant des yeux Julia. Puis plus bas, Julia qui lui murmurait à l'oreille un « je t'aime » que lui seul pouvait encore entendre. Et puis encore leurs deux visages dans un baiser dont il se souvenait du goût s'il fermait les yeux. Le tout sur un site web. Le pire d'entre eux. TMZ.

*
* *

Lenny se sentit défaillir. Véritablement. De toutes les choses que la célébrité l'avait préparé à vivre, être à la une de TMZ pour avoir trompé sa *girlfriend* comédienne mondialement connue n'en faisait pas partie. Voilà, il était entré dans le grand show du n'importe quoi qui n'allait pas manquer d'arriver. Dans les jeux du cirque. Sauf qu'il n'était pas dans la position d'un tigre ou d'un gladiateur, il était le petit freluquet de la bande qui aimait le théâtre et les beaux textes et qui était tombé amoureux d'une autre demoiselle. Est-ce que pour cette raison, il allait être mis à mort dans l'arène ? Quoi qu'il en soit, là, maintenant, il se devait de parler à Abe. C'était le plus urgent. Le plus extrêmement urgent.

— Je peux faire quelque chose pour toi, Lenny ?

Lenny croisa le regard de Mike, par-dessus l'épaule de son ami. Le regard d'un directeur courroucé par un bordel médiatique ; un directeur qui allait venir lui parler et à qui il n'avait rien envie de dire. Lenny détourna les yeux et, entraînant par le bras Paul avec lui, il glissa dans l'oreille de son ami :

— Je vais parler à Abe. Est-ce que pendant ce temps tu peux mesurer l'ampleur du désastre ? Sur le Net, les journaux, les réseaux sociaux ? J'ai besoin de comprendre.

— OK, répondit immédiatement Paul tandis qu'ils approchaient de la caravane de l'actrice. Ça va aller ?

Lenny haussa les épaules.

— Est-ce que la situation peut être pire que maintenant ?

Et en prononçant cette phrase, Lenny avait la réponse. Oui. Cela pouvait être pire. Quand cela commençait, on ne savait jamais quelle ampleur cela pouvait prendre. Et Paul le lui confirma par une grimace.

Lenny suivit son ami des yeux, évitant par la même

occasion tous les autres regards qu'il sentait peser sur lui. Son cerveau en ébullition se préparait mentalement à la conversation avec Abe. Mais avant, il y avait une chose qu'il voulait entreprendre. Alors, se donnant mentalement du courage, Lenny traversa le studio, habité d'un seul objectif : récupérer son téléphone. Celui-ci était posé avec tous les autres sur une petite table à l'entrée du set — c'était la règle. En redémarrant le sien, il appela immédiatement Julia. Lui parler. Le plus vite possible. Comprendre, le plus clairement possible. Se reconnecter aussi à quelqu'un qui, il en était sûr, allait le rassurer, lui faire du bien, lui rappeler ce pourquoi toutes les emmerdes, tous les problèmes dans la vie valaient le coup d'être affrontés. Puisqu'ils s'aimaient.

La déception fut à la hauteur de son espérance. Au bout de quelques sonneries sans réponse, l'appel bascula sur le message vocal de Julia. Et Lenny écouta mécaniquement la voix féminine lui expliquer qu'elle n'était pas disponible mais qu'elle rappellerait dès que possible. Lenny coupa sans laisser de message, se demandant où elle pouvait être et ce qui pouvait l'empêcher de décrocher. Ça lui laissa un drôle de sentiment au fond du bide sur lequel, de manière consciente, il décida de ne pas s'appesantir. Et en talentueux comédien britannique, il sortit du plateau avec tout le flegme dont il était capable.

Abe était debout face à la fenêtre de sa caravane quand il entra. Bien sûr, elle l'attendait. Bien sûr, elle voulait lui parler. Ou peut-être même lui hurler dessus. Comment aurait-il pu le lui reprocher ? Lui aussi, en son for intérieur, bouillait de colère. Celle de ne pas avoir dit stop au moment où il aurait fallu le faire. Celle d'avoir accepté, dans cette même caravane, cette comédie qu'elle lui proposait.

Abe resta debout, figée, tournée dans sa direction. De fatigue, de dépit, il préféra s'effondrer sur le petit canapé.

— Qu'est-ce qu'on va faire ? demanda-t-il.

— Toi, je ne sais pas. Mais moi, voici la situation factuelle. Grâce à ces sublimes photos de ta petite amie parfaite, tout le monde sur ce plateau, dans ce métier, dans ma famille sait maintenant que je suis une pauvre conne trompée. Grandeur et décadence de Abigaël Garner. Top ! Super ! Merci !

— Abe… Je… Je ne sais pas ce que ces photos font sur les réseaux… Je ne comprends pas.

— Honnêtement, je m'en fous que tu ne saches pas. Et puis ne me prends pas pour une niaise. Ce sont des selfies, Lenny ! Des selfies de vous deux ! Si ce n'est pas toi qui les as fait fuiter, tu crois que c'est qui ? Il n'y a pas beaucoup d'options.

Lenny ne répondit rien et se prit la tête dans les mains, fermant vainement les yeux pour essayer de réfléchir. Mais il ne comprenait pas. Il ne parvenait pas à saisir comment ces photos-là pouvaient se retrouver à la une de TMZ. Peut-être qu'elle eut pitié, peut-être qu'elle se sentit elle aussi dépassée car Abe vint le rejoindre sur le canapé et resta elle aussi silencieuse un moment. Jusqu'à ce que, doucement, elle dise :

— Mon attaché de presse et mon agent veulent faire une déclaration…

Lenny releva la tête, un peu paniqué :

— Genre quoi ? Qu'est-ce qu'il y a à dire ?

— Je n'en sais rien ! Les trucs habituels, les bullshits…

— C'est le show-business, Abe. C'est une mauvaise pub, mais c'est une publicité quand même… À quoi ça servirait de balancer un communiqué officiel ?

— C'est pour mon image, Lenny… Mon image de pauvre victime face au méchant Leonard Bennett qui a agi comme un sale con.

Lenny soupira.

— On valait mieux que ça, murmura-t-il.

— Moi aussi, je le croyais. Mais tu m'as prouvé le contraire.

Il sortit de la caravane d'Abe dans une confusion encore plus grande qu'en y entrant. Son portable se mit à sonner dans la foulée. Il sortit précipitamment l'iPhone de sa poche, prêt à entendre enfin la voix de Julia mais c'était le prénom de sa sœur qui s'affichait sur l'écran noir. Elle arrivait. À la rescousse. Comme à chaque tempête, chaque chavirage. Ce qui voulait dire, là, immanquablement que les news avaient déjà traversé l'océan.

— Lenny ? Qu'est-ce qu'il se passe ? Elles sortent d'où ces photos ?

— Je n'en sais rien, lâcha-t-il, agacé, en parcourant le chemin qui le menait à sa propre caravane.

— Tu as eu Julia ?

— Non… J'étais avec Abe pour essayer de gérer ce qui était gérable…

— Et ?

— Il n'y a rien de gérable. Rien. C'est la merde.

Lenny ouvrit la porte de la caravane et la referma avec une violence qui l'étonna lui-même. Sa sœur fit silence. Là-bas, il entendait du bruit, des cris, des enfants. Elle l'appelait de la cour d'école. Elle l'appelait de Paris. Elle l'appelait de la ville de Julia.

Julia.

Courtney parla prudemment. Les mots, un à un, franchirent sa bouche et Lenny les reçut comme des petits coups de couteau.

— Pourquoi elle aurait fait ça ?

Et oui, c'est bien la question qu'il se posait lui-même. Là. Maintenant.

— Peut-être qu'elle se sentait *insecure*, continua Courtney, en réponse à sa propre question. Avec toi qui jouais la comédie avec Abe, ça ne devait pas être facile…

Ce n'étaient pas les mots qui étaient insupportables. C'était le doute qu'ils faisaient naître en lui.

— Tu l'as vue récemment ? demanda-t-il, coupant court aux élucubrations de sa sœur.

— Oui. On a dîné ensemble. Avant-hier soir.

— Elle était comment ?

— Bien, bien. Comme d'hab. Mais c'est vrai que maintenant que j'y pense, elle était stressée aussi. Perturbée même…

Bordel, bien sûr qu'elle était stressée, Julia. Elle avait peur d'être enceinte. ELLE AVAIT PEUR D'ÊTRE ENCEINTE ! voulait-il hurler à sa sœur, à la pièce, au silence… Bordel, combien d'emmerdes possibles en une seule semaine ? Il n'eut pas le temps d'y réfléchir, son portable le bipait. Un autre appel. D'Andrew. Et toujours pas de Julia…

— Faut que je te laisse, Courtney. J'ai un double appel.

— Tiens-moi au courant, si je peux t'aider.

— Merci. Bises.

Andrew n'y alla pas par quatre chemins. À ses yeux, c'était n'importe quoi. C'était se rouler dans la fange. C'était perdre toute sa crédibilité artistique d'un coup. Lenny ne savait-il pas qu'Andrew avait bataillé des jours et des jours pour poser sa photo sur le bon bureau des bons producteurs de Los Angeles et que tout ça risquait tout simplement de réduire à néant la crédibilité de son travail ? Ne devinait-il pas que ce genre de publicité people pour un acteur qui voulait jouer dans des vrais films, dans de vrais beaux projets, c'était juste contre-productif ?

— Soderbergh ou Christopher Nolan ne cherchent pas des acteurs de téléréalité. Là, tu viens d'entrer dans la cour des Kardashian. Des sous Kardashian même. Du niveau caniveau. Je déteste avoir à te le dire, mais ton histoire de faux couple, avec Abe, c'était vraiment la pire idée du monde. Il fallait rompre. C'est tout. Il ne faut pas essayer de jouer dans une catégorie qui n'est même pas celle dont tu as envie. Qu'est-ce qui t'a pris ? Et pourquoi finalement sortir ces photos-là ? Ça rime à quoi ?

Lenny écouta. Distant. Agacé. Silencieux. Lenny écouta Andrew Reynolds lui passer un savon. Un savon grotesque d'agent qui se prenait pour son père. Et Lenny, un père, il n'en avait pas, n'en avait jamais eu et ne voulait pas commencer aujourd'hui avec Andrew. Mais tel un fils en plein acte de contrition, il la boucla et attendit que la tempête passe. Quand Andrew marqua une pause, Lenny finit par se lancer.

— Andrew ?

— Oui ?

— Qu'est-ce qu'il peut se passer ?

— Quoi ?

— Les conséquences ?

Andrew sembla s'inspirer du calme factuel de son jeune protégé. Et il prit une grande respiration.

— Je vais voir ce qu'il se trame pour le network. Sentir dans quel sens tourne le vent. Ils peuvent être ravis par cette publicité comme ils étaient ravis du couple de stars que vous formiez. Mais bon, pas de faux espoirs. Tu as le mauvais rôle, là, celui du méchant petit ami. Ils ne vont certainement pas aimer la fin du produit « conte de fées ».

Lenny se mordit les lèvres, agacé d'entendre ce qu'il craignait.

— Et pour le Nolan ?

— Je prendrai la température plus tard. Ça peut se dégonfler.

— Abe m'a dit qu'elle allait publier un communiqué. Ça va pas se dégonfler si vite que ça.

— Merde, jura Andrew. En même temps, c'est probablement le genre de trucs que je te conseillerais de faire à sa place. Il va falloir serrer les dents, Lenny, et attendre que cela passe.

La nuit de janvier était tombée quand Paul et Lenny quittèrent ensemble les studios. Dans la voiture, ils restèrent silencieux une bonne partie du trajet. D'habitude, quand il leur arrivait de faire la route ensemble, ils profitaient de ce sas de décompression pour écouter de la musique trop fort et faire des blagues sur les membres de l'équipe qui leur sortaient par les yeux. Mais d'habitude, Lenny n'était pas l'objet de toutes les saloperies qui pouvaient être partagées par les équipes du studio, les producteurs ou les autres acteurs de la série. Et ça, c'était la partie immergée de l'iceberg. Car Paul, en faisant le tour des réseaux sociaux et des médias, avait pu commencer à se rendre compte de l'ampleur du buzz que ces photos et l'article qui les accompagnait avaient provoqué.

Et puis il y avait l'autre sujet. Que Paul n'osait pas aborder. Le sujet qui n'était ni le public, ni la profession, ni même la pauvre Abe. Non. Il y avait la question de Julia. Et de ce qu'il s'était passé avec ses photos sorties de nulle part.

Lenny avait le front collé à la vitre humide de la portière de la voiture. Il avait les yeux fermés. Ce silence allait le rendre fou.

— Qu'est-ce que je peux faire pour t'aider, Lenny… Dis-moi…

La seule réponse de Lenny fut de frapper plusieurs fois son front contre la vitre. Pas violemment. Pas de manière insistante. Régulière. Comme un mantra physique qui allait finir par le blesser.

— Arrête, Lenny…

Soudainement, Lenny sembla enclin à lui obéir et il stoppa le geste. Puis se tournant brusquement vers lui, il demanda :

— Tu crois que c'est elle ?

— Quoi ?

— Tu crois que Julia est capable d'avoir fait fuiter les photos ?

Merde ! Que pouvait répondre Paul de toute façon ? Paul savait qu'il aimait Julia et lui savait que Paul ne dirait rien qui puisse lui, le détruire davantage.

— Tu lui as demandé ? demanda Paul en effet prudemment.

Lenny fit non de la tête.

— J'ai essayé de la joindre. Plusieurs fois. Je lui ai envoyé un SMS pour qu'elle me rappelle. Toute la journée, j'ai espéré… Et maintenant, c'est le milieu de la nuit à Paris et je ne suis pas plus avancé… Je ne comprends pas, Paul. Ça n'a pas de sens. Pourquoi elle aurait fait un truc pareil ? Pourquoi ?

***

Ce jour de janvier était glaçant. Un froid tenace et sans soleil pour l'adoucir s'était abattu sur Paris et avait pris en otage ses habitants. Ceux-ci se déplaçaient vite, à l'économie, pour le plus rapidement retrouver des atmosphères moins hostiles. Et ce fut avec un soulagement gigantesque que Julia, elle aussi, poussa la porte du salon de coiffure et retrouva de la chaleur apaisante en même temps qu'un sentiment de sécurité. Cette pensée la fit sourire. Elle était comme toutes les femmes. D'un rendez-vous chez le coiffeur, elle attendait tout autant une nouvelle tête qu'un moral regonflé à bloc. Un vrai cliché ! Mais qu'est-ce que cela faisait du bien de venir ici et d'apercevoir immédiatement le visage jovial du père de Thalou.

C'était son amie qui avait eu l'idée. Hier soir, après une conversation téléphonique morose entre les deux jeunes femmes, Thalou avait conclu que Julia avait besoin d'un coup de boost et lui avait donné rendez-vous pour le lendemain, sans négociation possible. Mais ça n'avait pas été dur de convaincre la miss, elle semblait ouverte à toutes les propositions qui l'empêcheraient de se lamenter jour et nuit de l'absence de son petit ami.

Dans les premiers temps qui avaient suivi le départ de Lenny vers son exil canadien, Julia avait trouvé qu'elle assurait comme une folle. Pas de grandes tragédies grecques. Pas de mauvais films. Pas d'états d'âme. Non, rien de tout ça. Au contraire, Julia avait rationalisé en admettant que la probabilité qu'elle soit enceinte était somme toute très minime. Elle avait relativisé en se disant qu'être séparée de son petit ami pour quelques semaines, ce n'était pas la fin du monde, et elle avait même positivé en réalisant qu'elle allait pouvoir se consacrer à finir en beauté ses trois mois de stage où contre toute attente elle s'éclatait. Mais cette phase avait été de courte durée, rapidement remplacée par un vague à l'âme carabiné. Comme si, en refermant sa valise, Lenny avait emprisonné son énergie vitale à l'intérieur et laissé sur place une fille qui ressemblait vaguement à celle que tout le monde connaissait mais qu'elle-même ne reconnaissait pas. Une fille mollassonne, aux traits tirés et aux cheveux ternes. Mais pour les cheveux, au moins, ça allait changer.

— Hello, ma jolie ! s'exclama Jean-Marc en l'accueillant dans ses bras. Je suis heureux de te voir. Ça fait longtemps !

Julia embrassa les joues rebondies du cinquantenaire avec plaisir puis salua plus timidement la jeune femme qui s'occupait d'une cliente au bac à shampoing. Certainement une nouvelle apprentie.

Julia connaissait les parents de son amie depuis plus de dix ans. Dix années où elle avait appris à découvrir leur univers, leur langage, leurs rites. Dix années durant lesquelles, de bien des manières, elle était entrée dans leur famille. Elle avait vu Jean-Marc ouvrir ce petit salon de quartier Porte d'Orléans après des années et des années à travailler pour des grands coiffeurs en franchise. Elle avait connu l'époque où sa femme, Marie, ancienne coiffeuse reconvertie en assistante de direction, venait l'aider le week-end. Elle avait le souvenir de l'anniversaire étrangement extraordinaire que tous les deux avaient organisé, pour les seize ans de leur fille, ici même, dans ce lieu. Avec les copains du lycée Charlemagne qui entraient dans l'endroit comme s'ils découvraient la grotte de Lascaux et n'en revenaient pas de cette fête improbable dans cet endroit si kitch à leurs yeux. Julia avait appris à aimer les odeurs de teinture, de laque, de shampoing. Elle s'était habituée aux bruits trop forts des sèche-cheveux qui se parlaient tous en même temps. Elle s'était amusée des essais de coiffure que Jean-Marc avait parfois faits sur sa chevelure. Des chignons, des bouclages, des extensions. Des trucs improbables et *girly* que sa propre fille refusait de subir. Mais Julia, elle, aimait ça. Être là, sous son regard et le laisser imaginer, pendant une heure ou deux, quelle personne il voulait qu'elle devienne grâce à des cheveux réinventés.

— Thalou n'est pas encore là ? demanda-t-elle en enlevant son manteau.

— Mais bien sûr que je suis là, lança la jeune femme en surgissant de l'arrière-boutique. Et c'est moi qui vais te shampouiner !

Julia se mit à rire en accueillant son amie dans ses bras. Les talents de shampouineuse de Thalou étaient légendaires. Mais pas dans le bon sens. Et Jean-Marc leva les yeux au ciel à cette perspective.

— Vas-y, céda-t-il, si tu veux jouer à la coiffeuse…

— Yes ! s'exclama Thalou en sautillant sur place.

Puis, se tournant vers Julia, elle ajouta, avec cérémonie :

— Mademoiselle, si vous voulez bien me donner votre manteau ?

Les deux amies éclatèrent de rire comme des gamines de dix ans tandis que Jean-Marc secouait la tête, aussi attendri qu'agacé par cette démonstration d'amitié si forte et si pure.

— Alors ?

— Ça va… Tu t'améliores, grimaça Julia… Mais reste bien concentrée sur ton plan ENA, si tu veux mon avis.

— Non, je ne parlais pas de ça… Lenny ?

— Bah rien… Il est là-bas. Je suis ici.

— Et ?

— Quoi ?

— Te fous pas de ma tronche. Y a un truc, non ?

— Non. Rien.

— Tu as l'air d'une loque…

— Trop aimable, répondit-elle sarcastique.

— Tu vois ce que je veux dire…

Julia grimaça à nouveau, et pas à cause de ses cheveux qui étaient malmenés par une Thalou foncièrement maladroite. Non, à cause de la persistance de sentiments désagréables qui émergeaient, là, maintenant.

— En fait je dors pas assez, finit par admettre Julia à son amie tout autant qu'à elle-même. Et depuis trop longtemps...

— Même depuis qu'il n'est plus là ? lança malicieusement Thalou.

Julia esquissa un petit sourire à l'évocation des presque nuits blanches qu'ils avaient vécues. Si seulement son récent manque de sommeil pouvait s'expliquer par les moments délicieux qu'ils avaient partagés sous la couette...

— Surtout, finit par préciser Julia. Ce décalage horaire me tue. Pour se parler, il faut faire des trucs insensés comme attendre trois heures du mat quand lui a fini de bosser... La nuit dernière on a passé plus d'une heure au tél. La nuit a été microscopique... J'ai dormi deux heures...

— Tu m'étonnes que tu sois décalquée...

Oui, elle était une loque. Mais en vrai, ce n'était pas uniquement le manque de sommeil qui expliquait tout. C'était le malaise qu'elle ressentait. Celui-ci qui s'était installé en quelques jours à peine. À la mesure de l'attente qui se prolongeait pour obtenir la confirmation ou non d'une grossesse et de la distance plus uniquement géographique qui s'était créée entre eux.

— Il n'y a pas que ça, admit-elle finalement en fermant les yeux. Ce sont aussi tous les trucs qu'on ne se dit pas au milieu de ces longues conversations... Je crois que c'est ça qui me bouffe le plus...

— Je ne comprends pas...

Julia déglutit. Elle allait... Elle voulait... Elle ne savait pas comment ou par où commencer. Mais elle avait besoin de le dire à Thalou, de le dire à haute voix. Pour ne pas se laisser étouffer, enfermer par ses propres non-dits.

— Le sexe c'est chiant, ronchonna-t-elle.

— Pardon ?

— Enfin. Pas chiant, non. J'adore ça. Avec lui c'est divin et cochon et excitant tout le temps...

— Mais ?

— Mais ça fait faire des bêtises. J'ai dû prendre une pilule du lendemain. Et tu te doutes que ce n'est pas complétement agréable de me dire que j'ai encore un risque de grossesse...

— Ah merde...

Les deux jeunes femmes ne dirent rien pendant de longues secondes, comme pour prendre toute la dimension de la situation. Thalou savait qu'elle allait marcher sur des œufs.

— Tu peux le dire, finit par murmurer Julia en se retournant pour chercher le regard de son amie.

— Quoi ?

— Que je suis une grosse conne. Encore.

— Arrête... Tu n'es pas une grosse conne du tout. J'ai plutôt envie de te dire que tu es une femme. C'est tout. Et que c'est sur les femmes que pèsent la majorité des conséquences de la sexualité humaine. C'est comme ça.

Julia fut frappée par le commentaire de son amie. Oui, c'était ça. Exactement. Même si Thalou exprimait la situation de manière professorale. Depuis toujours, elle s'était considérée comme une femme moderne. Instruite, éveillée, libérée. Une jeune femme de son temps qui avait progressé dans la découverte de sa sexualité. Avec ou sans sentiments. Mais ce qui la frappait aujourd'hui, c'était à quel point sa condition de jeune femme moderne ne l'avait pas protégée de ce à quoi elle croyait pouvoir échapper.

La sexualité n'était pas une évidence. Ce n'était jamais sans conséquences. Même quand on le désirait. Même quand on avait accès à l'information, aux soins, aux outils pour se protéger d'une grossesse ou d'une maladie. On demeurait la victime de son propre désir. De sa propre bêtise. Et on portait seule la responsabilité des conséquences. Julia se sentait bien naïve de penser que sa génération avait pu se croire sortie d'affaire et être bien plus avancée sur la question que les précédentes.

— Depuis j'attends, reprit-elle. J'attends d'avoir mes règles et d'être soulagée. Et lui, je crois qu'il attend que je lui donne des nouvelles sans oser être trop direct et m'en demander systématiquement. Parce qu'une fois, oui, deux fois, oui... Mais bon... Ça doit le gêner. Comme moi. D'autant que la bonne nouvelle n'est jamais au rendez-vous. Et du coup c'est le tabou au milieu de nos conversations en permanence et ça pollue toutes les autres choses dont on parle. Ça pollue même les mots d'amour... Tu sais qu'il m'a dit qu'il m'aimait ?

La tête en arrière dans le bac à shampoing, le cuir chevelu massé par des doigts moins maladroits qu'à leur habitude, Julia commença à se détendre et à bâiller à s'en décrocher les mâchoires.

— Il faut vraiment que tu dormes, toi... Ce serait mieux pour ton moral. Tu ne veux pas couper ton téléphone cette nuit et dormir ? Vous vous parlerez demain, non ? Il comprendra puisqu'il t'aime, ma belle.

Julia acquiesça en refermant les yeux. Le programme était tentant. Lenny ne pourrait pas lui en vouloir. Il comprendrait. Il l'aimait.

Julia avait dormi comme un bébé. Véritablement. D'un sommeil calme. Sans angoisse. Sans crainte. Elle était aux anges en se réveillant. D'une humeur bien plus optimiste que la veille en se couchant. La nuit avait été bénéfique et Thalou, une nouvelle fois, avait eu raison. Martin la cueillit à son réveil, par SMS. Un matin, au moment de partir au boulot, ça n'était jamais arrivé ;

son camarade de promo était plutôt du soir, pour donner des rendez-vous d'apéro ou s'inviter tard la nuit dans sa chambre. Enfin, avant. À l'époque pas si lointaine où Julia entretenait avec lui une relation intermittente amicale et parfois sexuelle.

Regarde tes mails. Je viens de t'envoyer un lien. C'est ouf, tu es une starrrrrr mondiaaaaale !

Julia ouvrit immédiatement ses mails sur son téléphone. Intriguée et inquiète. Car ce qui pouvait ressembler à une blague pour n'importe qui avait pour elle une résonnance particulière. Et le pire, c'était que malgré l'inquiétude, la crainte, les premiers soupçons, le choc fut frontal.

Lenny Bennett cheated on Abigail Garner : the British actor has an affair with a mysterious blonde woman

Lenny Bennett has been romantically involved with his co-star Abigail over the two past years. However, it seems as if one of the most popular romances of the decade has to come to an end. Lenny has found a new interest in a lovely young lady who seems to love taking selfies while they are making out. We hope to learn more about her identity soon. No one has made any comments so far.[1]

Et bien sûr, le pire du pire, c'était leurs visages amou-

1. Lenny Bennett a trompé Abigail Garner : l'acteur britannique a une liaison avec une mystérieuse femme blonde

Lenny Bennett est en couple avec sa co-vedette Abigail depuis deux ans. Cependant l'une des romances les plus populaires de la décennie a l'air d'avoir du plomb dans l'aile. Lenny semble s'intéresser énormément à une charmante jeune femme qui semble elle beaucoup aimer faire des selfies pendant qu'ils s'embrassent. Nous espérons en apprendre plus sur son identité. Personne n'a encore fait de commentaire

reux. Ces photos de cette nuit et ces mots qu'ils s'étaient murmurés pour la première fois. Les photos qu'elle avait prises, elle. Avec son téléphone à elle. Mais comment était-ce possible ?

Julia s'effondra sur sa chaise de bureau. Elle avait beau relire et parcourir, encore et encore la page du site, son cerveau ne parvenait à rassembler les pièces du puzzle pour former un ensemble cohérent. Non, impossible. Ça ne fonctionnait pas. Alors là, tout de suite, maintenant, elle décida juste d'essayer de respirer normalement. C'était le début d'un plan. Se concentrer sur sa respiration.

Ensuite, quand elle eut retrouvé son souffle, elle se décida à appeler Lenny. Malgré l'heure tardive chez lui. Tant pis. Il fallait qu'elle lui parle même si elle le redoutait. Et là, elle les aperçut sur l'écran du téléphone qu'elle avait éteint toute la nuit. Les quatre appels manqués de Lenny Bennett. OK. Il savait lui aussi.

— Salut, répondit-il d'une voix grave, éraillée. Fatiguée.

— Je te réveille ?

— Non…

— Hé… Ça ne va pas trop, hein ?

— Non. Ça ne va pas trop, lança-t-il cyniquement. Tu as raison.

C'était de la froideur — pas la fatigue. La gêne aussi. Et là, pour elle aussi, la gêne grandissait.

— Tu es au courant forcément, murmura-t-elle.

— Oui, répondit Lenny d'une voix étouffée. Et j'ai essayé de te joindre pour en parler.

— Je suis désolée… J'avais coupé mon portable…

Lenny émit une espèce de soupir. Et à la question qui suivit, elle comprit soudain pourquoi.

— Ce sont bien tes photos, Julia ?

Boom.

— Oui, ce sont les miennes.

— Qu'est-ce qu'elles foutent sur le web ?

— Je n'en ai aucune idée. Ces photos sont dans les archives de mon téléphone. Et si tu veux tout savoir, l'une d'entre elles est même actuellement en fond d'écran. Parce que bizarrement, jusqu'à il n'y a pas si longtemps, je les aimais beaucoup, ces photos…

— Ne t'énerve pas. J'essaie de comprendre. Tu ne les as pas envoyées à quelqu'un ? À Thalou ?

Julia parvint à se contenir. Une seconde. Deux. Trois. Reprendre sa respiration. Go.

— Lenny ?

— Oui ?

— Tu m'as dit un jour que lorsque tu étais stressé, tu pouvais être un vrai connard. Eh bien tu dois être très stressé, là ! Parce que ce que tu sous-entends est juste…

Elle cherchait ses mots, le moyen d'exprimer l'aigreur, là, dans son estomac. Lenny en profita pour exploser :

— OK OK, je suis désolé d'être ce connard ! Désolé ! Mais tu vois, la situation est quelque peu pénible pour moi, là. Andrew est furieux, ça pue du côté des attachés de presse d'Abe qui veulent écrire je ne sais pas trop quoi à je sais pas trop qui et sur les réseaux sociaux, je suis en train de me faire défoncer. Ça n'a rien de très agréable.

— OK. OK. Je comprends, finit-elle par répondre posément, acceptant au passage de reconnaître qu'a priori, la situation de Lenny était quand même pire que la sienne. Mais il faut rester calmes… et soudés. Ou alors… Alors, ce n'est pas même pas la peine de continuer à parler.

Julia détesta cette phrase au moment même où elle la prononçait, car elle sut immédiatement qu'elle venait de signer leur arrêt de mort. Du moins, la fin de leur conversation du jour. Une. Deux. Trois secondes. Mais ce silence était insupportable. Il fallut qu'elle le brise.

— Lenny ?

— Je ne sais pas quoi dire d'autre. Tout ce que je pourrais ajouter va me faire encore plus passer pour un connard.

Et il raccrocha.

Elle se sentit d'abord immensément en colère. Contre lui. Puis contre elle. Puis aussi contre toutes ces conneries qu'elle découvrait sur l'écran de son téléphone. Julia était une enfant de son siècle et elle avait vécu son adolescence et ses années de jeune adulte dans un monde où le digital était une composante quotidienne parmi tant d'autres. Elle avait un compte Facebook qu'elle n'utilisait plus depuis ses quinze-seize ans, quelques photos sur un Instagram toujours actif qu'elle avait surtout utilisé en vacances et elle communiquait avec ses copines sur WhatsApp. Elle avait fait des bêtises, effacé des contenus, utilisé Messenger parfois pendant des nuits entières pour communiquer avec Thalou, Luke ou d'autres. Mais en réalité, elle était basique dans ses usages. Affreusement banale. Pas plus. Pas moins. Mais en se mettant à consulter compulsivement tous ces sites qui depuis quelques heures avaient publié et relayé ces photos, elle ressentit un immense vertige. Son visage, là, partout. Répété à l'infini et pour l'éternité — et que serait l'éternité digitale ? Qui le savait ?

Tout ça, toute cette agitation, toutes les consultations compulsives de ces centaines de pages web disaient toujours la même chose ; si elle les regardait, c'était surtout pour éviter de penser à ce qui faisait encore plus peur et plus mal. La possibilité de perdre Lenny.

Si Julia avait voulu trouver des excuses à ce qu'il venait de se produire entre eux, elle se serait dit qu'ils venaient d'avoir leur première dispute. Leur premier conflit d'amoureux. Quelque chose de douloureux, désagréable, un pavé jeté dans la mare de leur petit paradis. Mais pas de quoi paniquer. Mais le souci, Julia le savait, c'était qu'avec Lenny, rien n'était normal, car il ne vivait pas dans un modèle ordinaire. Avec lui, dès le début, tout avait été pollué par sa célébrité. Celle qu'il lui avait dissimulée puis révélée, comme un fardeau. Puis il y avait ce marketing du couple qu'il lui avait fait vivre avec son ancienne, mais très célèbre petite amie. Et désormais, la publicité qui était faite de leur relation. Tout dans ce contexte prenait des proportions incontrôlées. Y compris leur première dispute. Et ça la rendait folle. Triste. Et furieuse.

Et puis surtout, d'une manière qui lui était plus que tout désagréable, Lenny s'était mis à ressembler à quelqu'un qu'elle avait aimé un jour de toutes ses forces et qu'elle méprisait aujourd'hui avec autant de férocité. Le grand, le fameux, le talentueux, l'immense… Sacha Anton.

Son père.

Ce n'était pas une chose à laquelle elle avait déjà pensé. Mais ce matin-là, ça lui sauta aux yeux.

Lenny était comme son père. Il était la lumière, il était l'art. Il était le parano. Il était le caractériel. Et cette révélation lui fut particulièrement difficile. Encore plus que leur dispute sourde. Et ça lui fit monter les larmes aux yeux.

En musique, ils étaient les hommes de l'ombre. Ceux qui derrière leur console, en studio, guidaient, dirigeaient, enregistraient. Bien sûr, certains d'entre eux avaient marqué l'histoire de la musique. George Martin et les Beatles, Brian Eno et U2, Tony Visconti et David Bowie, mais la majorité demeuraient dans les coulisses, leur nom écrit en minuscule sur les pochettes de disques. Dans ce paysage, son père était parvenu en quinze années à se faire une réputation d'alchimiste de la musique. D'abord en produisant des artistes français, ceux qu'il connaissait alors qu'il était encore un bassiste de studio et puis, prenant le train de la *french touch*, il avait touché à la gloire internationale, produisant des artistes légendaires qui avaient envie de booster le son de leur album, raflant au passage quelques Grammy Awards. Une consécration.

Vers ses treize, quatorze ans, Julia avait commencé à comprendre qui était son papa. Un producteur de disques français à la renommée internationale. Un homme capable de faire venir à lui, à Carcassonne, lieu où il s'était établi, des groupes comme Coldplay ou les Beastie Boys. Un père qui l'emmenait voir des concerts de Rihanna ou Beyoncé en backstage à Bercy. Un dieu vivant pour ses copines et ses copains de collège.

Et pourtant, si l'artiste était certainement admirable, l'homme, lui, était difficile d'accès. Exigeant, intransigeant, caractériel, il n'avait jamais le temps, jamais la patience. Toujours excessif dans ses intentions vis-à-vis d'elle, il voulait l'emmener en vacances à New York ou en Floride, mais changeait souvent ses plans aux derniers moments, la laissant triste puis frustrée et agressive au fur et à mesure de la répétition du schéma. Au point où, au plus fort de son propre malaise adolescent, vers ses quinze ans, Julia avait décidé d'arrêter de le voir ou de lui parler — cela ne servait à rien et c'était finalement plus reposant de ne plus rien attendre de lui. Et le pire fut qu'il avait accepté la situation avec une facilité déconcertante ; elle était grande, si elle estimait qu'eux deux n'avaient rien à voir ensemble eh bien OK, c'était comme ça. Dix ans après la séparation de ses parents, Julia se sentit abandonnée une deuxième fois, sans même pouvoir admettre qu'elle avait juste voulu lui lancer un signal d'alarme en agissant ainsi.

Ainsi était la relation entre Julia et Sacha Anton, son père. Inexistante. Au point qu'elle était parvenue à ne plus parler de lui. Ni à sa mère, ni à Thalou qui était la seule à le connaître parmi ses amis actuels. Et ni à Lenny.

***

J'espère que ce sont des photos photoshopées. Que cette fille a voulu se faire remarquer. Ça ne peut pas être vraiiiii.

Lenny ne tromperait jamais Abe. Il l'aime comme un fou, bande d'idiots ! ! @alma977

Bonjour tout le monde. J'emmerde la rumeur de la rupture de Abe et Lenny. Ils sont ensemble pour toujours. @ forever456

Je ne pourrai jamais me remettre de la rupture de Lenny et d'Abe si c'est vrai. @LaGros

Lenny, qu'est-ce que tu as foutu ? Qui est cette pute blonde ? Je lui casserai la gueule si je la croise un jour ! @letsant

Abe ne mérite absolument pas d'être maltraitée ainsi. Et je ne comprends même pas comment il peut être attiré par cette fille monstrueuse. Et puis qui est-elle d'abord ?

Dissimuler cette liaison est probablement le meilleur rôle de composition de Lenny Bennett. Bravo !

Leur rupture va sûrement sonner la fin de la série. Je n'ai plus du tout envie de les regarder jouer ensemble !

En temps normal, il ne prêtait pas attention à ce qui se disait de lui sur Internet. Même s'il avait au tout début de sa carrière cédé à la curiosité, il avait assez vite réalisé que, s'il n'y prenait pas garde, il se retrouvait à consulter tout et n'importe quoi, à lire tous les commentaires, à analyser toutes les remarques et à rester coincé des heures et des heures devant un écran à se demander ce que Kevin233 voulait exactement dire à propos de sa coiffure dans l'épisode vingt-deux.

Mais depuis quarante-huit heures maintenant, Lenny était le nez collé à son écran de téléphone, de plus en plus effaré par les proportions que prenait la situation. D'une certaine manière, il pouvait comprendre les réactions, notamment des fans les plus jeunes qui faisaient peu de différences entre la fiction et la réalité. Le couple idéal que les deux acteurs incarnaient romantiquement dans la série s'était prolongé dans la vie. Et à présent, les fans se sentaient trahis et Lenny n'avait plus le beau rôle. Il y avait tellement de tweets, tellement de discussions acharnées sur le sujet, tellement de supputations que Lenny ne pouvait s'empêcher de ressentir un énorme dégoût. Ce n'était pas ça dont il avait rêvé quand il avait commencé à trouver du travail en tant qu'acteur. Et en quoi sa vie privée devait constituer un problème professionnel ? Et à quel moment ça allait se calmer ? Il se rendait bien compte qu'il agissait de plus en plus comme un acteur pourri gâté qui se révoltait contre sa cage dorée.

Car le problème principal c'était qu'il aimait les avantages d'être un comédien célèbre à qui l'on propose des rôles et que l'on traite avec respect, mais pas les inconvénients qui allaient avec, tels que ces inepties sur les réseaux sociaux, le regard et les jugements que n'importe qui pouvait se permettre d'avoir sur lui, les formalités d'usage qu'il trouvait fastidieuses (sourire, être tout le temps aimable, sourire, toujours jouer au gars bien) et ce sentiment de plus en plus persistant de cette liberté volée.

— Ça va ?

Paul venait de toquer et faire son entrée dans la caravane. Il était le phare dans la tempête.

— Je t'ai ramené un putain de thé pour te remonter le

moral. Mais à une condition, ajouta-t-il en approchant avec le gobelet.

— Quoi ?

— Tu lâches ce téléphone. Ça ne sert à rien.

Lenny esquissa un modeste sourire, car son coloc avait raison, et il laissa tomber le smartphone sur la table devant lui. Puis, s'emparant du gobelet de thé fumant, invita Paul à s'asseoir en face de lui.

— Alors, c'est quoi les gossips du plateau ?

— Hum… t'es sûr que tu veux savoir ?

— Est-ce que c'est pire que les conneries sur Internet ?

Paul secoua la tête, d'un air désolé.

— Disons que l'équipe des techniciens trouve que tu es quand même un sacré abruti d'avoir foutu le bordel avec la poule aux œufs d'or que représente la série pour tout le monde. Et tout ça, pour une histoire de cul mal gérée. Les producteurs estiment eux que toute publicité, bonne ou mauvaise, est de toute façon bonne à prendre et que tout va s'apaiser. Le groupe des comédiens se planque derrière des *no comment*. Et tout le monde parle d'une big réunion qui se prépare au plus haut sommet. Tu es au courant ?

Lenny acquiesça. Producteurs et agents des deux parties se réunissaient sans les acteurs, Andrew l'en avait informé. On parlerait plan de tournage, adaptation des scénarios à venir et future saison. Une réunion capitale dans le nouveau contexte et pour laquelle Andrew faisait le déplacement jusqu'à Vancouver.

— Tu as eu des nouvelles de Julia ? Comment ça se passe de son côté ? demanda soudainement Paul.

Lenny secoua la tête à son tour. Négativement. Depuis leur conversation deux jours auparavant, Lenny n'avait pas tenté de reprendre contact avec elle. Une autre chose dont il n'était pas fier. À quel moment allait-il devenir moins con ?

— On s'est disputés, bougonna-t-il.

— Ah ?

— Je n'arrive pas à comprendre. Ces photos, comment elles ont…

— Attends, le coupa Paul en le fixant, ahuri. Tu t'es disputé avec la fille dont tu es amoureux pour ces putains de photos ?

— Ouais…

— Mon pauvre ami !

— Ça va, n'exagère pas…

— Tout ça pour ça, continua Paul en faisant les cent pas dans la petite caravane.

— Je voudrais comprendre quand même.

— Mais t'es con, en fait, Lenny !

— Merci.

— Sérieux ! Même si elle avait merdé, est-ce que ce serait une raison pour lui faire ça ? Tu crois quoi ? Franchement, Lenny, dès fois, je me dis qu'ils ont raison.

— Qui ?

— Les techniciens du set. Tu es un abruti.

— Merci, Paul !

— De rien, répondit-il en se dirigeant vers la porte qu'il ouvrit avec fracas avant de se retourner.

Mais finalement, au lieu de refermer celle-ci avec autant d'énergie, Paul revint sur ses pas et lança encore :

— Et puis si j'étais toi, je me demanderais qui a intérêt à tout ça. Julia ? Tu le crois vraiment ou tu cherches une porte de sortie pour une raison que j'ignore ?

Ce qui était chiant avec Paul, c'était qu'au nom de leurs dix-huit mois d'amitié, il se permettait des trucs. Comme dire ce qu'il pensait. Ou lui envoyer dans la tronche ses contradictions et souligner ses lâchetés. Et sur ce coup-là, il ne l'avait pas raté. Oui, il était à nouveau lâche. Oui, tout, absolument tout, depuis quelques jours, l'avait effrayé. D'abord leur nuit torride sans capote et l'angoisse froide que cela avait fait naître chez Julia. Et puis la découverte de sa possible fragilité avait été un autre moment difficile. Comme une interruption de l'imaginaire et du fantasme. Non, Julia n'était pas parfaite. Et oui, c'était un être de chair et de sang avec ses bagages et ses remords. Et enfin, cette soudaine et brutale visibilité de leur histoire et les conséquences sur son image, sa carrière, la suite de sa vie. Voilà, la barque s'était trop remplie et il s'était senti couler. Et comme souvent dans ces cas-là, Lenny avait cherché à écoper le trop-plein. Et se disputer avec Julia, en mode passif agressif pour se défouler et alléger la barque avait fait partie de sa stratégie débile. Vingt-quatre heures plus tard il se retrouvait avec davantage de problèmes que de solutions, le tout avec des remords en plus. À la recherche d'un plan d'action pour se faire pardonner de Julia, tandis que les fesses collées dans un fauteuil, dans la caravane réservée au maquillage, il se faisait repoudrer le nez et patientait stoïquement.

Comme souvent, ce fut Courtney qui vint à la rescousse. Par un SMS.

Tu savais que Julia était la fille de Sacha Anton ?

What ? Qui ?

Sacha Anton, producteur musique. U2/ Coldplay/Rihanna… entre autres !

Qui ? T'es sûre ?

Lenny attendit quelques secondes, devant son écran de téléphone, de plus en plus perplexe, tandis que trois petits points s'agitaient sous ses yeux. Puis un long message, copié/collé certainement par sa sœur, s'afficha :

> Le comédien britannique, Lenny Bennett, faisait il y a quelques jours la une des tabloïds pour avoir supposément trompé sa fiancée Abigaël Garner. On en sait désormais plus sur la délicieuse inconnue puisque nous découvrons aujourd'hui que sa nouvelle petite amie se prénomme Julia Anton et n'est pas totalement une inconnue, dans son pays d'origine, la France, puisqu'elle n'est autre que la fille de Sacha Anton, le célèbre producteur de musique français, dont Rihanna a utilisé les services pour son dernier album.
>
> Les deux jeunes gens auraient commencé à se fréquenter dans le plus grand secret il y a quelques mois et ont été aperçus ensemble à Paris et à Londres. Pour Abigaël et les fans éplorés, c'est sans doute une mauvaise nouvelle !

Lenny n'était pas fan de Rihanna. Mais même si le nom de Sacha Anton lui était inconnu jusqu'alors, il ne lui fallut pas longtemps pour prendre la mesure du personnage. Sa recherche Google débordait de références, de liens, d'actualités. Putain, ce mec avait même gagné plusieurs Grammy Awards ! Une référence dans son domaine. Lenny n'en revenait pas et d'une certaine manière, il se sentit vexé, pour des raisons qu'il n'avait pas envie de s'avouer. Ce type était plus connu, plus légitime, plus *successful* que lui-même ! Mais quelque chose d'autre en lui bougea. On y était. Au point de non-retour dans la vie de Julia. Son identité, son nom, son passé, tout allait maintenant être jeté en pâture aux médias du monde entier, enfin, le genre de médias people qui s'intéressait aux amourettes des stars de la télé. Il savait que cette première serait un traumatisme pour elle et que les choses n'avaient fait que commencer.

— Faut que je passe un coup de fil, fit-il soudain en se levant de son siège.

Le maquilleur, un jeune homme d'origine asiatique au visage en général impassible, lui lança un regard courroucé.

— Tu commences dans cinq minutes !

Mais Lenny était déjà sorti de la caravane et chercha un endroit calme où s'isoler pour appeler Julia. Il était tard, elle dormirait, mais il savait que l'urgence c'était de la préparer à la suite.

— Julia ?

— Salut…

Julia répondit d'un ton lointain. Il la devinait sur la défensive.

— J'appelle pas pour les photos, lança-t-il tout de suite, mal à l'aise.

— Dommage. Parce que moi, j'aimerais bien en reparler. Je suis en colère.

Lenny se mordit la lèvre fort pour ne pas lui répondre du tac au tac. Il refusait de s'égarer dans cette direction déjà explorée. En vain.

— Je comprends, dit-il de la manière la plus neutre possible. Mais il faut vraiment que je te parle d'un truc qui…

— Je suis très en colère que tu m'aies crue capable de partager ces photos, le coupa Julia, et ça ne s'en va pas.

D'abord, Lenny eut envie de lui répondre ce qu'il avait appris, en faisant ses premières lectures sur le bouddhisme pour les nuls : il ne fallait pas qu'elle cède à la colère car la colère allait l'empêcher d'exprimer les réelles émotions qui se cachaient derrière. Mais là, tout de suite, il sentait bien qu'elle n'avait pas besoin d'un cours de théologie. Le souci numéro un, c'était qu'il ne savait pas deviner ce dont elle avait besoin. Et le souci numéro deux, qu'il était lui-même surtout concentré sur ce qu'il voulait : comprendre.

— Julia ? Pourquoi tu ne m'as jamais dit que Sacha Anton était ton père ?

Le silence en réponse fut assourdissant.

— Julia ?

— Comment tu sais ? parvint-elle à demander.

— Tu promets de ne pas stresser si je te le dis ?

— Dis-moi, s'impatienta-t-elle.

Quand Lenny eut fini de la mettre au courant pour le nouvel article TMZ, il sentit que le mode *Panique* avait été activé dans le monde de Julia. Elle ne savait pas parler. Elle ne savait que respirer. De plus en plus vite.

— Julia ? Ça ne va pas ?

— Asthme, répondit-elle. Je cherche… ma… Ventoline.

Alors voilà où il en était. Il était amoureux d'une fille qui perdait son souffle à chaque choc émotionnel. Une fille qui avait des secrets. Une fille qui était parvenue à égarer sa Ventoline dans une chambre de dix mètres carrés.

— Julia ?

Elle avait posé son téléphone et il l'entendit distinctement prendre trois doses de Ventoline, l'une après l'autre. Puis elle revint à lui.

— Mais comment font-ils pour tout savoir ? demanda-t-elle avec une forme de naïveté qui le toucha.

— Ton père est une légende. Je crois que j'aurais aimé le savoir…

Après quelques secondes d'un nouveau silence ponctué par la respiration de Julia, il l'entendit enfin dire :

— Je ne voulais pas te le cacher. C'est plutôt un truc que je cherche à ignorer moi-même… Mon père et moi, c'est chaotique. Pas une relation dont je suis fière en tous les cas.

Et Julia, mot à mot, esquissa l'histoire banale de cette

petite fille de six ans, de cette ado de quinze ans, de maintenant et de la constance, dans le temps, de leurs liens rompus. Non, elle n'en était pas fière. Et comme lui, ce qui l'emportait chez elle, c'était ce sentiment qu'elle n'avait pas été à la hauteur. Qu'elle n'avait pas été assez gentille, assez intelligente, assez mignonne pour être aimée de manière inconditionnelle par son père.

— À mes yeux, c'est quelqu'un d'obsédé par son travail, sûrement pour des bonnes raisons, il a l'air d'avoir du talent. Mais j'avais besoin de son affection, pas de ses disques de platine.

Lenny, soudain, en l'écoutant s'ouvrir, comprit autre chose de cette histoire et bien qu'il s'en veuille de ramener les choses à lui, il proposa tout de même :

— C'est pour ça que tu n'étais pas impressionnée par ma célébrité…

Pour la première fois depuis leur début de dialogue, il entendit sourire Julia.

— Oh ! si, je suis impressionnée, répondit-elle en riant légèrement.

Mais Lenny savait qu'il avait vu juste.

— Non, crois-moi, tu n'as pas agi comme les autres le font souvent.

Et d'ailleurs, il pouvait se rappeler qu'au tout début, ça l'avait charmé puis vexé puis à nouveau attiré. Dans l'équation de leur attraction, ce qu'il était — connu — n'était jamais rentré en ligne de compte. Elle n'avait pas fait exprès. Elle n'avait pas choisi. C'était le fruit de son histoire personnelle.

— Peut-être, accepta-t-elle de reconnaître…

De loin, il vit Celia, l'assistante du chef de plateau s'approcher de lui. Toute l'équipe l'attendait. Le chef le réclamait. Il fallait qu'il raccroche. Qu'il foute son téléphone sur vibreur et qu'il aille jouer cette putain de nouvelle scène.

— Il faut que j'y aille, Julia... Ça va secouer, pour toi, les médias, Internet, tout ça. Je voulais te prévenir.

— Attends... Lenny ? On se parle plus tard ?

— Je dois vraiment y aller. Au revoir Julia.

***

Elle ne savait plus ce qu'elle ressentait. Comme l'impression d'être dans le tambour d'une machine à laver. Comme être au centre du ring d'un match de boxe. Comme descendre en ski sur une piste noire alors qu'elle n'avait jamais dépassé l'ourson. Comme une chute vertigineuse en parachute... sans parachute. Elle ne parvenait pas à décrire dans quelle merde émotionnelle elle se trouvait. À un moment de la journée, ça la frappa. *Ça y est. Je suis enceinte. Ce sont mes hormones.* Et puis, ensuite, la raison reprit les rênes et de manière objective, elle admit que vu le bordel de sa vie, elle avait toutes les raisons de ne rien comprendre aux montagnes russes émotionnelles qu'elle traversait. Elle avait un petit ami dont elle ne savait pas dire s'il était encore avec elle. Elle avait sa photo, son identité, sa vie qui étaient mondialement exposées sur Internet. Elle avait un risque de grossesse avéré. Elle avait un stage dans une direction financière avec une tonne de boulot chaque jour pour réaliser ce qu'elle s'était engagée à faire. Et pour finir, elle avait une copine, Thalou, qui cherchait à l'aider et qui mettait systématiquement les pieds dans le plat, avec son niveau de sensibilité proche de zéro. Son SMS d'il y a un quart d'heure en disait long *« Putain, Julia, tu es devenue Kim Kardashian, ou quoi ? »*. Voilà pour l'aide de Thalou. Finalement, nerveusement épuisée, Julia eut le réflexe des Croods. Se cacher dans la grotte, éteindre le feu et attendre que ça passe. Sauf que la grotte, c'était le salon familial avec la compagnie de ses deux petites sœurs et Gulli en fond sonore tandis que Jérôme s'activait en cuisine.

— Ça va, Julia ?

Jérôme préparait le repas, dans la cuisine américaine, derrière eux. Ça sentait les oignons qui dorent dans la poêle. Avec son beau-père, tout bon plat commençait ainsi de manière invariable : l'odeur des oignons caramélisés. Pour Julia, cette odeur était celle de sa maison.

— Ça va… Merci… tu prépares quoi ? Je peux rester avec vous ?

— De la bolo. Et oui, tu restes, bien sûr.

Leur femme et mère était encore au travail et pourtant, Julia se sentait parfaitement chez elle, avec Jérôme et ses deux sœurs dont elle n'avait jamais compris comment la langue française pouvait les considérer comme des demi-sœurs, alors qu'elles étaient tout entières de sa famille, de son clan. Ici, auprès d'eux, pour quelques heures, elle pouvait se permettre d'appuyer sur « Pause ». Appuyer sur « Suppr » ? Non impossible car cette touche-là lui ferait oublier Lenny aussi. Et ça, même en version « connard » ou « insaisissable », ce n'était pas une option qu'elle envisageait.

Et puis ce fut le tsunami dans le 7e arrondissement. Sa mère fit irruption dans l'appartement. Comme à son habitude, elle se déchargea d'abord de son barda de femme active. Sac à dos d'ordinateur qui lui donnait l'impression d'être une tortue dans le métro, manteau en laine beige, écharpe improbablement longue et douce que ses trois filles utilisaient toutes comme doudou dès qu'elle avait le dos tourné et enfin, escarpins pas trop hauts rangés dans le placard de l'entrée. Puis elle fit irruption dans leur cocon et fixa son regard sur Julia.

— Quoi ? demanda celle-ci immédiatement en identifiant le regard pesant de sa mère sur elle.

— Tu n'aurais pas quelque chose à nous raconter ?

— Quoi ? répéta Julia en fronçant les sourcils.

Inès, Paloma, aux aguets, sentirent immédiatement une drôle d'énergie dans l'air et détournèrent l'attention de la télévision pour observer leur mère et leur sœur. Jérôme lui-même avança dans le salon pour saisir ce qu'il se jouait.

— Qu'est-ce qu'il se passe ? fit-il en s'essuyant les mains dans un torchon de cuisine.

— Julia et sa star de petit copain font le buzz sur Internet ! Ils sont partout. Regarde sur Google. Tape Julia Anton et tu vas voir. C'est édifiant.

Julia se leva du canapé, elle aussi choquée par le ton étonnamment méprisant de sa mère. Peut-être que c'était la surprise, peut-être que c'était le stress, peut-être que c'était les traces de son éducation bourgeoise, où la discrétion primait tout le temps, mais Julia n'était pas habituée à l'entendre s'exprimer ainsi. Et ça la rendit suspicieuse. Et tandis que Jérôme, le nez penché sur l'écran de son iPad, découvrait à son tour la nouvelle notoriété de sa belle-fille, sa mère faisait les cent pas dans le salon, en jetant des coups d'œil à sa grande fille.

— Je ne comprends pas ces histoires de selfies, je ne comprends pas pourquoi vous voulez toujours vous exposer, vous les jeunes… Ça sert à quoi de vouloir être connu ? Warhol nous l'a appris pourtant. Tout le monde peut avoir son quart d'heure de gloire, mais à quoi ça sert ? Quel est l'intérêt ? Je ne comprends pas pourquoi, Julia…

Julia parcourut la distance qui la séparait de sa mère et l'arrêta en posant sa main sur son épaule.

— Attends, maman, tu ne crois quand même pas qu'on a fait exprès ?

— Mais comment tu l'expliques alors ?

Julia soupira. Encore et encore, ce soupçon, ces accusations. Sa mère était comme Lenny. Le monde entier et surtout tous ceux que cela ne regardait pas pensaient la même chose : elle l'avait voulu. Elle l'avait fait exprès. Elle avait cherché quelque chose. Et ça suffisait !

— Putain, merde, je ne l'explique pas ! Un matin, ces photos étaient sur le web et depuis, c'est le bordel. Le bordel pour moi ! Et je suis désolée que cela te fasse honte. Désolée encore une fois de te décevoir, maman, d'être la fille qui te déçoit toujours. Mais je n'y suis pour rien. Rien ! Et ça commence à bien faire ! Alors ciao, je remonte dans mon grenier. Bon appétit à tous.

Quand Julia eut disparu, le silence retomba dans l'appartement, seulement brisé par les voix agaçantes des personnages du dessin animé que Gulli diffusait.

— Bon, bon, bon, murmura Jérôme en tournant sur lui-même vers la cuisine.

Sa femme le foudroya du regard avant de sentir les larmes lui monter aux yeux. Jérôme reposa l'iPad sur le comptoir et se précipita vers elle pour la prendre dans ses bras.

— Qu'est-ce qu'il se passe ? Pourquoi ça ne va pas à ce point ?

Inès et Paloma se dévisagèrent, inquiètes. Mais aussitôt leur mère éclata de rire entre ses larmes. OK. Maman était bizarre, mais peut-être que ce n'était pas si grave que ça. Un truc chelou d'adultes, capable de chouiner et de rire en même temps, et elles détournèrent à nouveau leur attention.

Jérôme conduisit sa femme vers un tabouret de la

cuisine et lui colla un verre de vin rouge dans les mains tout en se servant lui-même une belle rasade.

— Vas-y, bois un coup.

— Je suis désolée, sanglota-t-elle, entre deux gorgées.

— Pourquoi ça te fait ça ?

— Je suis une conne. Je suis une conne intersidérale…

— Qu'est-ce qu'il se passe ?

Elle prit une nouvelle gorgée puis une grande respiration. Ça sembla l'apaiser et ça lui permit de dire enfin :

— C'est à cause du père de Julia. C'est lui qui m'a appelée pour me dire, je te le cite « c'est quoi, ce bordel, avec Julia et ces putains de photos de merde avec ce petit con d'acteur ? ». Bref, je suis tombée à la renverse.

Jérôme posa ses fesses sur le tabouret de cuisine, en face de sa femme et prit à son tour une grande lampée de vin. Sacha Anton. Le retour du grand artiste dans leur vie lui donnait envie de boire un coup.

— Je suis désolée, s'excusa-t-elle, je ne veux pas que tu crois quoi que ce soit. Ça m'énerve, qu'il appelle, ça m'énerve d'apprendre tout ça par lui. J'ai l'impression d'être une mauvaise mère. Exactement ce qu'il croit que je suis sans doute. Et au bout du bout, ce qui m'énerve le plus, c'est qu'il appelle seulement pour ça ! Parce que je sais que ça va faire mal à Julia. Bref… Tout va mal ce soir, ajouta-t-elle en regardant Jérôme, entre les mèches de sa frange brune.

Celui-ci esquissa un sourire, touché par le regard enfantin qu'elle était soudain capable de lui offrir.

— T'es une vraie gamine quand tu me fais ces yeux-là, dit-il en tendant la main pour lui caresser une joue.

Ça la fit sourire de tendresse à son tour. Une enfant de plus de quarante ans, avec un verre de vin pour calmer son angoisse et un grand désir de cigarette qu'elle n'allait pas assouvir parce que, merde, elle avait galéré pour arrêter de fumer et qu'elle n'allait pas perdre cette bataille à cause de Sacha.

— Tu sais que tu dois aller lui parler, dit-il encore.

Elle hocha la tête.

— C'est encore une gamine, elle aussi, poursuivit-il. Quand elle a claqué la porte, je l'ai revue à treize ou quatorze ans. De grands moments…

Ils échangèrent un sourire à l'évocation des souvenirs de l'hystérie adolescente de leur Julia puis chacun d'entre eux fut frappé dans les mêmes secondes par le sentiment nostalgique qui s'empara d'eux. Bon Dieu, qu'ils se sentaient vieux et jeunes, tout en même temps.

— Une gamine amoureuse pour la première fois de sa vie, finit par dire Jérôme en dévisageant l'amour de sa vie.

Il lui arrivait souvent de regarder les chevilles nues de sa fille. En plein hiver. Dans des Stan Smith portées avec de toutes petites socquettes, les deux formant une véritable composante de l'uniforme de cette génération. Et elle avait froid pour Julia à chaque fois que cela arrivait. « Mets un bonnet, prends une écharpe, tu sors comme ça ? T'es sûre ? » Et tous ces mots qu'elle répétait à longueur d'année lui firent comprendre ce soir-là, en regardant les pieds nus de sa fille aînée, sur le parquet froid de la chambre de bonne, que les enfants, quand on les a, on voudrait les garder au chaud au fond de soi pour toujours. Mais comme ce n'est pas possible et qu'il faut les laisser partir dans le grand monde, on les couvre, on les couve et on les soûle. Comme en témoignait le typique roulement d'yeux de Julia. Celui-là même que les deux petites imitaient à présent allègrement. Ses trois beautés. Ses trois furies. Les amours de sa vie.

Roulement des yeux, mais après tout, elle avait de quoi

se montrer agacée, son aînée. Alors Anne décida de la jouer profil bas et s'assit avec précaution au bord du lit de sa fille tandis que celle-ci lui faisait face, les fesses en équilibre sur sa chaise de bureau.

— Je… Je suis désolée d'avoir pété un câble…

Julia haussa les épaules et la laissa deviner à quel point, plus que la scène de tout à l'heure, c'était la discussion qui allait suivre qui gênait sa fille. Julia avait toujours été ainsi. Pudique. Affreusement embarrassée quand il s'agissait de parler, d'expliquer, de sonder les sentiments et de lâcher les émotions, comme on lâche les chevaux. Cela faisait partie des mystères qui éblouissaient toujours Anne, dans la maternité. À quel point elle avait été capable de fabriquer un être à ce point différent d'elle. Et elle osait admettre qu'elle aimait les différences de sa fille encore davantage que leurs points communs. Sa fille était timide alors qu'elle avait toujours été exubérante. Sa fille aimait les chiffres, les faits, alors qu'elle s'était rêvée artiste, avant de se résoudre à devenir cadre RH. Sa fille était blonde, solaire avec un iris si vert qu'elle semblait être échappée d'un monde de Vikings, alors qu'elle-même était une femme du Sud. Sa fille, ce mystère.

— Ça ne va pas trop, hein ? relança-t-elle.

— Pas trop, répondit enfin Julia, comme un petit signe de paix.

— Et lui… Lenny ?

— Ben… Il est loin, Lenny, répondit-elle avec une tristesse dans la voix qui brisa un bout du cœur d'Anne.

Il fallait encaisser. Comment un jour, imaginer, que les chagrins d'amour pouvaient vous mettre à terre par procuration ?

Elles restèrent sans rien dire pendant des secondes trop longues. Trop denses. Trop remplies des choses que Julia ne parvenait pas à raconter à sa mère. Mais elle finit par essayer. Pour une fois.

— Je suis désolée de ne pas t'avoir parlé de ce qu'il se passe, sur Internet… J'avais honte…

— Honte de quoi ?

— Cette exposition, ce que cela me fait aussi, d'être critiquée ou insultée sur Twitter, Facebook… Parce que des filles sont jalouses, ou je ne sais trop quoi. C'est comme un harcèlement scolaire à l'échelle planétaire. Et ça me fait la même chose que si j'étais encore au collège. Je n'ai pas osé t'en parler.

— Tu n'as pas à avoir honte… Même si je te comprends.

Julia avait toutes ces autres choses qui bloquaient dans son cerveau. Tous les non-dits. Mais peut-être que là, dans la tranquillité et la pénombre de la mansarde, elle se sentit plus de force que d'habitude. Ou au contraire, une plus grande faiblesse.

— J'ai toujours l'impression de te décevoir, murmura-t-elle, toujours peur de ne pas être à la hauteur.

— Oh… Julia, gémit presque sa mère, en réponse. Non, non… Ce n'est jamais arrivé. Ça n'arrivera jamais.

Julia entendit les mots. Entendit cet amour inconditionnel de mère. Mais au lieu de la soulager, les mots lui firent mal. Elle ne sentait pas digne d'eux, convaincue que si sa mère savait de quoi elle avait été capable, elle ne l'aimerait plus autant.

— C'est ton père qui m'a prévenue pour les photos…

Julia lui lança un regard effaré. Sans rien pouvoir dire.

— Je sais, il a l'art du timing.

— Et comment il va ? demanda Julia, soudain pleine de rage et d'ironie.

Anne se mordit à la lèvre inférieure.

— Je crois que je n'ai pas fait ce que j'aurais dû faire, en tant que mère. Te laisser prendre tes distances avec lui n'était pas une bonne option... Même si je sais pourquoi tu l'as fait... Enfin, j'imagine...

— Maman, soupira-t-elle, ne va pas te blâmer. Le problème, c'était lui. Le problème, c'est toujours lui.

Les deux femmes que Sacha Anton avait unies se lancèrent un regard appuyé. Puis Julia finit par éclater de rire.

— Ça doit le faire chier, tout ce buzz autour de moi.

Anne ne nia pas, ne confirma pas. Mais Julia avait sans doute raison. Sacha, tel qu'elle l'avait toujours connu, aimait plus que tout la lumière sur lui-même. C'était par exemple un bassiste, qui dans son groupe de jeunes rockeurs de l'époque, avait réussi à phagocyter, par son ego démesuré, la dynamique générale des concerts autour de lui et du chanteur. Il était phénoménal et elle n'allait pas se cacher la vérité, c'était aussi ce qui l'avait attiré chez lui. Son charisme et sa beauté de chien fou. Son énergie et sa férocité. Il n'avait fait que devenir ce qu'il était.

— Tu sais, commença-t-elle alors, emplie de ses souvenirs de jeunesse, ton père était un phénomène quand je l'ai rencontré... Sexy... Magnétique... J'avais un faible pour les musiciens et là, j'étais servie avec Sacha.

— Oh ! non, gémit Julia, amusée et dégoûtée tout en même temps. Je ne veux pas entendre ça.

— Désolée, il était très beau si tu préfères...

— Je ne sais pas si je préfère.

— Ce que je veux te dire, et Dieu sait que je m'y prends mal, c'est que ton père et moi, on a peut-être fait beaucoup de bêtises dans la vie, et notre relation n'a pas été parfaite mais pendant sept ans, sept belles et merveilleuses et folles années, on a été les plus heureux amoureux de cette terre. Et je te jure que cela compte. Et au milieu de ces sept belles années, il y a eu toi qui es arrivée. Et ça, je ne peux pas regretter.

— Ouais… OK… Peut-être. Mais lui, tu ne crois pas qu'il regrette pas un peu, là ?

Anne ne trouva pas tout de suite quoi répondre à sa fille. Parce que l'amour, ce n'était pas une proclamation ni une assurance et que les preuves entre ces deux-là avaient été trop rares à une époque où Julia en avait eu tellement besoin. Mais Anne savait qu'en dépit de l'insupportable individu qu'était Sacha, l'amour pour Julia existait depuis le début.

— Quand j'ai accouché aux Lilas… ton père était là. Il a dormi là. Il est resté à mes côtés, dans ce fauteuil inconfortable qui lui a tué le dos pendant quatre journées entières. D'habitude, il était soit en tournée, soit il bossait nuit et jour en studio mais quand toi tu es arrivée sur cette terre, il a tout laissé pour toi. Quelque chose qu'il n'avait même pas fait pour moi. Note que j'aurais pu être jalouse…

Julia se souvint de sa mère enceinte de ses sœurs. De la beauté de sa maman qui redevenait lumineuse, après des années d'obscurité. Et l'ironie de la situation lui sauta également aux yeux. Elle venait de réaliser, en écoutant sa mère, qu'elle était née à la clinique des Lilas ; la clinique où elle avait avorté.

— Depuis combien de temps tu ne l'as pas vu ?

La question taboue était sortie de la bouche de sa mère. Julia fut choquée. Elles avaient un jour décidé qu'elle n'avait plus le droit d'en parler.

— Je sais que je ne devrais pas. Mais dis-moi, Julia… Depuis combien de temps ?

Six ans. Cela faisait six ans qu'elle avait fermé la porte à son père. Six ans qu'elle ne répondait pas à ses demandes. Six ans qu'elle fuyait sa compagnie. Six ans qu'elle n'avait pas pris un coup de fil ou remercié pour son carton d'anniversaire habituel. Et sa mère enfonça le clou :

— Si je suis capable de lui parler et peut-être de lui pardonner, peut-être que tu pourrais essayer ? Pour être en paix, toi ?

Les larmes coulèrent sur ses joues. Au départ, le plan c'était de manger un bon plat de bolognaises, regarder Gulli et se bercer d'illusions pour quelques heures dans la chaleur de la grotte de la famille Croods. Et elle se retrouvait à pleurer sur les cendres de sa relation avec son père qui ne l'avait pas été pour elle depuis longtemps, mais qui était pourtant le seul qu'elle avait jamais eu et qu'elle aimait terriblement. *Life is fucking bitch.*

Chapitre 6

J'ai beau n'aimer que toi, j'ai beau t'aimer d'amour,
Si tu ne comprends pas qu'il te faut revenir
Je ferai de nous deux mes plus beaux souvenirs.

BARBARA, *Dis ! Quand reviendras-tu ?*

Lenny avait pris le parti de s'arrêter au pub en sortant du boulot. La journée de tournage avait été si pesante qu'il était épuisé et aspirait à une solitude complète. Et paradoxalement, il l'avait trouvée dans le pub très fréquenté de son quartier et non dans la coloc, où le simple fait de croiser Paul et de sentir son regard appuyé sur lui n'aurait fait qu'ajouter un poids supplémentaire à son fardeau actuel. De toute façon, celui-ci n'avait pas paru chercher sa compagnie. Le cameraman avait filé lui-même assez vite du plateau. Peut-être qu'ils étaient fâchés ? Voilà que Lenny avait réussi cet exploit formidable d'éloigner en quelques coups bien sentis tous les êtres humains qui comptaient pour lui. Julia, qui n'avait eu cesse depuis quarante-huit heures d'essayer de lui parler. Andrew, qui était agacé par la tournure des événements et lui en voulait. Et Paul, qui le trouvait lâche. Tout simplement lâche. Au bowling, cela s'appelait un joli strike qui aurait pu le rendre fier. Ce qu'il n'était pas. Évidemment.

Assis au comptoir du pub, du côté le plus éloigné

possible de l'animation et des autres clients, Lenny observait le monde à travers le verre de sa pinte de Guinness. Un monde sombre. Alors, quand son téléphone s'éclaira pour lui signifier un appel entrant de Paul, tout à coup, un peu de lumière de l'écran s'infiltra dans son humeur. Non, Paul n'était pas tout à fait fâché. Oui, peut-être qu'il avait encore un ami sur terre. Il décrocha avec plaisir.

— Salut !

— Lenny ! T'es où ?

— Au pub.

— Tu en as pour combien de temps ?

Lenny jaugea sa pinte, dont il avait bu les deux tiers.

— À vue d'œil, dix minutes. Pourquoi ?

— Accélère le débit et rentre à la maison. J'ai un truc à te montrer. C'est important.

— Paul, gémit-il, j'essaie de me détendre…

— Grouille, coupa Paul.

Et il raccrocha.

D'abord, Paul lui expliqua que ça le tourneboulait cette histoire de photos sorties de nulle part. Comment des photos privées pouvaient avoir atterri sur la toile, comme par magie ? Il avait voulu essayer de comprendre en retrouvant les premiers sites web où elles étaient d'abord apparues avant que TMZ ne les publie à son tour.

— Et c'est sur Facebook que j'en ai retrouvé la trace : une page Facebook créée le jour exact où elles ont été affichées pour la première fois. Regarde, c'est une page consacrée à Abe. Une sorte de page de fans. Avec des diaporamas, des avis, des commentaires.

— Ouais. OK. Mais comment tu sais que c'est la première fois ?

Paul avait découvert un outil qui permettait de retrouver l'origine d'une photo. Une sorte de Google des images. Il fallait télécharger une photo et il livrait l'information de tous les sites qui l'avaient publiée. Et c'est grâce à ce moteur de recherche qu'il était tombé sur cette page Facebook.

— Et alors, à qui elle appartient, cette page ?

— Pour le savoir, j'ai un peu piégé la personne.

— Paul, tu es un hacker ?

— Ouais... En quelque sorte. J'ai adressé un message à la personne avec un lien dans le message. Elle a cliqué sur le lien et grâce à ça, j'ai récupéré son IP.

— Putain, Paul, va plus vite. Qui est-ce ?

— Attends, attends... Je veux être sûr que tu suis. Une adresse IP ne donne pas une identité. La seule chose importante que j'ai apprise à ce stade, c'était que la personne en question vivait à Paris. Ça, c'est certain. C'est là qu'est localisé son fournisseur d'accès.

Lenny ferma les yeux. On y était. Au point de non-retour.

— Arrête, Paul... Dis-moi... C'est Julia ?

Paul fixa son ami. En essayant de ne pas bugger. De ne pas fourcher. De ne pas mettre plus de pathos dans le ton ou les mots qu'il choisirait pour éviter de rendre cette situation plus pathétique encore. Puis il finit par lâcher :

— C'est ta sœur, Lenny. C'est Courtney. Je suis désolé.

— Il y avait cette fille, à l'école, Gemma. Une fille assez belle, confiante surtout, avec de la présence. C'est un truc improbable quand tu es ado de rencontrer une personne déjà aussi confiante en elle. Tous les garçons de l'école fantasmaient sur elle. Moi aussi. Et puis il s'est passé un truc. L'année où j'ai eu seize ans, j'ai fait mes premiers pas d'acteur. Dans l'école, tout le monde savait que j'avais trouvé un agent et que j'allais tourner mon premier film l'été suivant. En quelque temps, j'étais devenu plus populaire, plus visible. Et Gemma a commencé à s'intéresser à moi. Comme par magie. C'était un prologue au star-system, une préparation anticipée. Et j'étais dingue qu'une fille comme elle s'intéresse à moi. Au paradis. On flirtait, tu vois, des trucs de fou pour un mec dont les hormones étaient en fusion. Et j'étais chaud pour passer à la vitesse supérieure avec elle. C'était *The objectif*, tu t'imagines bien...

— Tu veux dire que tu étais puceau ?

— Voilà, c'est ça. J'étais puceau, Paul. Oui. Faut bien en avant et un après, non ?

— Oh ! ça va... Pour une fois que je te bats avec les filles... Moi j'avais quinze ans, mon gars !

— Bravo ! Canada un. Angleterre zéro. Je peux continuer ?

— Go !

— Les choses ont commencé à dérailler pour Gemma. Des trucs qui lui arrivaient. Des insultes sur son casier, des rumeurs sur elle, comme quoi elle avait sucé un prof, qu'elle était une salope. Même sur Facebook, ça a commencé à se déchaîner : quelqu'un avait créé un groupe qui s'appelait « Gemma est une salope. Témoignez ! ». C'était très dur à vivre pour elle. Et cette fille qui était si confiante au départ, j'avais l'impression de devoir la ramasser à la petite cuillère tous les jours un peu plus et mon objectif de sortir avec elle et d'aller aussi loin que possible s'éloignait à mesure que les attaques s'intensifiaient. Et un jour, j'ai compris que Courtney était derrière tout ça.

— Évidemment. Je le voyais venir.

— Ma sœur la harcelait depuis des semaines. Pour un truc bizarre qui s'appelait la jalousie. Pas jalouse de son frère, genre relation jumeaux tordue, non, en fait, elle était tombée amoureuse de cette fille. Une passion dévorante. Et ça l'avait fait disjoncter. Un peu comme moi quand j'ai tout découvert. Je hurlais de colère, de gêne aussi, de honte. Ma sœur, barjot et tout ça. Et je suis parti quelques jours après en tournage en lui jurant de ne plus jamais de chez jamais lui adresser la parole un jour à nouveau. Le truc positif, c'est que Gemma a été enfin tranquille. Mais Courtney a fait une tentative de suicide pendant que j'étais en Italie. Et ça a été le début des emmerdes sérieuses avec ma sœur, ou du moins l'officialisation qu'elle ne tournait pas rond.

— Merde… je suis désolé. Parce qu'évidemment, tu t'es senti coupable ?

— Ben, je l'étais non ? Toutes ces conneries que je lui avais hurlées dessus. Comme un con. Insensible.

— Tu étais jeune, Lenny…

— Ouais… sans doute… bref… Faut que je boive un coup.

Ensemble, ils se rapatrièrent dans la cuisine.

— Une bière ?

Paul venait de sortir une Bud du frigo.

— On a rien de plus fort ? Je crois que j'ai vraiment besoin d'un truc qui remonte… ou qui assomme.

Paul fouilla dans un placard et attrapa une bouteille poussiéreuse d'un whisky écossais.

— Un héritage de mon ancien coloc.

— Écossais ?

— Australien. Mais il aimait les bonnes choses, précisa Paul en leur servant deux verres bien tassés. Tiens, ça va te faire du bien.

Les deux jeunes hommes dégustèrent une première gorgée, en silence, soudainement très concentrés sur leur affaire. Puis Lenny en reprit une deuxième, plus grande. Ça lui convenait. Ça ferait l'affaire.

— Et ta virginité ? demanda alors Paul.

Lenny éclata de rire.

— Avec toi, on ne perd pas le sens des choses qui comptent.

— Tu m'as intrigué avec Gemma. Alors ? La suite !

— Une Italienne sur le tournage... Vingt-huit ans... Une poitrine sublime, précisa-t-il, rêveur. Pendant un paquet de temps après elle, je ne fantasmais plus que sur des brunes et si possibles plantureuses.

— Et pour ta sœur ?

— J'ai l'impression d'un long, très long tunnel. Pour elle, mais pour ma mère aussi qui s'est pris tout en une seule fois. Sa fille si parfaite, si brillante à l'école qui harcèle, annonce qu'elle est gay et tente d'en finir. Tout ça, en deux ou trois semaines de temps. Pendant que son fiston court les Italiennes.

Courtney avait été en maison de repos, consulté des thérapeutes. Elle avait aussi repris l'école puis suivi le chemin de la fac, Birmingham. Mais là-bas, en première année, elle avait à nouveau été très mal. Une dépression qui l'avait atteint de plein fouet, après un chagrin amoureux. Elle n'était pas retournée à la fac en deuxième année, incapable d'imaginer remettre les pieds dans cet environnement de solitude et de froideur. Elle avait alors décidé de se mettre à travailler. Avec ses faibles qualifications, ça n'avait pas été facile, ni intéressant pour elle. Elle était devenue vendeuse à mi-temps pour une chaîne de vêtements britanniques et habitait avec sa mère. Pendant plusieurs mois, les choses s'étaient améliorées pour elle. La stabilité de son emploi, les relations avec les collègues, la bienveillance de sa mère et de Lenny, les médicaments aussi, tout cela avait apaisé Courtney. Durablement. Mais Courtney restait en mal d'amour. En mal de sens. Mal, tout simplement. Et c'était Lenny qui avait eu l'idée. L'idée de son rêve de Paris. L'idée d'un envol possible d'une nouvelle Courtney. Dans un nouveau monde. Comme l'espoir d'un nouveau départ. Courtney pourrait y apprendre la langue de Molière. Courtney pourrait peut-être s'y reconstruire. Et Courtney avait accepté. Et la suite, Paul la connaissait.

— Je suis désolé, déclara celui-ci quand Lenny eut achevé le récit.

Lenny avait toujours redouté quelque chose dans ce goût-là. Ce qui semblait apaisé, était en réalité tapi dans l'ombre, dans l'attente d'une opportunité pour reprendre ses droits et revenir sur le devant de la scène. Peut-être qu'elle avait cessé son traitement. Ou traversé une situation qui avait fait surgir de l'angoisse, de la violence et le cycle s'était répété. De l'agressivité, des actions insensées pour faire mal et détruire et dans ces moments-là, Courtney cessait d'être sa sœur jumelle, car il ne savait plus lire en elle, ni l'aimer. Et c'était aussi dans ces moments-là qu'il en venait à se détester lui-même.

La gueule de bois pilonnait son cerveau comme autant de petits marteaux-piqueurs bruyants et insistants. Pourtant, Lenny le savait, il devait entreprendre quelque chose qu'aucun symptôme de beuverie ne pouvait remettre à plus tard. Alors, avec une lenteur calculée, Lenny descendit les escaliers de la maison endormie et attrapa son téléphone, abandonné la vieille sur le rebord de la cheminée. Cela faisait longtemps que ni lui ni Paul n'avaient lancé de feu. Pourtant, ils s'étaient tellement réjouis au début de l'automne à la perspective de ces longues journées de week-end en hiver où ils se réchaufferaient auprès d'un foyer joyeux. Mais où était partie la joie ? Où s'était envolé le désir de confort ? Il était en vieux pyjama, un samedi matin brumeux, dans une atmosphère triste. Son coloc roupillait comme un tendre diable et lui, Lenny, se devait d'appeler sa sœur, certain que cette conversation lui serait douloureuse ou pire encore. Avec tous ces mots qu'ils allaient devoir échanger et qui le renverraient au passé, à la souffrance, à la peur que sa famille avait vécue et au poids qu'il portait depuis lors. Comme son fardeau. Comme sa croix.

Courtney répondit aussitôt et la voix, là, qui lui mentait le rendit triste alors qu'il aurait voulu être furieux.

— Salut, mon frère ! Je sors du métro, tu me laisses un instant ?

Sa vie dans la ville, dans les couloirs de ce vieux métropolitain, dans les rues éternelles de cette capitale, Lenny pouvait tout se figurer.

— Tu arrives où ? demanda-t-il pour reporter encore les vraies questions.

— À une expo au Grand Palais. Y'a un monde, mon Dieu, heureusement que j'ai acheté mon billet.

Sa sœur dans la Ville éternelle aux milliers de sollicitations.

— Une expo sur quoi ?

— Cartier, les bijoux, tu vois ? Ça a l'air bien. Mais je voulais surtout visiter le Grand Palais. Tu y as déjà été ?

— C'est toi qui habites Paris, Courtney, commenta-t-il avec un fond de lassitude.

— Tu aurais pu, avec Julia… Je sais pas…

Courtney qui prononçait ce prénom. Qui donnait vie à cette fille qu'il aimait et que son cerveau tentait désespérément de mettre de côté pour le moment. Julia. Sa belle et insupportable et déterminée et inconstante et forte Julia. Cette fille dont il avait douté et qui ne savait même pas lui en vouloir. Julia dont il avait envie de caresser le visage, la courbe de l'épaule, la clavicule tendre, pour réunir de ses doigts la distance qu'il y avait entre deux grains de beauté qu'elle avait là. Mais Lenny effaça, tenta de dépasser cette sensation de plein et de manque tout à la fois. Penser à elle faisait mal.

— Je... Non... Je dois te parler, Courtney. Je dois vraiment te parler.

— What ?

— Comment tu te sens ? Je veux dire, ça va bien ?

Dans le téléphone, les bruits de la ville, de la circulation des voitures, des gens dans la queue, tout était soudain plus lointain, diffus, laissant toute la place au silence de sa sœur.

— Courtney ?

— Je suis là, je suis là, répondit-elle, impatiente. Je me suis trouvé un petit coin pour parler.

— Je suis inquiet... genre très inquiet... pour toi. À moi, il faut tout me dire. À moi, tu as le droit de dire que ça ne va pas, que tu te sens pas bien... Avec moi, rien qu'avec moi, c'est possible...

— Oh ! Lenny, gémit Courtney avec un tout petit filet de voix. Comment tu sais ?

Lenny ferma les yeux et déglutit toute son aigreur en même temps que la salive. Il aurait voulu, il aurait rêvé s'être trompé. Il aurait tant désiré qu'il soit encore possible d'échapper à la laideur qui allait arriver. Mais non, tout était donc vrai. Sa sœur allait mal. À nouveau. Et elle avait fait du mal. Encore une fois.

— Je n'ai rien deviné. Rien. C'est toi qui m'as montré. Les photos, Courtney, les photos... Pourquoi tu as fait ça ?

Un silence s'ensuivit. Un silence qui, en d'autres temps, d'autres circonstances, aurait dû le déstabiliser, le percuter, le renverser. Mais Lenny était devenu solide. *Been there. Done that*[1]. Il n'était plus ce jeune garçon de seize ans qui vient de se découvrir une raison de vivre et de perdre sa sœur jumelle telle qu'il l'a toujours connue.

— Me juge pas, please, me juge pas, répéta-t-elle.

1. Déjà vu, déjà fait.

— Tu veux tout foutre en l'air entre moi et Julia et je dois rester cool ? Comment je fais pour ne pas t'en vouloir ?

Il ne le prévoyait pas mais l'agressivité, la sienne, était montée d'un cran. Et son éclat de voix dans le silence de la maison résonna plus qu'il ne l'aurait voulu.

— Fuck, Courtney, continua-t-il, en tentant un ton plus contenu. Tu ne peux pas continuer à faire ça. À faire chier. À abîmer. À faire des coups foireux. Tu te rends compte du bordel, là maintenant ? Ma carrière foutue en l'air ? Et puis merde, dis-moi au moins comment tu as fait ton coup ?

Courtney dut sentir, au ton impérieux de son frère, que ce n'était pas la peine de faire traîner les aveux. Oui, un soir, alors qu'elles dînaient toutes les deux dans un petit resto japonais, elle avait profité de l'aller-retour de Julia aux toilettes, pour se saisir de son téléphone abandonné sur la table, le déverrouiller à toute vitesse, après avoir observé, l'air de rien les quatre chiffres de son code secret. Et puis, sans aucun état d'âme, elle s'était envoyé les fameuses photos. En ayant parfaitement les idées claires sur les étapes qui suivraient. Oui, bien sûr, elle regrettait. Oui, elle avait conscience de la souffrance qu'elle avait provoquée. Mais il fallait qu'il comprenne une chose : c'était elle et d'abord elle qui avait souffert…

À ce stade du récit, Lenny aurait bien voulu être en position de ne pas les entendre, les délires paranoïaques de sa sœur jumelle. Mais il lui était impossible de ne pas voir la vérité. De la refuser.

— Tu as recommencé, poursuivit Courtney, plus calmement. Sans le vouloir. Sans le savoir. Tu l'as fait à nouveau. Alors moi aussi.

Et là non plus, il n'eut pas besoin de sous-titrage pour comprendre ce qu'elle signifiait. Mais cette fois-ci, il ne sut plus contenir sa colère.

— Mais bordel, Courtney. Je t'ai posé la question, ce jour-là. Pourquoi toi, tu ne m'as pas dit simplement la vérité ?

— C'est ce que j'ai fait ! explosa Courtney en retour. Je t'ai dit la vérité, Julia n'était pas mon amoureuse ! OK, peut-être que j'en rêvais mais l'avoir à mes côtés me suffisait. Elle me faisait rêver, elle m'emportait dans son sillon de vie, dans ses soirées déjantées, dans sa joie tordue. Ça me suffisait. J'aimais ça très fort…

Lenny bloqua sa respiration, dans l'attente de la suite.

— Et puis tu es arrivé. Et ça a recommencé.

— Je te l'ai volée ?

— Tu ne m'as rien pris. Elle t'a choisie. Et c'est ce qui fait encore plus mal…

Dans les derniers mots prononcés par sa sœur, il sut entendre les larmes qui dévalaient ses joues. Il sut deviner son sourire amer. Il comprit sa grande solitude.

— Courtney…

— Tu ne m'as jamais demandé comment j'ai rencontré Julia. Tu ne t'es jamais intéressé à notre histoire à toutes les deux avant toi.

— J'avais peur de tes réponses, admit Lenny. Est-ce que je n'avais pas raison d'avoir peur ?

— Ouais… Et regarde-nous maintenant… Moi… Moi encore dans le trou, dans la méchanceté, dans la peur de te perdre, de vous perdre, d'être personne pour personne…

— Ce n'est pas ça, Courtney, ça ne va pas arriver… Tu vas aller mieux aussi.

— Je ne vais jamais aller mieux. Ma vie sera cette permanente instabilité. Cette lutte contre moi-même. Cette guerre contre les autres… C'est fatigant, Lenny. Je suis tellement fatiguée de moi-même…

Elle et lui laissèrent un temps flotter les derniers mots prononcés. Puis, posément, Lenny brisa leur silence.

— Raconte-moi comment vous vous êtes connues…

Courtney avait aimé les films de Godard, de Truffaut. Elle avait adoré ce vieux cinéma français qui disait que les gens pouvaient être bavards, mélancoliques, fumer trop, boire du vin rouge, se disputer en famille et se réconcilier en lisant des romans ou en écrivant de la poésie aux terrasses des cafés parisiens. Elle avait aimé cette impression que la vie, ça pouvait être autre chose que cette cour d'école remplie de clans, d'uniformes scolaires ridicules, de profs qui vous apprenaient des choses inutiles. Courtney avait longtemps fantasmé sur ses origines inconnues. Inconnues parce que lorsque vous ne connaissiez pas la moitié de votre patrimoine génétique, vous pouviez tout inventer. Et elle s'était rêvé des origines françaises et un destin français. Et peut-être que sa maladie, sa bipolarité était aussi le signe de cette moitié d'ADN qui parlait en elle et qu'elle ne connaissait pas.

En faisant la connaissance de Julia, c'était l'incarnation d'un fantasme qu'elle avait rencontrée. Julia était un personnage de film français, un symbole des filles qui la faisaient rêver dans le fond de son lit, quand sur son ordinateur, défilaient ces histoires folles. Julia c'était une Anna Karina blonde, un Pierrot le fou au féminin, une révolte Mai 68 sur le boulevard Saint-Germain, une cigarette qui se consume, tandis que tous refaisaient le monde, à la terrasse d'un café de la rue de Buci. Et Courtney s'était mise à vivre plus fort, à ressentir plus vrai au côté de cette pasionaria d'école de commerce.

— Et puis vous m'avez laissée tomber, dit-elle en achevant son récit. Tous les deux. En même temps. C'est insupportable. Je ne peux pas la perdre et te perdre en même temps. Je ne veux pas être abandonnée. Je ne mérite pas cette vie-là.

— Je ne t'abandonne pas, Courtney.

— Tu appelles ça comment ? Du jour où tu as posé les yeux sur elle, tu n'as plus été là pour moi. À quel moment ça ne t'a pas percuté que ça puait ?

Lenny sut en son âme et conscience qu'un doute avait toujours été en lui. Comme une ombre, un voile mis sur leur vérité. Une situation qu'il n'avait pas voulu affronter. Parce que ça aurait voulu dire faire un choix, un impossible choix.

— On va faire quoi, maintenant ? demanda-t-il sans répondre.

— Je suis ta sœur, Lenny. Est-ce que tu crois qu'on a le choix ?

— Ça veut dire quoi ? Bordel, tu es en train de me dire quoi ?

— Je suis en train de te dire que je suis ta sœur, ta putain de sœur jumelle. Celle qui pète les plombs et qui voudrait que ça fasse moins mal. Je suis ta putain de sœur jumelle qui a toujours été là pour toi, Lenny. Toujours. Nous deux, c'est plus fort. Ça doit être plus fort. Sinon quoi ? Il me restera quoi ?

Tout ça, c'était ce que leur mère avait toujours favorisé. Eux contre le reste du monde, eux trois contre ce putain de reste du monde. La famille était le socle de tout. Le socle qui permettait tout. Sans ça, il n'y avait pas de futur, pas de force, pas de loyauté non plus. Pas de possibilité de se regarder dans le miroir bien en face et de continuer à se respecter. Et Courtney avait tout pris au pied de la lettre parce que sa fragilité n'avait de place que si elle pouvait aussi compter sur cet endroit solide qu'on appelle la maison.

— Tu as le monde à tes pieds. Un monde rempli de jolies filles. Je veux juste que tu te trouves une fille dont je ne serais pas tombée amoureuse avant toi. Ça devrait être possible, non ? Avec les trois milliards de femmes qui vivent sur cette planète.

***

À son réveil, Paul avait découvert le spectacle de Lenny, marchant de long en large dans le salon, l'oreille collée au téléphone, en pleine discussion avec sa mère. Les phrases étaient décousues, le visage de son ami tendu. Il le salua de la main et se faufila hors de la maison discrètement, les baskets aux pieds. Au retour de son footing, Lenny était toujours dans la même situation, arpentant la pièce avec nervosité mais il semblait avoir changé d'interlocuteur et aux bribes de discussion que Paul perçut, il conversait à présent avec un professionnel de santé. Un médecin ? Un psy ? Paul ne voulait pas en entendre davantage, ne souhaitait pas le déranger et il monta directement à l'étage se doucher. Quand il quitta la salle de bains pour retrouver sa chambre, Paul se rendit compte qu'en bas, les coups de fil se succédaient toujours et il décida de rester cloîtré dans sa chambre, histoire de lui laisser le champ libre en bas, de lui foutre la paix, d'être un poids de moins dans la vie bordélique de Lenny Bennett. Lui, il pouvait. Essayer du moins. Parce que pour le reste… Sa sœur, timbrée, sa mère affolée et incapable d'assumer, sa petite amie, probablement furieuse et choquée, il ne pouvait rien faire pour l'aider à gérer. Lui, ce qu'il avait su faire, c'était tout faire exploser. En jouant à Cassandre détective privé et en révélant toute la merde. Bien joué, Paul !

— Tu veux en parler ?

— Nope.

— T'as besoin de quelque chose ?

— Là présentement, je me soûlerais bien la gueule autant que possible en fumant un truc qui me ferait planer…

— La méthode d'hier soir, en gros… Elle t'a aidé ?
— Nope, admit Lenny en soupirant.
— Viens, dit Paul en se dirigeant vers la porte d'entrée de leur maison. On va faire un tour à la plage. Il ne pleut pas, faut profiter.

Leur quartier avait ceci d'agréable : la proximité de l'océan. Ça donnait à l'endroit une allure de Californie du Nord, avec une ambiance de plage décontractée. Bon. Ça c'était si on oubliait qu'on était en plein mois de janvier et qu'un jour sur deux, il pleuvait. Mais ce jour-là, en ce samedi après-midi, la lumière était au rendez-vous. Pas la chaleur mais pas l'humidité non plus. Alors, un ballon de foot sous le bras, Paul guida son ami jusqu'à la plage de Kitsilano. Lenny se laissa faire, le regard amusé. Paul et le foot, ça ne faisait pas l'affaire. Il l'avait déjà vu s'essayer à ce sport, qui ici était plutôt un hobby de filles, et c'était assez pitoyable. Drôle aussi. Il ne savait pas shooter dans le ballon. Encore moins dribbler. Il parvenait à peine à viser dans la fausse cage qu'il avait dessinée sur le sable pour marquer les repères du but.

— J'apprécie tes efforts, Paul… Mais franchement, tu veux que je t'humilie ?
— J'ai toujours deviné que tu étais un gros pervers. Vas-y, fais-toi plaisir ! répondit le jeune homme en se plaçant au milieu de la cage de but virtuelle.

Trente minutes plus tard, tous les deux à bout de souffle et suant de transpiration, ils finirent par s'échouer sur un vieux tronc d'arbre qui servait de banc aux promeneurs, le long de la plage. Et les yeux tournés vers le large, ils regardèrent fixement l'océan en silence. Que Lenny finit par briser sans déporter son regard pour autant.

— En fait, c'est cool de vivre près de la mer.
— Hein ?
— Tu es de bonne humeur ? Tu vas te balader au bord

de la mer. Tu es déprimé ? Tu vas au bord de la mer. Tu t'ennuies ?

— Tu vas au bord de la mer… OK, j'ai compris l'idée. C'est pas faux. T'es philosophe, aujourd'hui.

— Faut bien, ronchonna-t-il. Parce que bon, vu le paquet de merde que je dois gérer…

Paul hocha la tête en signe d'acquiescement et se dit que Lenny ouvrait la porte pour une discussion que lui-même n'avait pas osé lancer jusqu'alors. Non qu'il soit indifférent, loin de là… mais pudique, ça oui. Assurément.

— Alors ? Qu'est-ce que vous avez décidé avec ta mère ?

Lenny sembla prendre une grande bouffée d'oxygène du grand ouest canadien puis tourna la tête vers lui avec un petit sourire sur le côté.

— Ma mère va lancer un plan d'action pour sauver sa fille comme un super-héros sauve le monde.

— C'est bien, non ?

— C'est bien, admit son ami.

Mais dans sa voix, on entendait le contraire.

— C'est juste un schéma répétitif et j'ai perdu un peu de foi quant au fait que cela règle la situation pour de bon.

Gina allait prendre un Eurostar pour retrouver Courtney. Gina allait convaincre sa fille de rentrer en Angleterre. Gina avait trouvé une clinique où elle pourrait bénéficier de soins. Gina lui avait demandé si elle pourrait compter sur son soutien pour tout cela, son soutien financier. Évidemment. Parce que l'argent devenait assez vite un nerf de la guerre dans ce combat pour la santé de Courtney. Bien sûr, il avait répondu que oui, oui, il trouverait des solutions et avait déjà commencé dans sa tête à faire les calculs sur la façon d'y parvenir. L'argent, il en avait. Mais pas de manière démesurée. Ce qu'il avait investi dans l'achat de son appartement de Londres l'avait pas mal mis à sec. Et l'appartement loué à Paris plombait aussi sévèrement son budget. Mais bien sûr, si Courtney quittait Paris, cet argent pourrait être réutilisé pour la clinique ou les médecins. Bref, il comptait et recomptait dans sa tête.

— Ça m'ennuie de devoir te demander ça, Lenny, avait ajouté sa mère.

Et il la croyait. Et il ne lui en voulait même pas. C'était la vie, c'était comme ça. Elle avait tellement fait, tellement lutté pour les élever, les faire grandir dans un foyer relativement équilibré que c'était le juste retour des choses. Ce qu'il était capable de faire maintenant pour elle.

— Ne t'inquiète pas pour ça, avait répondu Lenny avec le plus de conviction possible dans sa voix. On va y arriver. On se serre les coudes, hein ?

Ouais, on se serrait les coudes et en attendant, on évitait de parler du plus important, du plus dur, du plus effrayant. L'état de santé de Courtney. Comme toujours, le tabou était là, bien gros, au milieu de leur conversation et de leurs non-dits familiaux.

Lenny attrapa un bout de bois et, dans le sable, devant ses pieds, commença, en mouvements nerveux, à dessiner des gribouillis, passant régulièrement sa basket sur les formes esquissées pour tout effacer. Une sorte d'écran magique.

— Des fois, des fois, je pense à des choses horribles, murmura Lenny en effaçant de nouveau le dessin sur le sable.

— Comme quoi ?

— Je me dis que je préférerais que Courtney ait une maladie bien claire, précise… Même si elle est grave. Un cancer, tu vois, tu organises la lutte, c'est rationnel. Le combat, tu le vois, tu sais comment faire face…

— Ouais, je ne sais pas si c'est si rationnel, lança Paul, dubitatif.

Lenny regarda son ami et perçut le trouble dans ses yeux.

— Je dis des conneries, c'est ça ?

— C'est pas ça, Lenny... On est jeune, on se confronte à des difficultés et on morfle parce qu'on nous avait promis une vie plus simple, sans toutes ces merdes qui collent à nos baskets.

Lenny hocha la tête en signe d'adhésion. Ils étaient jeunes et ils n'avaient pas prévu d'avoir mal, d'avoir le poids de la vie, si vite, si tôt.

— Et comment a réagi Julia ? demanda soudain Paul en éclairant son visage, comme contaminé par la joie que Lenny montrait en général quand il évoquait la jeune femme. Elle doit être soulagée, non ?

Mais Lenny haussa les épaules et baissa la tête vers le sol, reprenant de plus belle ses gestes nerveux du bâton.

— Lenny, gronda son ami. Ne me dis pas que...

Non, il ne dit rien. Il ne voulait rien dire. Il ne voulait pas parler de ça. Non, même Paul ne pouvait pas entendre. Ne pourrait pas comprendre. Non, le jugement serait là. Immédiat. Violent. Il lui dirait qu'il se trompait. Qu'il faisait une grosse connerie. Une de plus. Alors il ne voulait pas expliquer. Il ne voulait pas. Merde ! Qu'on lui foute la paix, s'il vous plaît. Parce que si tout cela avait été si simple, de bout en bout, il n'aurait pas été là, sur cette plage grise, en plein de mois de janvier, à discuter avec Paul. Non, si tout était simple, il serait avec Julia. Dans l'abri d'une chambre de bonne parisienne, à l'aimer et encore l'aimer. Sans crainte. Sans amertume. Avec juste des sentiments et des rêves pour nourrir leurs espoirs de vie à deux. Des rêves à n'en plus finir. Des rêves à ne plus savoir quoi dire. Des rêves à rester éveillé des nuits entières.

Alors oui, lui aussi, sa première envie, son instinct de vie avait été de se saisir de son téléphone et de contacter aussi vite que possible Julia pour lui dire « pardon ». Julia pour lui dire « j'ai mal ». Julia pour lui dire « tu es de ma famille ». Julia pour lui dire « Qu'est-ce qu'on fait ? ». Julia pour lui dire « Il faut qu'on se voie vite. Je suis perdu sans toi ». D'ailleurs, c'était la manière dont n'importe qui de sain, d'équilibré et d'amoureux aurait fonctionné.

Mais dans le monde de Lenny, qu'est-ce qui était normal ? Rien à ses yeux n'avait le goût de la normalité. Etait-ce normal de subvenir aux besoins de sa mère et de sa sœur depuis ses dix-sept ans ? Etait-ce normal d'être le frère d'une sœur bipolaire et désespérément malheureuse ? Etait-ce normal d'être un fils sans père ? Non décidément, rien aujourd'hui dans sa vie ne lui semblait aller droit. Et peut-être que son histoire avec Julia n'avait été qu'une parenthèse qu'il devait refermer maintenant. Parce que la priorité des priorités, ce n'était pas lui et les sentiments qui débordaient de son cœur à chaque fois qu'il pensait à elle ; non, son job, sa responsabilité, la raison pour laquelle il était sur cette putain de planète, c'était pour prendre soin des siens. Le monde ne valait que pour les personnes qu'il aimait. Et sa sœur, il l'aimait de toutes ses forces de frère. Bien sûr, ça lui vrillait le bide. Un mal qui n'était pas sans lui rappeler les angoisses qui montaient quand, enfant rejeté par ses camarades de classe qui le prenaient pour un débile, des crampes lui bouffaient la vie à chaque fois que le matin, il fallait partir à l'école. Mais justement, à cette époque, Courtney avait été là, forte pour deux. Et il ne pouvait pas la laisser tomber maintenant.

— Je vais tout dire à Julia, finit par dire Lenny. Mais d'abord je gère ma sœur. Je ne suis pas multitâche, ajouta-t-il d'un sourire joueur. Je ne suis qu'un mec !

Pauvre mec, oui. Il en était réduit à jouer la comédie avec son ami. Parce que la vérité était trop moche. Parce qu'elle faisait trop mal. Et c'était pour ces mêmes raisons qu'il ne pouvait se résoudre à parler à Julia. Pour lui dire quoi ? Lui raconter tout, y compris comment Courtney l'avait suppliée de mettre fin à leur histoire ? Lui dire qu'il se demandait quoi faire ? Lui dire qu'il avait peur pour sa sœur ? Lui dire qu'il l'aimait, mais qu'il allait devoir la quitter ?

Ça n'avait pas de sens et il ne voulait pas avoir cette conversation. Et tant qu'il parvenait à y échapper, il pouvait encore espérer trouver une autre solution. Non ?

Alors il préféra essayer de détourner Paul dans son intention d'en savoir plus. Mais en prononçant ces mots, Lenny se rendit compte à quel point la peur guidait sa vie. La peur avec un grand P. Celle qui paralyse. Celle qui traumatise. Celle qui casse tout sur son passage. Celle dont soudain il voulait se libérer par des mots qu'il prononcerait enfin pour la première fois à voix haute.

— Courtney n'y a pas été avec le dos de la cuillère quand elle a fait sa tentative de suicide, dit-il d'une voix basse sans réussir parfaitement à mettre l'intention neutre qu'il avait désirée.

— Comment ça s'est passé ? demanda Paul avec prudence.

— Elle a pris un stock de Xanax acheté sur Internet. Sur un papier, à chaque fois qu'elle avalait un cachet, elle faisait un trait. Quand ma mère l'a trouvée, elle en était à trente-sept.

— Holy shit !

— Ouais… Pendant quatre jours, elle a été dans le

coma. Et pendant quatre jours, ma mère et moi, on n'a pas su si elle allait revenir, ni dans quel état.

Lenny s'arrêta et déglutit avec difficulté. La mémoire, cette salope, s'était mise en route et repassait le film des quatre jours les plus longs de sa vie.

— C'était concrètement abominable. La voir là, dans ce lit, les tuyaux partout, avec les bips des machines, si froide, si loin, si... morte...

Tout le reste, toute la suite, même imparfaite, même triste, même stressante, tenait du miracle.

— Alors quand elle est revenue, j'ai juré, je me suis juré de tout faire pour qu'elle aille mieux. Qu'elle se sente heureuse. Parce qu'elle mérite. Elle mérite comme tout le monde, malgré ses hauts et ses bas, d'être heureuse. Ce n'est pas de sa faute. C'est une maladie. Tu comprends ?

Dans la poche de Lenny, un téléphone se mit à sonner et le fit sursauter, stoppant aussitôt les confidences difficiles. Etait-ce à ça qu'il allait être confronté encore et encore, se demanda-t-il soudain. Le stress d'un appel téléphonique qui pouvait fendre le sol en dessous de ses pieds sans que jamais plus rien ne soit comme avant ? Mais Lenny arrêta son geste quand il aperçut le prénom de Julia qui s'affichait sur l'écran de l'iPhone. Il croisa le regard de Paul puis d'un doigt hésitant, finit par appuyer pour refuser l'appel. Paul soupira puis passant un bras sur l'épaule de Lenny, le serra contre lui sans rien ajouter.

***

« *Appel terminé* » s'afficha sur l'écran de son téléphone. L'expression était abusive puisque l'appel n'avait en réalité même pas commencé. Au bout de deux sonneries tout au plus, Julia Anton venait de basculer sur la messagerie vocale de Leonard Bennett. Sans autre forme de procès. Et depuis cinq jours déjà, c'était le même cinéma.

Julia regarda bêtement l'écran de son téléphone comme s'il pouvait répondre à ses interrogations. Mais ça ne servait à rien. Elle avait sa réponse : Lenny refusait de lui parler. Point barre.

Cela faisait cinq jours qu'elle n'avait pas eu signe de lui. Cinq jours durant lesquels sa colère et sa fragilité avaient grandi de pair. La tension ne se relâchait pas et semblait au contraire croître à mesure que les jours se succédaient. Et tout cela était d'autant plus difficile à vivre que Julia avait compris à quel point les semaines précédentes aux côtés de Lenny avaient fait naître en elle un étrange sentiment d'invincibilité. Elle détestait ça, elle détestait le penser, elle détestait être cette fille qui le ressentait, mais elle aimait Lenny et cet amour qu'elle croyait réciproque l'avait comme rendue invincible. Sauf que maintenant les cartes du château venaient de se péter la gueule, une à une, sous ses yeux et Julia ne comprenait plus rien.

Ce qu'elle comprenait, en tous les cas, c'était qu'elle devait s'efforcer d'oublier Lenny au moins pendant un temps, parce qu'elle avait un autre absent à visiter et qu'il fallait se concentrer.

Julia descendit station Porte de Bagnolet en rangeant son téléphone dans le fond de son sac, comme pour mettre Lenny temporairement de côté. La nuit était tombée sur le quartier quand elle sortit de la bouche de métro et elle fut accueillie par l'humidité froide du mois de janvier. Elle n'était pas une habituée de l'est parisien. Certains arrondissements comme le 20ᵉ ou, à l'opposé de la carte, le 17ᵉ, lui étaient pratiquement inconnus, comme le témoignage, à ses yeux, de l'étroitesse de sa vie. Elle était née et vivait dans l'une des plus grandes capitales mondiales et elle avait réussi l'exploit de la rétrécir à l'échelle d'un petit village. Qu'est-ce que cela disait d'elle ? Elle ne voulait pas trop chercher à le découvrir, ce soir-là. Il lui était déjà bien difficile d'affronter ce à quoi elle souhaitait pourtant faire face.

Julia prit la direction des studios d'une démarche volontaire, faisant claquer ses boots sur le bitume. Elle pensa que si des passants, autour d'elle, l'observaient avancer, ce qu'ils voyaient d'elle, c'était une jeune Parisienne décidée. Bien dans ses boots. Bien dans sa vie. Elle s'était maquillée avec un rouge à lèvres ardent, avait discipliné ses mèches blondes, dans un coiffé-décoiffé naturel pour se donner du chic, du style, du cool. Et tout ça pour espérer l'impressionner, ou plus exactement, ne pas le décevoir. Lui et son monde international de paillettes, de voyages, de fun et de tout un tas d'autres trucs qu'elle ne savait même pas deviner. Mais pourquoi ? Pourquoi ?

En approchant de l'adresse, elle reconnut les bâtiments hauts et blancs des fameux studios Ferber. Une ancienne usine qui, sur deux étages, surplombait les autres immeubles du pâté de maisons. Et elle se souvint de la dernière fois où elle avait été à ce même endroit.

Parfois, lorsqu'elle était encore gamine et que sa mère réussissait l'exploit de coincer Sacha Anton au téléphone, celle-ci lui expliquait qu'il n'avait pas vu Julia depuis un ou deux ou quatre mois et qu'il ne pouvait plus se dérober. Qu'il avait le devoir de s'en occuper. Qu'il devait faire un effort. En fonction de toute une série de paramètres comme sa présence sur le sol français, son planning de travail, ses conquêtes, il acceptait de faire face à ses responsabilités et c'était parti pour le grand n'importe quoi. En général, il envoyait une voiture, un taxi ou un collaborateur la chercher à la maison et la rapatriait dans un lieu, souvent improbable, en fonction de son emploi du temps. Les bureaux d'une maison de disques, sur les Champs-Élysées. Le loft d'un artiste célèbre avec qui Sacha travaillait. Un concert backstage à Bercy, La Cigale ou le Zénith. Mais le plus souvent, Julia finissait par atterrir aux studios Ferber et sur un bout de table de mixage ou dans un coin de la petite pièce, elle s'installait pour dessiner, colorier, lire tout en observant son père aux manettes d'une session d'enregistrement.

Dans la mythologie musicale, Ferber était sur les rangs des grands studios internationaux. Ils avaient eu leurs premières grandes heures dans les années 1970 quand tout le gratin français venait y enregistrer, un gros coup de mou dans les années 1980/1990 et puis depuis quinze ans, l'histoire avait continué avec un renouveau. Pour deux raisons essentiellement : une spécialisation dans l'enregistrement de musique de film, d'une part, et, d'autre part, l'installation presque à demeure de Sacha Anton dans les murs. Son père y avait toujours beaucoup travaillé avant qu'il ne décide de prendre ses quartiers à Carcassonne pendant presque quatre ans. Mais il était revenu à ses premières amours et avait repris ses anciennes habitudes dans le studio B, utilisant les quatre-vingts mètres carrés de celui-ci pour accueillir tous les artistes attirés par ses succès précédents. Julia avait beau avoir pris ses distances, elle n'avait jamais pu cesser de suivre l'actualité de son papa. Son métier de l'ombre ne l'exposait pas à la une des journaux mais régulièrement, elle avait grappillé des informations. Avec qui il travaillait, où il voyageait. Quel type de direction artistique il prenait. Elle savait ainsi qu'actuellement, après une passion incommensurable pour les musiques qui se dansent, il s'était concentré sur des productions plus rock. Plus roots. Plus juvéniles. Comme une espèce de retour aux sources ou l'éternelle boucle de la vie.

Julia arriva bientôt sur le parking du bâtiment et devant

la petite porte d'entrée, elle se tint un moment, immobile, hésitante. Moins certaine de la pertinence de cette visite du soir. Les mots de sa mère avaient fait leur chemin, petit à petit, depuis quelques jours et quand celle-ci lui avait dit ce matin que Sacha avait à nouveau téléphoné pour savoir si ça allait, Julia s'était décidée à oser. Mais elle avait souhaité garder la main et choisi de venir sans être annoncée. De toute façon, avec son imprévisible père, un rendez-vous aurait été la meilleure façon de le rater ; et ils s'étaient déjà tellement ratés tous les deux.

Julia s'approcha finalement de la modeste porte d'entrée pour sonner. Celle-ci s'ouvrit presqu'au même moment et trois personnes — deux hommes et une jeune femme — sortirent du bâtiment, parlant, riant. Manquant de la bousculer.

— Pardon, s'excusa la jeune femme en l'évitant de peu. Je ne t'avais pas vue dans le noir.

— Non, c'est rien.

— Tu cherches quelque chose ? demanda l'un des deux hommes.

Il était moins amical. En même temps, on n'entrait pas dans cet endroit comme dans un moulin.

— Quelqu'un, répondit-elle. Je viens voir mon père. Sacha Anton.

L'homme avait la cinquantaine bien conservée. Parce que même si son visage était marqué des rides et des fatigues propres à ces métiers de la nuit, ou de la musique, il était mince et portait des vêtements dans le vent. Ça faisait toujours une drôle d'impression à Julia, ces hommes qui portaient les uniformes de sa génération à elle. Slim, basket, sweat. Et un bonnet pour couronner le tout. Mais ça lui allait bien, alors, après tout…

— Il est là ce soir ? demanda-t-elle.

— Oui, répondit-il avec un air moins suspicieux.

Il alluma sa cigarette avant d'ajouter.

— Tu connais le chemin ou tu veux que je t'accompagne ?

Julia déclina l'offre et le remercia du regard tandis qu'il lui tenait la porte.

Son père était bien là. Assis devant l'éternelle table de mixage. Enfermé dans cette étrange boîte. Seul. Le corps penché vers l'avant, un gros casque suspendu à sa nuque. Sur les dernières photos qu'elle avait pu trouver, ses cheveux étaient un peu longs, mais moins gris qu'elle ne le constatait à présent, dans la lumière crue de la cabine. Pour le reste, pour ce qu'elle pouvait deviner, il n'avait pas beaucoup changé. La même silhouette fine. Le même style de vêtements, élégant. Sacha Anton avait toujours détonné dans l'univers du rock ; en studio, il portait de beaux habits, de jolis souliers. Aux antipodes des codes attendus du rock. « C'est parce que je veux faire de la musique élégante », avait-il déclaré un jour.

Julia le regarda derrière la vitre de la cabine. Elle se disait qu'il était encore temps. Temps de reculer et de repartir discrètement. Elle marchandait avec elle-même. *À trois, s'il ne se retourne pas, je m'en vais. À quatre, s'il ne se rend pas compte que je suis là, je ne lui parle plus jamais de ma vie. À cinq, si je...* Mais Sacha dirigea soudain son attention vers la vitre, leurs regards se croisèrent et en quelques centièmes de seconde, étirées comme l'éternité, Julia retrouva son papa.

***

Même s'il l'avait espérée, Sacha Anton ne s'était pas attendu à cette visite inopinée. Toute cette histoire de ces derniers jours l'avait agacé. Perturbé. On l'avait interpellé à propos de sa fille, on avait commenté son existence, on lui avait fait remarquer qu'elle était jolie, sa gamine...

Et lui, en fait, il ne la connaissait plus. Alors, la voir là, dans cette cascade de cheveux blonds, si grande à présent, si adulte déjà, ça lui fit un choc, mêlé d'un mélange de sentiments contradictoires tels que la fierté et la peur. La peur qu'il puisse tout saccager, sa grande spécialité.

Sacha se leva de son large fauteuil de studio, ouvrit la porte de la cabine et ils se firent face avec la même gêne. Une timidité familière.

— Salut, lança-t-il.

Elle hocha la tête comme pour lui donner l'autorisation d'en dire ou d'en faire plus. Alors, il s'approcha et, un peu raide, déposa deux baisers sur ses joues.

— Salut..., répondit-elle d'une voix étranglée.

— Je suis content que tu sois venue, osa-t-il poser.

Comme une première pierre d'un édifice qui était à reconstruire et qui méritait des fondations plus stables que les précédentes.

— Maman m'a parlé de tes coups de fil... Tu voulais qu'on se parle ?

— Oui... Disons que ça fait longtemps que j'ai envie qu'on se voie... Cette histoire de photos, c'est une occasion...

À cette évocation, il perçut un voile dans le regard si joli de sa fille. De la gêne. Il était en train d'échouer. De la perdre.

— Viens, proposa-t-il soudain, en attrapant son manteau accroché tout à côté sur un portant. Allons manger quelque chose. Pas la peine de rester ici.

— Mais tu travaillais ?

— Ils vont se débrouiller. Ce n'est pas tous les soirs que j'ai une visite importante ! Tu aimes quoi, comme genre de cuisine ? Japonais ? Français ? Tu n'es pas végétarienne au moins...

Ça la frappa. Son père n'avait plus de repères. Depuis

sept ans, il n'avait pas eu accès à tous ces détails, l'évolution de ses goûts, les choses qu'elle aimait ou n'aimait plus. D'autant que l'ado qu'elle avait été, frustrée, énervée, avait dû lui laisser des souvenirs ambigus.

— Non, pas végétarienne, répondit-elle en esquissant un petit sourire en coin. Allons où tu veux... C'est toi qui connais mieux le coin.

***

Elle ne se doutait pas que ce serait si simple. Si agréable et naturel. Elle avait ces montagnes de défiance le concernant, cette distance genre « mur de Berlin » dans le cerveau, mais une étrange connexion s'était réinstallée dans l'espace-temps ouvert pour eux dans ce restaurant de quartier — un italien. Et elle ne pouvait pas s'empêcher de penser qu'elle n'était pas très constante. Qu'elle était même faible. Qu'elle était prête, comme toujours, à se jeter dans les grands bras de son papa parce que cela faisait juste tellement de bien de le retrouver. Mais qu'après, après, quelque chose se passerait. Quelque chose viendrait la décevoir. Un événement, un rendez-vous manqué, des paroles inadéquates, une trace d'égoïsme et que cela ferait à nouveau tellement mal. Ou peut-être que non. Pas cette fois. Pas si mal. Parce que s'il y avait une chose dont elle était certaine, c'était que son père n'avait peut-être pas changé, mais pour elle, ce n'était plus la même histoire.

— Comment vont tes études ? Tu aimes ce que tu fais ?

— Je suis dans une école de commerce. Ce n'est pas exactement artistique ou je ne sais trop quoi...

— Je sais où tu étudies. L'important c'est si ça te convient.

Peut-être que c'était la situation — pour le moins, exceptionnelle : être avec son père, dans ce petit resto, après toutes ces années — mais elle avait l'impression d'être quelqu'un d'autre. Non, plutôt de pouvoir être elle-même. D'oser exprimer ce qu'elle ressentait. Et non plus ce qu'elle pensait qu'il aimerait l'entendre dire.

— En fait, j'aime bien, fit-elle en le regardant droit dans les yeux. J'ai choisi ça après ma prépa parce que je pouvais, dans tous les sens du terme. J'avais le niveau pour le concours et vous... enfin, toi et maman, vous pouviez me payer le cursus. Mais depuis cette année, j'ai eu une sorte de déclic positif. Le stage que je fais dans cette direction financière, il me plaît. Je me sens utile. J'ai ma place.

— C'est bien, répondit-il, en ayant l'air de le penser. Des financiers, il en faut et des bons.

— J'aime bien les chiffres... Je les mets dans des bonnes colonnes. Je les analyse. Je les segmente. Je contrôle. Je sais ce que je fais avec eux. Le monde est facile à travers un tableau Excel.

— Et tu aimerais faire quoi, après ?

— Intégrer une société d'audit. Genre Arthur Andersen ou E & Y, tu vois le genre ?

— De nom.

— Ils ont des filiales partout. Ça me permettrait de voyager.

— Tu veux quitter Paris ?

— Peut-être...

— T'installer à Londres ?

— Pourquoi pas...

C'était fou. Pour la première fois, elle se projetait et se sentait assez enthousiaste pour le dire à quelqu'un. Et ça tombait sur lui. Et peut-être que ce n'était pas si étonnant et peut-être aussi qu'elle était encore cette gamine qui rêvait de le rendre fier. Quelles que soient les raisons qui la poussaient à se confier à lui, ce soir-là, ça faisait du bien.

— C'est bien de voyager, Julia. Bouger, s'ouvrir, surtout à ton âge, c'est… fort. Après, tout est un peu plus difficile. Plus lourd à porter.

À ce moment-là, avec ces mots-là, ces conseils, elle trouva ça soudainement *too much*. Il n'avait pas de droit sur sa vie ou sa jeunesse. Déjà qu'un parent présent, c'était soûlant. Mais les conseils d'un absent, là, précisément, ça ne lui allait plus.

— Honnêtement, je n'ai pas très envie de t'écouter me donner des conseils ou que tu me racontes comment tu as une vie difficile. C'est ma limite.

— Pardon, répondit-il tout de suite.

Mais elle vit bien qu'il sentait la morsure et que ça lui était désagréable. Qu'il se contenait aussi. Elle le savait, il avait l'habitude d'être respecté. Considéré. De décider. Alors elle se tint prête, essayant d'anticiper ce que serait sa réplique. Mais ça n'arriva pas. Pas cette fois. À la place, il dit :

— On ne va pas rattraper six ans ou sept ans en quelques heures… Je sais que je n'ai pas été loyal avec toi. C'était une période de ma vie ou je dépassais souvent les bornes. Peut-être que ça m'arrive encore, mais moins souvent… Beaucoup moins. À cette époque, je n'étais pas bien, je me droguais. Bêtement. Je prenais de la cocaïne, je me sentais surpuissant. Et je t'ai mal traitée… Très mal…

Julia ne sut pas quoi dire quand il s'arrêta. Elle ne sut même pas le regarder.

— J'ai compris pourquoi tu ne voulais plus me voir… Même si ça m'a fait un mal de chien. C'est toi qui as eu raison. Et je dois dire que je t'ai trouvé une grande force de caractère.

— Alors tu n'es pas en colère ? demanda Julia, s'étonnant en même temps de sa question.

Car, au fond d'elle, elle venait de découvrir qu'une grande

partie de tout ce temps qu'elle avait passé à refuser de voir son père, d'en entendre parler, d'être avec lui, elle avait eu peur de sa réaction. Peur de sa colère ou de son rejet.

— Non... Non... Jamais... ou contre moi-même... Évidemment.

Julia sentit qu'une pression, dans son corps, avait disparu. Quelque part en elle quelque chose venait de se relâcher, de s'apaiser. Un phénomène mystérieux et agréable. Elle se sentit sourire. Elle devint loquace.

— Ne culpabilise pas trop... Je vais bien. J'ai une chouette vie. Mes petites sœurs, maman, Jérôme... On est bien.

— C'est vrai que tu as l'air bien. Ça se voit... Tu es si belle aussi... Ça va te gêner que je te dise ça, mais je suis épaté par la personne que tu es... Intelligente, belle, sensible. Et puis tu as fait fort... Avoir de tes nouvelles dans la presse, j'avoue que ça m'a scotché !

— Papa..., murmura-t-elle, embarrassée, renouant en même temps avec cette sensation brute et si agréable de l'amour paternel.

Et puis en relevant les yeux, elle vit qu'il était ému et elle réalisa que, peut-être, c'était en lien avec le mot qu'elle venait de réutiliser pour la première fois depuis une éternité ; une tendresse qu'elle ne regrettait pas.

— Cette publicité sur moi, ce n'est pas exactement ce que je cherchais, éprouva-t-elle le besoin d'expliquer.

— Je m'en doute... Il est bien, ce gars ? Ce Lenny ?

— Je crois, répondit-elle avec plus de prudence qu'elle n'aurait aimé.

— Ah...

— Ouais... Je ne sais plus trop. Je me suis peut-être emballée avec lui... Comment savoir ? Comment peut-on être sûr que c'est la bonne histoire ?

Julia sentit qu'il voulait répondre. Qu'il essayait. Mais

c'était comme si les mots restaient au bord de ses lèvres, hésitants, incertains. Et puis il se lança, dans un souffle tendre, une espèce de lassitude douce :

— C'est le truc spécial avec l'amour… On ne peut pas savoir sans essayer.

***

— Ils te veulent. Une saison de plus. Un engagement pour la totalité de l'année prochaine.

Lenny reposa sa pinte en manquant de renverser son verre. Choqué. Et regarda Andrew, en face de lui, sur la banquette du pub. Son agent venait tout juste de le rejoindre après sa réunion au grand sommet où il avait été question de l'avenir de la série et de celui de Lenny.

— Vrai ?

— Oui, répondit Andrew dans un large sourire.

Lenny n'en revenait pas. Ces deux dernières années, depuis qu'il avait commencé à tourner pour cette série, et en dépit du caractère principal de son personnage dans l'histoire, il avait dû supporter de ne jamais savoir à l'avance s'il faisait partie du tournage de l'épisode suivant. Tous les acteurs étaient logés à la même enseigne, celle de l'incertitude, épisode après épisode. Chaque fois, ils devaient attendre l'arrivée du script pour découvrir à quelle sauce ils étaient mangés et si leur personnage n'allait pas être assassiné. Et là, il obtenait l'improbable : on lui offrait une année de visibilité. Non, en fait, même davantage : on lui offrait de la sécurité. Et encore plus d'argent.

— Whaou, Andrew, tu es un as de la négo ! s'exclama-t-il, excité.

— Non… franchement. C'est toi. Cette histoire, ce buzz… Ça leur a fait voir toute ta puissance. Tout ce que tu valais pour les gens qui t'aimaient. Ils veulent continuer avec toi, avec ça. C'est de l'or. Même ta nouvelle mauvaise réputation est sexy pour eux.

Lenny se sentit troublé. Ce qui lui valait tant de tourments se transformait en dollars. Qu'est-ce que ça voulait dire de lui ? Et quelle était la morale dans tout ça ? Et combien de fois pourrait-il supporter de voir sa vie privée déchiquetée ainsi ?

— Je n'en reviens pas… Ça n'a pas de sens.

— Bon, il y a des choses qu'on va pouvoir négocier dans cette proposition. Des jours de repos plus nombreux, plus de billets d'avion pour l'Europe, une caravane plus grande et confortable…

Lenny arqua les sourcils.

— Qu'est-ce que je ferais d'une plus grande caravane ? On s'y ennuie, quoi qu'il arrive…

— C'est un exemple, grogna Andrew. Tu verras, quand tu auras mon âge, le confort t'intéressera…

— Peut-être, répondit Lenny en laissant son regard s'échapper vers l'extérieur.

Dehors, la nuit tombée sur Vancouver ressemblait à beaucoup d'autres avant elle, humide, vaporeuse. Le temps s'y étirait lentement.

— Et ils t'ont donné des pistes pour les scénarios ? Tu sais ce qu'il va m'arriver ?

— Non, mais on peut leur demander des orientations, si c'est important pour toi. Ils n'aiment pas ça mais on peut l'exiger.

Lenny acquiesça. Oui, ça comptait pour lui. Oui, il voulait savoir dans quelle direction l'histoire allait mener son personnage. Allait-il grandir ? Expérimenter des enjeux plus grands ? Résoudre des énigmes plus profondes ? Faire face à des dilemmes plus complexes ?

— Bon, lança Andrew, tu en penses quoi ?

Lenny recentra son attention sur Andrew, sur leur pinte, sur leur tête-à-tête étrange dans ce pub du bout du monde. Ça lui faisait drôle de voir le vieil homme hors de son univers, de ses normes, de ses habitudes britanniques.

— C'est bien, reconnut son protégé après un silence certain. C'est *bizarrement* bien.

— Tu as l'air déçu ?

— Je ne m'attendais pas à ça, tenta-t-il d'expliquer. C'est tout.

Et c'était un euphémisme. Qui aurait pu imaginer un tel retournement de situation ? Lenny avait cru sa position fragilisée, il avait vu son image se détériorer. Et loin de lui être fatals, ces coups l'avaient au contraire aidé. Il n'en revenait pas. Sa surprise était d'autant plus grande que les jours précédents, il avait été absorbé par sa sœur, ses ennuis et le chaos qu'elle avait semé partout, occultant la question de son avenir à l'intérieur ou à l'extérieur de la série. Et voilà qu'à présent, tous les sujets semblaient se connecter les uns aux autres, comme pour faire sens et lui montrer la suite du chemin.

Car cette nouvelle changeait tout. En lui apportant une sécurité financière, elle représentait la fin de tous les nœuds au cerveau qu'il se faisait pour savoir comment financer les nouveaux traitements de sa sœur, et la fin de tous les soucis matériels de sa mère. Ce n'était pas rien. C'était même un sacré cadeau. Qui pouvait dire non à ça ?

Lenny reporta son regard vers l'extérieur et peu à peu dans son cerveau, les pensées rationnelles, factuelles, furent évacuées pour laisser place à un sentiment diffus qui se précisa peu à peu : celui d'atteindre un point de non-retour. La solution était devant ses yeux et elle prenait la forme d'un contrat. Il allait l'accepter pour sa famille et en même temps il allait dire au revoir à Julia. Sa belle, tendre, folle et solaire Julia, aimée dès la première seconde. Il n'avait pas le choix.

Andrew prit sa bière et but une longue gorgée. Il reposa son verre, avec plus de bruit qu'il ne le désirait sans doute, ce qui fit sursauter Lenny.

— Ça fait du bien, lança Andrew, exprimant une satisfaction simple. Alors, c'est bon ? Je peux repartir à la maison ? Tu ne vas pas recommencer à mettre le feu à ta maison ?

Lenny amorça un sourire en se saisissant de son propre verre. Un sourire au milieu du carnage. Un sourire pour ne pas s'effondrer.

— Tu peux rentrer en Angleterre, confirma-t-il. Mission accomplie.

***

Elles furent là. Ce fut le sang sans la fureur. Et des larmes qu'elle ne comprit pas, alors qu'elle s'était enfermée dans les toilettes de l'open space. De l'autre côté de la porte, elle entendait des collègues bavarder en se remaquillant devant le miroir, en se repoudrant. Elles se préparaient à un apéro du jeudi soir. Elles étaient heureuses et jeunes. Elles étaient vivantes et légères et elle perçut le claquement vif et décidé de leurs talons quand elles quittèrent l'endroit.

Et elle, avec sa culotte blanche tachée. Avec son smartphone vide de tout signe de Lenny depuis longtemps maintenant. Avec sa tristesse soudain incommensurable qu'elle s'autorisait enfin à ressentir.

SOS pétasse en détresse. Tu es libre maintenant pour une séance de psychothérapie alcoolisée ?

La réponse de Thalou immédiate la reboosta, éloignant les brouillards et les larmes.

Toujours prête. Ramène ta fraise au Basile. J'ai déjà attaqué l'apéro.

La proposition la fit hésiter. Le Basile était le bar de référence de Thalou depuis qu'elle avait intégré Sciences-Po, ce qui signifiait évidemment qu'elles seraient entourées de tous ses copains de l'école alors que Julia avait davantage rêvé d'un tête-à-tête avec son amie. Mais tant pis, elle prenait quand même parce que sa solitude était un truc encore plus insupportable que la compagnie d'une bande d'étudiants déchaînés. Et puis peut-être que c'était juste ce qu'il lui fallait. Boire beaucoup, manger à peine, s'amuser à susciter le désir chez des jeunes blancs-becs de la rive gauche qui plongeraient les yeux dans son décolleté et oublier de se demander pourquoi ça lui faisait soudain si mal que quelque chose qu'elle redoutait plus que tout finisse par ne pas exister.

Julia n'avait même pas atteint sa destination, qu'elle repéra son amie. Plantée devant le bar, à l'angle de la rue Saint-Guillaume et de la rue de Grenelle, Thalou était postée dehors, un verre dans une main et une cigarette dans l'autre, en pleine discussion avec un petit groupe d'étudiants. C'était une pose typique des « sciencespistes » comme ils aimaient s'appeler entre eux que Julia avait appris à décoder : refaire le monde autour d'un verre, sur le trottoir, devant le bar. De toute façon, celui-ci était toujours bondé. Quel que soit le soir de la semaine et encore plus, le jeudi soir, le fameux jour des soirées étudiantes. Et on finissait souvent dehors, à défaut de pouvoir rentrer.

Thalou la salua avec enthousiasme dès qu'elle l'aperçut. Le sourire de son amie, ses cheveux défaits, son énergie exubérante, sa folie… Le cœur de Julia se gonfla d'émotion. Sans doute était-ce exagéré. Elles n'avaient pas été séparées. Elles s'étaient parlé pratiquement chaque jour ces derniers temps. Pourtant, Julia sentait qu'elle avait besoin de son amie. Comme on a besoin d'une bouée de sauvetage.

— Ça va, ma belle ? demanda Thalou en l'enlaçant tendrement.

Julia répondit par un sourire froissé puis retourna se lover dans le cou de son amie et y retrouva son parfum, un mélange de nicotine et de Guerlain.

— Oh ! ma douce, murmura Thalou en la berçant sur le trottoir, devant le regard ébahi des étudiants autour d'eux. Ça va aller… Ça va aller.

Deux heures plus tard, les filles étaient parvenues à se trouver un petit coin dans le bar et, les fesses calées dans deux fauteuils orange vintage, elles se parlaient vivement. Ardemment. En plein récapitulatif des derniers événements. Les photos, Sacha Anton… tout. Le moment d'émotions était passé comme il était venu et Julia, auprès de Thalou, avait recouvré énergie et entrain. Les verres d'alcool avaient participé à la dynamique retrouvée. Ce début de soirée rappela à Julia que cela faisait une éternité qu'elle n'avait pas fait ça. Une éternité c'est-à-dire trois mois. Et elle se rendit compte que ça ne lui avait pas fortement manqué jusqu'à ce soir. Parce que jusqu'à présent, elle avait concentré toute son attention sur Lenny. Et que maintenant il n'y avait plus rien.

— Et les trucs sur Internet ? Ça s'arrange ?

Peut-être que oui, peut-être que non, mais ce qui se jouait sur la Toile ne l'avait pas intéressée depuis quelques jours, trop occupée qu'elle était à réfléchir et à avoir peur.

— Je ne regarde plus, répondit Julia. C'est trop déprimant. Je lis des saloperies sur moi et je peux rien y faire. Alors à quoi bon…

Thalou sembla souscrire à son analyse. Puis enfin, elle

lui posa la question que Julia avait envie d'entendre. Pour enfin parler de la personne qui l'intéressait plus que tout.

— Et Lenny ?

— Je crois qu'il est en train de me laisser tomber, répondit-elle simplement.

Thalou grimaça.

— Vraiment ?

— Ou il fait tout pour que je le fasse, moi, ajouta-t-elle en prenant conscience tout à coup de la probabilité de plus en plus réelle qu'elle le fasse effectivement.

Thalou et Julia se regardèrent sans plus rien dire, tandis qu'autour d'elles, des voix qui portaient fort ne parvenaient même pas à les distraire.

— Ça ne lui ressemble pas, finit par commenter Thalou.

— Peut-être que ça ressemble aux gens comme lui. Jouer au petit ami parfait et puis passer à autre chose comme ça, en claquant des doigts. On n'a pas beaucoup fréquenté des stars internationales pour comparer.

— À part ton père, lança Thalou, amusée.

Elles pouffèrent toutes les deux en même temps.

— J'en reviens pas que vous vous soyez réconciliés.

Bien sûr, ça la fit tiquer et elle se demanda si ce n'est pas exactement dans cette intention que Thalou l'avait formulé comme ça.

— On s'est parlé, on va peut-être se revoir. Faut pas exagérer non plus.

— Peut-être... En fait, c'est bien que tu sois un peu triste.

— Quoi ?

— Avant, c'est comme si tu n'avais pas trop de sentiments et tu n'avais pas trop de tristesse non plus. Là, tu es peut-être désespérée, pire qu'une serpillière, mais paradoxalement, c'est la première fois que je te sens bien... Ou plutôt libérée. Et je suis contente pour toi.

Beaucoup plus tard, elle essaya. Une dernière fois. Dans le fond du bar, tandis qu'elle faisait la queue pour les toilettes, elle composa son numéro de portable, encouragée par un léger taux d'alcoolémie et sa discussion avec Thalou. Mais cette fois-là encore, Lenny ne décrocha pas. Au bout de combien d'essais pouvait-on considérer qu'on avait passé le cap de l'humiliation ? Elle n'avait pas la réponse. Elle aimait un homme. Et cet homme prenait ses distances avec elle et seul le silence répondait à ses demandes.

Alors elle fit la seule chose qui lui permettait de garder un peu de respect pour elle-même.

De : julia.anton@gmail.com
A : leonard.bennett@gmail.com
Objet : une info

Bonsoir Lenny. C'est Julia.

Il est exactement 3 h 32 du matin à Paris et je viens de rentrer chez moi à pied, en arpentant les rues que j'aime arpenter après une soirée où je me suis amusée. Où j'ai trop bu. Où j'ai été draguée et où je t'ai oublié. Un peu.

Il est 3 h 35 et pour la dernière fois, je t'écris quelques mots digitaux qui se perdront un jour dans le temps. Comme nous on s'est perdus en quelques jours à peine.

J'ai fait les comptes parce que tu l'as sans doute compris, les chiffres veulent dire plus que les mots dans mon cerveau. Au bilan de notre histoire, quelques chiffres positifs (le nombre de nuits passées ensemble, le nombre d'orgasmes que tu m'as donnés, le nombre de confidences que l'on s'est offertes) et puis beaucoup d'éléments bien trop négatifs pour équilibrer le tout : trois photos volées je ne sais trop comment, trop de conversations manquées, plus assez de confiance et ton silence.

Il est 3 h 49 du matin et j'ai sommeil. Mais j'ai des mots qui restent coincés, des mots que je dois t'écrire pour ne jamais regretter. Rien. Et peut-être qu'ensuite, je parviendrai à m'endormir, apaisée.

Aujourd'hui, j'ai découvert que je n'étais pas enceinte. C'est une bonne nouvelle et elle m'a fait pourtant pleurer. Parce que je me souvenais des mots que tu avais su trouver pour m'apaiser, ce jour-là. Des mots qui disaient que je ne traverserais pas ça toute seule si ça devait arriver. J'ai pleuré parce que je comprenais que désormais j'étais seule, que tu allais m'oublier, qu'aucun bébé ne naîtrait de notre histoire, que nous étions de toute façon et trop jeunes et trop immatures et trop instables pour même l'imaginer. Pourtant, il y a une petite voix en moi qui me murmure que ça aurait pu être une belle chose, toi et moi et une famille à nous.

Mais voilà, on n'écrit pas à quelqu'un que l'on quitte qu'on aurait aimé une famille avec lui.

Au revoir Lenny.

Julia.

Chapitre 7

I'm feelin' rough
I'm feelin' raw
I'm in the prime of my life

MGMT, *Time to pretend*

Trois coups théâtraux sur la porte en bois de sa chambre sous les toits résonnèrent dans la petite pièce de manière magistrale. Julia, du fond de son lit, esquissa un sourire. Cette façon-là de s'annoncer à sa porte était la signature de la belle Inès. Elle l'avait empruntée à la tradition théâtrale après une sortie avec l'école à la Comédie Française.

— Entre, lança-t-elle, en se redressant sur les oreillers de son lit.

Elle poussa sur le côté le PC posé sur sa poitrine et sur lequel défilaient depuis au moins trois heures des épisodes de sa série préférée de tous les temps : *Les Frères Scott*. Waouh. Bonne régression quand même. Mais Julia s'en moquait. Personne ne connaissait son petit plaisir secret du jour.

Inès passa son joli minois dans l'entrebâillement de la porte.

— Tu es montée toute seule ?

Inès acquiesça en s'approchant du lit de sa grande sœur et d'un coup d'œil, fit le tour du décor. Julia la regarda faire avec tendresse. À l'affût, Inès aimait observer le monde autour d'elle et celui de sa grande sœur était toujours une source de curiosité et d'inspiration. Elle jeta son dévolu sur le petit bureau, collé sous la fenêtre et attrapa une des babioles de maquillage qui y traînaient. Un rouge à lèvres Hema.

— Paloma prend son bain. J'en ai profité.

Inès aimait se retrouver seule avec Julia, sans la petite à ses basques, en permanence. La petite était trop… petite. Hyper active, curieuse. Il fallait toujours faire avec son énergie débordante. Inès aimait pouvoir se reposer en prenant ses distances.

— Papa voudrait savoir si tu manges avec nous, ce soir.

— Il prépare quoi ? demanda Julia.

Inès ouvrit le rouge à lèvres et observa le bâton avec attention. Il était rosé. Trop girly à son goût. Depuis quelque temps, le rose lui sortait par les trous de nez. Tout comme Hello Kitty, Violetta ou les licornes. Trop de rose tuait le rose.

— Je peux essayer ? demanda-t-elle tout de même. Il fait des moukrènes à la glaviouze.

— Quoi ?

— C'est ce qu'il m'a dit de te répondre.

Julia gloussa.

— Viens-là, dit-elle en désignant la place à côté d'elle sur le lit, je vais te le mettre.

Les deux sœurs se firent face et avec application, Julia posa sur les jolies lèvres de sa cadette un peu de cette teinte rosée qu'elle ne mettait plus elle-même. Le maquillage, les couleurs, les paillettes, c'est quand on a envie d'être heureuse, de se plaire à soi et aux autres. Là, elle s'en foutait.

Inès attrapa un miroir de poche qui traînait sur la table de nuit et observa le résultat.

— Pas mal, jugea-t-elle, du bout des lèvres en poursuivant l'examen du résultat.

— Tu peux le garder, si tu veux…

— Vrai ? fit Inès, le visage totalement illuminé.

— Pour les grands jours, les anniversaires, tout ça.

— Génial ! Tu es la meilleure.

Le cœur de Julia sauta dans sa poitrine comme s'il venait de se réveiller après un sommeil angoissé. Les mots d'Inès, de ses sœurs en général, étaient un baume pour ses plaies. Le médicament pour espérer soigner son chagrin. Son grand chagrin d'amour.

— Tu vas venir ?

— Quoi ?

— Manger avec nous. Ce serait bien.

Julia grogna. Elle n'avait pas faim. Pas envie de sortir de sa tanière non plus, même si elle était heureuse de la visite douce et discrète de cet humain de neuf ans et des poussières.

Inès se leva du lit et s'approcha de la minicuisine de la chambre. Elle adorait venir ici. C'était comme visiter une maison de poupée ou le camping-car de Barbie. Tout avait été imaginé en petit format mais avec une réplique à l'identique des vraies et grandes maisons.

— Oh la vache !

— Quoi ? fit Julia, surprise par le changement de ton de sa sœur.

— C'est toi qui as le Nutella, expliqua-t-elle en attrapant le gros pot abandonné sur l'évier.

— Ouais, maugréa Julia. De toute façon, y en a plus.

Julia s'enfonça dans les oreillers. Évidemment qu'elle n'avait pas faim pour le repas du soir : elle avait fait un sort au pot et pour fêter ça avait même ajouté un paquet d'oursons de Lu, piqué lui aussi dans les réserves des petites.

— Paloma a fait une crise tout à l'heure. Elle voulait absolument du Nutella. Elle est chiante.

— Inès ! Gros mot.

— Ça va, t'es pas obligée de jouer aux parents. Elle est chiante et en plus, elle est hyper pas responsable. Le Nutella, ça fait du mal aux singes et à la planète. J'ai essayé de lui expliquer. Elle ne veut rien écouter. Elle est puérile, des fois.

Un fin sourire se dessina sur le visage de Julia.

— Inès, comment tu sais tout ça ?

— Tout le monde sait que l'exploitation intensive de l'huile de palme détruit les forêts des singes. Moi, je n'en mange plus.

Julia regarda sa jeune sœur avec un mélange de tendresse et d'effarement. Les enfants de cette époque semblaient avoir tellement de connaissances et de recul sur le monde dans lequel ils vivaient. Ça lui faisait peur et l'impressionnait tout en même temps.

— Tu faisais quoi avant que j'arrive ? interrogea Inès en reprenant place auprès d'elle sur le lit.

Julia désigna l'ordinateur.

— Je matais une série.

— Celle de Lenny ? voulut savoir la petite.

— Non, pas celle de Lenny, essaya-t-elle de répondre en faisant preuve de calme, de sérénité. *Les Frères Scott*, une série que j'aimais regarder avant, quand j'étais plus jeune.

Pour lui montrer à quoi ça ressemblait, Julia rouvrit l'écran de l'ordinateur et appuya sur « Play ». Inès regarda une scène entre Lucas, Nathan et Peyton. Elle ouvrait ses beaux yeux bruns grands comme des soucoupes volantes et écoutait ce trio amoureux se déchirer sous ses yeux.

— C'est compliqué, l'amour, fit-elle, en refermant l'ordinateur. Et puis ils sont mal habillés. C'est vieux, non ?

Julia acquiesça en souriant. Tout cela était vieux, ringard et compliqué. Et elle se souvenait à quel point elle aussi était compliquée quand adolescente, elle regardait cette série religieusement. Avec ces gens si loin de sa vie, si exotiques aussi.

— Tu as raison. Je devrais arrêter. C'est du passé. Tu voudrais regarder quoi, toi ?

— Tu veux bien ? se réjouit Inès.

Inès adorait se blottir contre Julia et partager avec elle les mêmes images et ressentir le même plaisir. Et surtout, le faire toute seule, sans le pot de colle de six ans avec elles. Elle se cala en soupirant de bonheur.

— On a le temps avant le dîner. Tu aimerais voir quoi ? C'est qui ta princesse préférée en ce moment ?

Inès secoua énergiquement la tête.

— J'aime plus les princesses. Ça attend, ça ne fait rien. Ça rêvasse.

— À ce point ?

— La pire c'est Cendrillon. Elle est orpheline, elle fait le ménage, elle tend le pied pour essayer sa pantoufle de vair… C'est abusé comme comportement.

— OK, petite chienne de garde. Qu'est-ce qu'on regarde alors ?

Julia ne fut pas trop étonnée du choix final de sa sœur et, tandis que les premières images de *Rebelle*, cette princesse écossaise aux cheveux roux flamboyant qui préfère chevaucher en forêt et faire du tir à l'arc, démarraient, Julia se laissa envahir par un flot de pensées contradictoires. Elle avait toujours vu du Rebelle en elle, mais elle devait bien reconnaître qu'elle ressemblait plutôt à la passive Cendrillon et surtout depuis ces deux derniers mois. Surtout depuis la nuit où elle avait décidé de rompre avec Lenny. Bordel, quand est-ce que tout cela était arrivé ? À quel moment ça avait foiré ?

Quand Luke l'avait renvoyée en France avec un bisou sur la joue et un souvenir à venir caché dans le ventre, elle n'avait pas imaginé la suite. C'était tellement inouï, ce qui s'était enfin passé entre eux. Le rêve de son adolescence était devenu réalité. Luke l'avait enfin trouvée jolie. Luke avait eu envie d'elle. Luke lui avait fait l'amour. Et même s'il n'avait rien promis, et qu' elle le trouvait distant dans les derniers moments qu'ils avaient passés ensemble avant qu'elle ne parte pour l'aéroport de San Francisco, le petit cœur de Julia qui battait fort à l'intérieur de sa poitrine s'était gonflé de joie et d'espoir. Ils se connaissaient depuis cinq ans. Ils avaient continué à être proches malgré le départ de Luke pour les États-Unis et depuis qu'ils étaient plus âgés et plus matures, leur relation amicale et digitale avait évolué. Alors, quand Luke lui avait suggéré qu'elle vienne passer des vacances à San Francisco, ils savaient bien tous les deux, sans le dire clairement, que quelque chose pouvait arriver. Ce qui n'avait pas manqué.

Mais les contes de fées sont rares de nos jours et dès son atterrissage à Paris, Julia avait découvert la cruauté du silence. Un premier message demeura sans réponse. Une relance. Une deuxième. Des mails sans réaction. Et le vide. L'assourdissant bruit du silence de Luke. Le connard ! La seule chose qui l'aidait encore, à ce stade de déconfiture, était de se dire que personne d'autre n'était au courant. Que cette humiliation 2.0 n'avait pas de témoins. Le ridicule ne tue peut-être pas mais elle préférait ne pas tenter le diable.

Et puis voilà que cela avait recommencé. Mais qu'avaient-ils en tête, tous ces princes charmants de mes deux qui traitaient aussi mal les filles ? Qu'avaient-ils dans le cerveau de défaillant pour estimer que la meilleure façon de mettre fin à une histoire était de jouer aux fantômes ? Le *ghosting*. Le fameux mot cool pour parler d'une pratique qui ne l'était pas du tout. Et même si cette pratique n'avait rien de nouveau — combien d'hommes ou de femmes étaient partis chercher des cigarettes ou des allumettes pour ne jamais revenir —, les innovations technologiques et l'hyper connexion l'avaient rendue bien plus cruelle que dans le passé. Et Julia s'était pris ce *ghosting* nouvelle version avec une violence qui l'avait soufflée sur place. Une violence d'autant plus forte qu'elle avait eu le sentiment qu'eux deux, ça pouvait durer pour toujours. Ou presque. Et elle s'était retrouvée face à elle-même avec des pots de Nutella pour oublier. Face à un chagrin d'amour qui ne passait pas et un deuil amoureux impossible à faire tant elle ne comprenait toujours rien.

Mais bordel, elle n'allait pas rester là, sans rien faire entre les quatre murs de cette chambre trop petite à attendre un prince charmant qui ne l'était plus. Elle n'allait pas déprimer et regarder les kilos s'installer sur ses hanches. Elle fallait qu'elle sorte dans la jungle de Paris et dévore la vie telle qu'elle se présenterait. Et advienne que pourra !

— T'es où ? Y a de la musique. Je peux te rejoindre ?

Martin avait répondu à son appel. C'était à lui et lui seul qu'elle avait pensé pour une nuit parisienne car il semblait toujours désireux de s'oublier dans les excès de la nuit. Elle était heureuse de l'avoir dans sa vie. Ce fou furieux au regard si sombre et si tendre qu'il vous donnait envie de le consoler de la vie et de la tristesse qui vous inondait aussi. Depuis bientôt trois ans, date à laquelle ils s'étaient croisés sur les bancs de leur école de commerce, elle le voyait naviguer dans sa vie, toujours un peu perdu et toujours debout. Il faisait partie de ces gens tristes qui le cachaient par élégance. Un garçon bien élevé et décadent en même temps. Qu'elle appréciait. Qu'elle aurait pu aimer. Dans une autre vie. Mais ça n'était pas arrivé et ce qui aurait pu être une possibilité s'était éloigné maintenant que Lenny avait tout pris pour lui.

— Putain, Julia, t'es chiante. Tu ressors de ta grotte au moment où j'emballe quelqu'un, râla-t-il.

— Merde. Désolée. On annule tout ?

— Nan. C'est bon. Ramène tes jolies fesses. Je t'envoie un texto avec l'adresse.

Martin l'avait invitée à le retrouver au Trianon où se déroulait une fête. En découvrant la déco du lieu et la population présente, elle ne sut pas dire ce que l'on célébrait. Une soirée d'entreprise, un truc corporate en tous les cas. Avec des logos et des vieux partout. Enfin, vieux, peut-être pas. Mais pas des jeunes de leur génération en tous les cas. Plutôt des gens de l'âge de ses parents qui buvaient du champagne en riant fort des blagues de leurs collègues, clients ou partenaires mais dont les yeux souriaient rarement.

— C'est quoi, cet endroit ? demanda-t-elle quand elle trouva Martin en haut des escaliers.

— Une agence de pub qui fête ses vingt ans. C'est mon boss qui m'a filé l'invit'. C'est open bar et je cherche du boulot. Je suis en mode relations publiques.

— Bon plan ! convint-elle en attrapant une coupe de champagne sur un plateau qu'un serveur lui proposait.

Elle regarda Martin dans les yeux et trinqua à leur soirée. Un bon copain et du champagne : rien de mieux pour envisager une belle nuit. Les festivités pouvaient commencer.

Deux heures avaient filé et ils avaient déjà bien bu, pas mal mangé et beaucoup ri. À propos de tout, de n'importe quoi… Des gens autour d'eux, d'eux-mêmes et des bêtises que la vie leur faisait faire ou inspirait. Cette fête était un drôle d'endroit. Où des adultes étaient traités comme des gamins à l'anniversaire d'une enfant de dix ans : une enfant de riches avec toute une série d'animations à disposition. Comme cette machine à prendre des photos et à les transformer en GIF pour les diffuser sur les réseaux sociaux… Ouais. Génial. Julia passa son tour. Les réseaux, elle en avait morflé pour une vie entière.

Autant profiter de l'instant et de ce que proposait la fête. Une animation permettait une dégustation de grands crus — la grande passion des gens ayant passé la trentaine visiblement. Ni l'un ni l'autre n'étaient assez intéressés. Julia et Martin préférèrent jeter leur dévolu sur un atelier tatouage ; deux artistes dessinaient à la demande des tatouages éphémères sur la peau de ceux qui se présentaient. Cela amusa Julia, elle que cette idée n'avait jamais traversée. Rien n'avait jamais duré dans sa jeune vie. A quoi bon faire semblant ?

— Qu'est-ce que tu vas faire ? demanda-t-elle à Martin qui s'installait à la table.

— Un tatouage que je rêve de faire un jour. Comme ça, je verrai l'effet que ça fait.

Elle le regarda discuter avec la tatoueuse qui leva les yeux au ciel, amusée ou désabusée, Julia ne sut trancher. Puis la place se libéra auprès de la deuxième artiste et elle s'installa à son tour, sans plus faire attention à Martin, décidée elle aussi à tenter l'expérience.

Vingt minutes plus tard, ils se retrouvèrent face à face.

— Alors ? fit-il en essayant de deviner quelle partie du corps de Julia avait été marquée.

— Toi, d'abord, dit-elle en dissimulant son bras gauche derrière son dos.

Martin lui sourit et très fièrement, remonta progressivement le tissu de sa jolie chemise blanche sur son avant-bras.

— C'est quoi ? demanda Julia, perplexe.

— Putain, Julia, me dis pas que tu ne reconnais pas ? Ça me déçoit !

— C'est pas ce que je crois ? finit-elle par dire. C'est bien le logo du PSG ?

— Yes !

— Oh mon Dieu, tu es un cliché vivant… Tu le ferais vraiment ?

Martin observa avec satisfaction le dessin sur sa peau légèrement bronzée.

— Pourquoi pas… ça ferait tellement chier mon père…

— Tu m'étonnes…

— Il est pour l'OM !

Julia se mit à rigoler comme une baleine. Elle en avait conscience mais ne savait plus résister pour se calmer. Lâcher prise, ça lui faisait du bien, là, maintenant. Alors, même si ce n'était que pour un temps, le temps justement que l'alcool cesse de circuler dans ses veines ou le temps que Martin cesse de la faire rire, eh bien, elle prenait. Parce qu'elle préférait cette personne-là à la Julia qui se morfondait depuis des journées entières en mangeant du Nutella sur d'énormes tranches de pain de mie et qui prenait très logiquement du cul.

— Alors, le tien, montre !

Julia sortit son bras de sa cachette et le tourna vers Martin qui approcha son visage pour regarder. C'était des mots. Une magnifique calligraphie, élégante, racée, distinguée qui disait « *Fuck off, Lenny Bennett* ».

— Hum hum, fit Martin.

— Quoi ?

— Tu as fait dans la subtilité.

— C'est pas bien ?

— Si. Très joliment dessiné.

— C'est pas fait pour être beau. C'est fait pour être méchant.

— Ouais, j'avais compris… Alors c'est fini de chez fini ?

— Alors rien. Viens par là.

Et elle l'embrassa. Là. Dans cette salle pleine de gens qui ne savaient peut-être plus ce que c'était que d'embrasser quelqu'un comme si votre vie en dépendait. Et elle avait comme envie de les choquer.

Elle l'embrassa comme avant. Cette époque où elle était libre et frivole et couvée du regard charbonneux de Martin. Et lui aussi se mit aussitôt sur pilotage automatique. Elle pouvait reconnaître sa technique, son savoir-faire, cette langue qui savait explorer profondément sa bouche et réveiller tout son corps.

Enfin, d'habitude.

Avant.

Parce que là, ça ne fonctionnait plus. Et semblait-il pas davantage pour lui que pour elle.

— Ça va ? demanda Martin quand leurs lèvres se séparèrent.

— Ouais… ça va… enfin… Toi ?

— Pareil.

Ils s'écartèrent l'un de l'autre. Juste un peu. Juste parce que ce n'était pas utile de continuer. Ça ne marchait plus.

— Elle est où, la nana que tu branchais ?

— Hein ?

— Celle que tu emballais quand j'ai appelé.

— Ah yes, se souvint-il, le regard pétillant. Une MILF de toute beauté.

— Tu peux la retrouver si tu veux.

— Julia… Ce soir, on est ensemble, on meurt ensemble.

Julia se sentit soulagée plus qu'elle ne l'aurait cru possible. Elle ne voulait pas être seule. Elle ne voulait plus faire face, isolée dans son coin avec son chagrin pour unique compagnie. Et peut-être que dans une autre vie, un rapport sexuel avec cet être humain de confiance aurait suffi à éteindre cette lourde solitude. Mais cette nuit, même ça, ça ne suffirait pas. Elle voulait le Martin qui parle, qui amuse, et l'aide. Sans qu'elle ait à demander. Celui qui n'avait jamais jugé non plus.

— C'était quoi lui et toi ? demanda soudainement Martin en la regardant au fond des yeux.

— Parfait, répondit-elle sans hésiter une seconde.

— Malgré tout le bordel ? Internet ? Les photos ?

Julia réalisa, en hochant la tête, qu'elle n'y avait même pas pensé, à ce bordel. Que ce paquet d'emmerdes, du premier jour à maintenant, n'avait jamais compté quand il s'agissait de ses sentiments ou de ceux de Lenny.

— J'ai ressenti un truc à la seconde où je l'ai regardé.

Martin s'amusa.

— Un truc humide au fond de ta culotte ?

— T'es con…

— Je l'ai trouvé hot moi aussi quand je l'ai vu, finit par dire Martin.

— Tu aimes les mecs ?

— Non mais il est typiquement le genre de mec qui pourrait me faire changer…

— Arrête, Martin, ça marche pas comme ça.

— Ouais, je sais, concéda-t-il. Alors, tu le rencontres et il se passe quoi ?

— Je ressens une urgence viscérale à le connaître. Et lui, de son côté, il est parfait. D'une gentillesse improbable.

— Et ensuite ?

— Ensuite, le bordel comme tu dis et il me *ghost*.

— Il te quoi ? C'est quoi ?

— Il me *ghost*, il m'ignore, il me zappe. Du jour au lendemain, il a arrêté de me donner signe de vie.

— Et pourtant, j'imagine que tu as pu vérifier qu'il était toujours vivant.

Martin avait vu juste. Le monde digital avait permis

cette double torture. D'être ghostée par un être humain dont elle avait en même temps pu vérifier qu'il était en parfaite santé.

— Pourquoi ? demanda Martin après un certain silence qu'il avait occupé à finir sa coupe de champagne.

Julia commença par répondre en écartant les mains d'un geste interrogatif.

— C'est la question. La grande. Pourquoi ?

— Tu as des scénarios ?

— Je lui ai fait peur ou j'ai perdu sa confiance ou les deux en même temps...

— Ou ?

— Ou alors il m'a roulée dans la farine depuis le premier jour.

— Tu parles, lâcha-t-il, dubitatif.

— Quoi ?

— Il était amoureux de toi, ce gars. Pourquoi il aurait fait tout ce qu'il a fait avant, sinon ?

— De quoi tu parles ?

— Des choses que les mecs amoureux font. Larguer sa star de petite amie, faire des milliers de kilomètres, prendre des risques débiles, t'appeler encore et encore... Il t'a offert plus de preuves de ses sentiments en quelques semaines que certains le feront de toute leur vie.

Julia regarda Martin avec une bonne dose d'étonnement. Il s'emportait mais sa démonstration était valable. Malgré le champagne et l'heure tardive.

— Faut peut-être pas exagérer, maugréa-t-elle tout de même.

Julia faisait de la résistance. Parce que si elle commençait à admettre que Lenny ne l'avait pas prise pour une conne avec un numéro de charme aussi éternel que le monde était monde, alors quoi ? Cela avait encore moins de sens ! Et elle, c'était une réponse logique qu'elle voulait trouver. Une réponse rationnelle qui lui permettrait de boucler le chapitre pour passer à la suite. Parce que pour l'instant, c'était comme un deuil impossible.

Martin la toisa du haut de ses cinq centimètres supplémentaires. Il n'était pas dupe. Il connaissait cette fille plus intimement que leurs parties de jambes en l'air ne les avaient amenés à se dévoiler.

— T'as pas envie de savoir ce qu'il s'est passé ? la défia-t-il, cherchant un levier pour réveiller sa fierté.

— Si…

— T'as pas envie de lui dire « *fuck off* » en face ?

— Oh purée, j'en crève, admit-elle en se mettant à sourire.

— Alors il faut se bouger le cul, Julia.

Le cul, ils le bougèrent en le posant l'un et l'autre sur des selles de Velib' quand ils quittèrent le quartier de Pigalle pour rejoindre Bastille dans la nuit bien avancée de Paris. C'était là qu'ils avaient décidé de mettre les choses à plat et que leur quête devenue enquête devait immédiatement commencer. Par l'interrogatoire en bonne et due forme d'un témoin proche de l'affaire : la sœur de Lenny.

— Elle doit savoir des trucs, la fille. C'est sûr.

Julia avait analysé la situation et avait convenu que Courtney pouvait être une clé dans ce Cluedo qu'était devenue sa vie. Si Lenny avait eu des problèmes, si Lenny avait décidé de la rejeter, sans doute que Courtney pouvait l'aider à comprendre ce qui l'y avait poussé. Après tout, par Courtney, Lenny avait surgi dans sa vie et peut-être que c'était grâce à elle que Julia pourrait l'en faire sortir pour de vrai. Alors d'abord, ils avaient essayé de l'appeler. Forcément. Et même si tous les deux avaient trop bu et avaient les idées embrouillées, ils s'étaient sentis prêts à lui parler, chose que Julia n'avait pas tentée elle-même, une seule fois, depuis des siècles.

— Ça ne répond pas, fit Martin.

— Réessaie. Elle dort, elle n'a pas eu le temps de décrocher.

— Non. Je veux dire que j'ai droit à un message « *Ce numéro n'est plus attribué* » bla bla bla...

Julia fronça les sourcils, intriguée.

— On n'a qu'à aller chez elle, finit par proposer Martin, en homme d'action qu'il était devenu.

— Maintenant ?

— T'as besoin de savoir, bordel ! C'est maintenant qu'on le fait. Après tu auras dessoûlé et tu n'oseras plus. Viens !

Et ils avaient enfourché deux Velib' pas trop pourris qui trônaient là, juste pour eux et leur quête nocturne.

Arrivés devant l'immeuble de Courtney, ils se regardèrent quelques secondes en reprenant leur souffle. Qu'est-ce qu'ils faisaient là, déjà ? Et qu'allaient-ils découvrir ? Julia se sentit faiblir. Mais dans les yeux de Martin, elle lut une drôle de fièvre qui disait : il faut en découdre avec la vie. Il faut affronter les embûches qu'elle met sur le chemin. Parce que sinon, quoi ? On abdique ? On se laisse emporter par le courant ?

— OK, lâcha-t-elle à haute voix.

Déterminée, elle composa le digicode qui ouvrit la porte. Le sésame. Et en silence, ils partirent à l'assaut des quatre étages qui menaient à la jumelle de Lenny.

— T'es sûre que c'est là ?

— Ouais.

Ils avaient toqué à la porte plusieurs fois. Sans réponse. Pas un bruit. Pas une mouche ne volait.

— Merde ! jura Martin.

— Tape plus fort. Elle dort peut-être comme une masse.

Martin s'exécuta et dans le silence du palier, il eut l'impression que les trois nouveaux coups qu'il porta à la porte firent trembler tout l'immeuble. Choqués tous les deux, ils se fixèrent des yeux puis finirent par éclater de rire.

— Si elle dort encore avec ça…

— Mais c'est quoi, ce boucan !

Tous les deux sursautèrent et se retournèrent en même temps vers la voix masculine et en colère qui venait de les surprendre derrière eux. Un homme avait ouvert sa porte, sur le palier en face et les observait, énervé.

— Vous voyez bien qu'il n'y a personne. Vous n'allez pas insister des heures.

— Désolée, lança immédiatement Julia en esquissant le plus amical des sourires. On ne voulait pas vous réveiller.

— Ben c'est fait.

— On cherche à parler à notre copine. C'est urgent.

— L'Anglaise ?

— Oui ! s'exclama Julia. Courtney Bennett. Vous la connaissez ?

— Elle est partie.

— Pardon ?

— Elle a quitté l'appart, il y a un mois ou deux. C'est vide, là. Je crois qu'il y a des visites en cours.

— Vous êtes sûr ? demanda Martin.

— Euh… les jeunes, on n'est pas dans *Chasseurs d'appart'*. Il est 4 heures du mat et vous me les brisez.

Martin et Julia s'excusèrent et quittèrent les lieux en silence. En bas, dans la rue, les deux Vélib' n'avaient pas bougé et semblaient les défier pour prolonger la balade nocturne. Mais il n'y avait plus d'endroit à visiter, plus d'enquête à mener. Plus rien à tenter. Martin, fatigué, s'assit sur le bord du trottoir et sortit une cigarette de son blouson. Julia l'imita et se colla à lui, face à leurs vélos, abandonnés sur une place de livraison.

— Je comprends pas, lâcha-t-elle.

— Le mystère s'est carrément épaissi. Mais tu dois continuer à chercher !

— Tu crois ?

— Il le faut.

Julia glissa son bras sous celui de Martin et se cala encore contre lui. Dans cette tendresse, elle puisait un peu de sa force et de sa mélancolie tout en même temps. Elle le regarda fumer en silence, détaillant son profil de jeune homme brun. Et puis, surgie de nulle part, une question traversa son cerveau fatigué.

— Combien de temps tu crois que ça prend ?

— Quoi ?

— Ne plus aimer.

Martin prit une longue taffe de sa cigarette et expira lentement au-dessus d'eux, regardant la fumée s'échapper puis disparaître dans l'obscurité.

— Il y a des gens qui n'y arrivent jamais. Il y a des gens qu'on ne parvient jamais à oublier.

— Mais ça doit faire moins mal à un moment, non ?

— Peut-être. Mais est-ce que la douleur est le vrai baromètre ? L'être aimé claque des doigts et le feu reprend en une seconde. Dix ans, vingt ans, cinquante ans après. Ça ne change rien.

Et Julia sut qu'il disait vrai.

***

Une tournée des médias en compagnie d'Abe, c'était le signe que la production avait souhaité envoyer au marché. Ils étaient *back on track*. Tout reprenait et tout continuait. Peut-être pas comme avant avec l'interruption de la vie parfaite des deux tourtereaux, mais la série était toujours là. Toujours viable. Toujours en route vers l'infini et au-delà. C'était important pour les producteurs.

Important pour les scénaristes. Important pour toutes les équipes. Un message interne et externe. Alors tous les deux, avec Melania, la publiciste dépêchée pour les accompagner, ils étaient partis pour New York faire la tournée des médias qui voulaient bien les recevoir. Deux télés, un talk du matin, un du soir, une série de papiers, une radio de jeunes, le tout pour faire rayonner la série et ses acteurs. Bref, le produit Lenny Bennett était lui aussi de retour. Et en regardant ce matin-là le soleil se lever sur Central Park, il convint que c'était une chance d'être un produit. Ça permettait d'être dans de beaux endroits comme cette chambre d'hôtel, dans une ville magnifique et de regarder l'aube claire se lever au-dessus du poumon vert de la ville. Même s'il était tôt, bien trop tôt — cinq heures et demie du matin — et qu'ils étaient attendus dans moins de quarante-cinq minutes sur le plateau de la télé qui réveillait l'Amérique. Il fallait qu'il accélère le mouvement et finisse de se préparer.

Dans la loge où ils patientaient tous les trois à présent, le silence était plombant. Melania avait bien tenté de le briser par son extraordinaire énergie de Californienne, mais Lenny avait haussé les épaules en regardant Abe les ignorer, absorbée par l'écran de son smarphone. OK. Il reconnaissait qu'il ne méritait probablement pas plus. Elle était froide, amère, trahie et elle devait en plus continuer à s'afficher avec lui avec le sourire et l'enthousiasme qu'on attendait d'eux à la télévision. Alors, pendant les pauses, elle se reposait de lui et arrêtait de faire semblant. Lenny ne lui en voulait pas. Ce n'était pas un truc qu'il avait envie de vivre. Mais il le méritait. Avec elle aussi, il avait été un vrai connard.

Lenny s'effondra sur le canapé qui occupait un coin de la loge, et regarda sur la télévision installée devant lui l'émission à laquelle ils allaient participer d'ici une vingtaine de minutes. C'était un gros truc, le *NBC Today Show*, la première matinale des US, diffusée depuis une éternité en direct des studios 1A du Rockfeller Plaza. Dehors, le public s'attroupait régulièrement autour du rez-de-chaussée de l'immeuble et pouvait suivre en direct l'émission. En arrivant en voiture, ils avaient aperçu nombre de fans qui étaient venus spécialement pour les suivre tous les deux. L'émission en était au point météo et Melania en profita pour les briefer sur le déroulé de l'interview.

— C'est une audience très familiale. Il faut être positif et rire avec légèreté des sujets qui fâchent. OK ?

Ils avaient, la veille, reçu les questions que la journaliste avait l'intention de leur poser. Rien de très agressif. Le sujet c'était la série, les rapports avec Netflix et la puissance des réseaux sociaux. NBC avait récemment relevé que la série avait été, ces dernières semaines, le programme TV le plus évoqué sur les réseaux de toute l'histoire de la télé. Pas forcément la meilleure nouvelle qui soit selon Lenny qui l'attribuait à ses déboires sentimentaux.

— Ils vont aussi te brancher sur tes origines britanniques, Lenny. Joue-la « *an englishman in New York* », ça va plaire. Exagère ton accent au besoin, c'est très chic.

Derrière Melania, assise face au miroir de la table de maquillage, il vit les sourcils d'Abe se froncer. Puis elle lança, sarcastique :

— C'est vrai que Lenny est très élégant.

Melania ne releva pas. En se levant de son siège, elle demanda :

— Je vais aller chercher un café. Je ramène quelque chose ?

Lenny et Abe refusèrent presque en même temps en hochant la tête. Ils étaient d'accord sur quelque chose.

Enfin. Melania ouvrit la porte mais avant de la refermer, elle passa à nouveau la tête dans la loge.

— Juste, pour que les choses soient bien claires. Vous avez cinq millions de personnes qui vont vous regarder ce matin en buvant leur café. Essayez d'être professionnels.

Sans attendre leur réaction, elle referma la porte. Lenny et Abe se regardèrent en silence.

— Je crois que ça c'était un message caché, marmonna Abe en reposant ses yeux sur l'écran de son portable. Tu vas y arriver ?

Lenny s'enfonça un peu plus dans son canapé. Ça ne servait à rien d'épiloguer. L'élégance britannique dont il devait faire preuve à l'écran commençait là. Par ce silence contrit. Un silence qui ne dura pas, brisé par la sonnerie de son téléphone, dans la poche de son pantalon. Mummy. Mum. Mother. Sur l'écran. La voix de Gina, si britannique, envahit ses oreilles.

— Hello, darling. Je t'appelle vite fait.

— C'est que je n'ai pas trop le temps, voulut-il expliquer tout de suite.

Lenny était gêné. D'avoir une conversation intime et familiale, là, maintenant, alors qu'il essayait de se concentrer avant le direct. Parce qu'il avait beau se la jouer « *play it cool* », ça le stressait de parler, en compagnie d'Abe l'ex-girlfriend en colère, à cinq millions d'Américains en train de boire leur café. Et puis aussi de parler à sa mère devant Abe, ce n'était pas le plan rêvé.

Depuis deux mois, Gina était auprès de sa fille et avançait pas à pas. À son arrivée à Paris, Courtney souffrait tellement que la présence de sa mère avait été un soulagement et une acceptation en même temps ; l'acceptation qu'une nouvelle fois, elle avait besoin d'aide et que, non, arrêter ses médicaments n'avait pas été une bonne idée. Ça avait été même le début des pires idées qu'elle avait eues. À présent, Gina organisait les soins que sa fille recevrait à Bristol. Et plus les semaines passaient, plus Lenny avait l'impression que la peur et la fatigue de sa mère transpiraient dans chacun de ses mots et de ses silences. Sans compter qu'il restait à savoir comment lui, Lenny, allait faire pour parvenir à nouveau à parler à sa propre sœur et s'il pourrait lui pardonner. Allait-il réussir à le faire encore ?

De fait, ça lui tordait encore le bide de penser à ce que Courtney avait fait. Toute la fureur et le bruit qu'elle avait fait naître, par sa jalousie maladive et ses pulsions mortifères. Depuis le jour de la découverte, le jour où Paul lui avait fait part de ses soupçons, depuis le moment où Courtney avait tout lâché, Lenny n'avait pas été capable de reparler à sa sœur. Il n'avait pas eu envie de le faire, car tous les mots qui lui venaient, quand il se faisait des dialogues dans la tête, étaient pleins d'une rage et d'une désespérance qu'il ne s'autorisait pas à exprimer. Ça ne servait à rien de l'accabler, sinon à la faire souffrir davantage, comme si elle n'avait déjà pas suffisamment de peine. Gina lui avait appris quelques jours auparavant que Courtney avait en fait recommencé à se mutiler dès son emménagement à Paris. Bien sûr, elle avait pris soin de le faire à des endroits invisibles, principalement sur les cuisses. Et si elle semblait s'acclimater à la ville et à sa nouvelle vie, nouant rapidement des relations amicales, sortant, faisant la fête, cette exubérance n'avait été qu'un autre symptôme de sa maladie, une phase d'euphorie où elle s'était sentie joyeuse, excentrique, sans complexe et finalement heureuse. Cela avait été comme une drogue, une addiction à l'euphorie et la redescente, mêlée de souffrance profonde, avait été déclenchée par la rencontre de Julia et Lenny. Comme un cycle éternellement répété.

Et c'était justement de cela dont voulait parler Gina qui demanda :

— Pourquoi tu ne me l'as pas dit ? Pour Julia...

— Dire quoi ? répondit Lenny pour clarifier la discussion.

Car il y aurait eu tellement à dire, sur Julia. Sur lui et Julia. Sur lui sans elle à présent. Sur cette vie qu'il vivait depuis deux mois, à partir de l'instant où il avait lu ce mail qui était venu mettre fin officiellement à leur histoire. Mais sa mère l'ignorait. Elle précisa :

— Ce que Courtney a fait avec les photos de vous deux ! C'est épouvantable.

Oui, ça l'était. Mais Lenny ne voulait pas revenir là-dessus. Il voulait qu'on enterre ce sujet et la douleur avec. Et aussi que sa mère parle moins fort car aux yeux qu'Abe roulait dans son miroir, il savait que bien involontairement, elle n'en perdait pas une miette.

— Maman, c'est pas le moment. Je dois me préparer, il faut que je te laisse... Je te rappelle.

Il raccrocha et remit le téléphone dans sa poche après l'avoir éteint. Abe, les yeux fixés sur sa bouche, remettait avec application du rouge sur ses lèvres. Elle demeura silencieuse et il lui en sut gré.

Quand l'interview s'acheva, Lenny revenu dans la loge ralluma le smartphone et vit que sa mère avait essayé de le rappeler par deux fois. Voilà bien la patience dont elle était capable. Ça avait toujours été l'une des faiblesses de sa mère. Comme si la vie, les événements, le temps, rien n'allait jamais assez vite pour elle quand elle voulait quelque chose. Lenny se fit la réflexion que là, présentement, il aurait bien aimé qu'elle l'oublie. Quand Gina désirait quelque chose, elle était capable de déplacer des montagnes pour l'obtenir. Ça devenait du harcèlement, une lutte à l'usure. Il fallait simplement que l'objectif soit le bon. Et ça n'avait pas toujours été le cas dans le passé. Lenny se rhabilla pour affronter l'hiver new-yorkais et sortit au plus vite des studios de la chaine. Il voulait prendre l'air, respirer cinq minutes au moins, se libérer de l'ambiance toxique qui régnait quand il était dans la même pièce qu'Abe. Ils fileraient ensuite en taxi jusqu'au prochain rendez-vous et le cirque continuerait.

Dehors, sur le trottoir new-yorkais, il faisait un froid terrifiant et la brise lui coupa presque le souffle. Ça lui fit du bien et il sourit : le froid lui rendait un peu de vie. Le froid congelait son cœur aussi et devenait son allié. Dans la seconde qui suivit, son téléphone se mit à nouveau à sonner. Il savait que sa mère rappelait. Il savait qu'il valait mieux lui répondre à présent. Il savait que cette conversation ne pouvait pas être reportée, qu'il fallait en finir.

— Mummy...

— Tu es dispo ?

— Oui, j'ai fini.

— Explique-moi ce qu'il s'est passé entre Courtney, toi et ton amie... Julia...

— Courtney t'a tout raconté. Est-ce nécessaire d'en remettre une couche ?

— Courtney m'a raconté et je ne peux pas croire que ça soit vrai.

— Arrête de dramatiser. Ce sont des trucs de frère et sœur. Laisse-nous nous disputer.

— Lenny... Lenny... Je... T'a-t-elle demandé de laisser tomber Julia ?

Lenny fit face au vent qui fouettait son visage et espéra de cette façon retrouver le calme et la zen attitude nécessaires. Pourquoi fallait-il que cette famille, avec ces névroses, soit la sienne ? Il aperçut Melania et Abe passer la porte des studios et venir vers lui. Il leur tourna le dos et il entendit sa mère, à l'autre bout du fil, dire :

— Lenny ?

— Oui ?

— Est-ce que c'est ça qu'il s'est passé ?

— Plus ou moins… Mais ce n'est pas aussi simple… Julia et moi, ça ne pouvait pas marcher pour un tas de raisons. La distance, notamment… Alors avec la série que je vais tourner pour un an de plus, ça servait à rien de continuer. Tu sais, je vais bientôt signer le nouveau contrat. Une saison avec encore plus d'argent à la clé. De quoi mettre tout le monde à l'abri pour longtemps. Très longtemps. C'est bien, non ? Et puis Courtney va mieux… ira de mieux et mieux. Et ça compte, maman.

— C'est merveilleux, Lenny, répondit Gina avec enthousiasme. Tu le mérites. Je suis très heureuse pour toi.

— Merci.

— Mais toi, Lenny ?

— Quoi moi ?

— Tu es heureux ?

Oh mon Dieu, le coup bas auquel il ne s'attendait pas. Un crochet maternel et il avait maintenant le souffle coupé. Par sa mère, cinquante-trois kilos, qui venait de lui mettre le plus terrible des uppercuts.

— Oui, c'est parfait, répondit-il sans pouvoir masquer le tremblement dans sa voix.

Gina ne réagit pas tout de suite à cette réponse trop rapide. Il l'entendit bouger. Une tasse de thé dans la main ? Son vieux pyjama Hello Kitty qu'elle aimait porter ? Il essaya de l'imaginer dans leur maison de Bristol qui soudain lui manquait atrocement.

— Tu es quelqu'un de bien, mon fils, mais tu dois être égoïste. C'est ta vie. La maladie de ta sœur ne doit pas t'empêcher de la vivre.

— Elle est très bien ma vie, s'exclama-t-il avec agacement.

— Alors tant mieux. Si tu le dis...

— Oui. Je t'assure.

— OK... Mais je veux que tu saches que si elle ne l'était pas... parfaite... ta vie... Si tu voulais en faire autre chose... C'est possible. Lenny. C'est toujours possible. Je me débrouille très bien avec ta sœur. Je travaille, je gagne ma vie. Je prends soin d'elle... C'est à moi de m'en occuper. Je suis sa mère.

— Tu n'as pas à faire ça toute seule.

— Merci, mais non. Concentre-toi sur toi. Ça, c'est ton boulot : faire ce que tu aimes et être heureux. Rien d'autre ne compte. Et c'est comme ça que tu me rendras heureuse.

Lenny, du coin de l'œil, voyait les deux jeunes femmes s'impatienter sur le trottoir, quelques mètres plus loin. Son cœur, subitement, s'affola. Putain de merde ! Cette conversation le faisait chier. Il fallait que tout cesse. Que sa mère arrête de parler de bonheur, de Julia, de la vie qu'il pouvait avoir. Il fallait absolument que cette conversation hantée par le sourire de la jeune femme cesse immédiatement. Parce que la souffrance qui surgissait, il ne pouvait pas la supporter. Il ne pouvait pas replonger. Ni maintenant ni jamais.

Quand Julia avait rompu, quand elle avait fait ce qu'il ne s'était pas résolu à faire lui-même, il lui en avait été reconnaissant et avait été mortifié. L'histoire était finie. L'histoire de cette histoire qu'ils avaient écrite à une vitesse folle, dans un déluge d'hormones et de sentiments jusque-là inconnus, avait pris fin devant lui, là, sur l'écran de son ordinateur, avec les mots d'une jeune femme aimée à la folie. Et son premier réflexe avait été l'envie de lui écrire en réponse. De lui écrire « merci » ou « désolé » ou « merci et désolé ». Mais il y avait renoncé. Tout était pourri, rien ne disait l'indicible de la souffrance qui montait en lui, qui tournait dans son ventre, qui lui écrasait les poumons, l'empêchant de respirer pleinement. Il aimait Julia et il allait passer le reste de sa vie à regretter ce qu'ils ne pourraient partager et il était incapable de le lui expliquer ; elle qui avait trouvé la force de le quitter. Lenny fronça les sourcils, frappé par le souvenir de sa propre lâcheté. Abe croisa son regard. Même à distance, elle était capable de planter ses yeux sombres dans les siens pour le refroidir plus sûrement que le vent glacé de New York.

— Faut que j'y aille, là, lança-t-il à sa mère en se rapprochant des deux femmes. On m'attend.

— Tu vas réfléchir à ce que je t'ai dit ?

— On verra. Bises. Je t'aime. Désolé, fit-il ensuite à l'attention de ses partenaires qui commençaient à grelotter.

— Tout va bien ? demanda Abe avec un regard soudainement plus attentionné.

Pourquoi Abe avait-elle de manière surprenante cette sollicitude dans la voix ? Sa peine était-elle écrite sur son visage ? Pouvait-elle lire en lui ? Lire la détresse ? Le stress ? La peur ? La crainte d'avoir foutu en l'air la seule chose valable dans sa vie ?

— Comme si tu en avais quelque chose à foutre, répondit-il en mordant vite et fort la main qui s'était tendue.

Et tous les trois montèrent dans le van qui les attendait pour passer à l'étape suivante.

***

Julia bâilla coup sur coup trois fois sans parvenir à s'arrêter. La nuit presque blanche au côté de Martin, la veille, avait laissé des traces. Elle manquait cruellement de sommeil. En fait, elle manquait de tout ; de sommeil, mais aussi de classe. Son cher père, Sacha, venait de lui jeter un regard circonspect. Le gênait-elle ? Peut-être. Devait-elle s'excuser et aller se passer de l'eau fraîche sur le visage pour se réveiller ? Bonne idée.

— Je vais faire un tour aux toilettes, glissa-elle discrètement à son père.

Sacha acquiesça en se tournant légèrement vers elle puis il lui fit un clin d'œil. Il était en grande discussion avec des amis ou des clients ou des relations. Julia n'avait pas trop compris. Et depuis dix minutes, elle jouait la potiche à leurs côtés.

— OK, répondit-il. Tu as ta place ? Tu me rejoins dans la salle quand tu veux.

Julia lui fut reconnaissante de la laisser faire l'école buissonnière avant le concert. Être avec lui lui faisait plaisir, faire la causette avec des inconnus beaucoup moins. Sans demander son reste, elle s'échappa vers les toilettes de l'Olympia.

Sacha l'avait appelée le matin même pour lui proposer de l'accompagner à ce concert. Comme à son habitude, il avait ajouté un drôle de commentaire.

— Toutes les filles de ton âge devraient voir un concert de Véronique Sanson une fois dans leur vie. Au moins.

Julia n'avait pas relevé ; ça faisait partie des trucs que son père faisait, depuis toujours. La musique était sa religion et elle guidait sa vie comme celle de son entourage. La nouvelle règle qu'il venait d'édicter la concernait — elle était une jeune femme et elle n'avait jamais vu Véronique Sanson en concert. D'ailleurs, pour être honnête, elle ne l'avait jamais écoutée non plus. Elle n'avait rien contre elle, elle ne la connaissait tout simplement pas. En revanche, que son père, de retour dans sa vie, l'appelle pour une soirée, ça, c'était un événement. Alors elle avait accepté.

Ils se voyaient pour la troisième fois depuis leurs retrouvailles. En moins de deux mois, c'était un exploit. Et, en dépit des craintes de voir resurgir le double maléfique de son père qu'elle avait si bien connu par le passé, tout jusqu'ici se passait parfaitement. Sacha était normal. Normalement lourd, normalement curieux, normalement paternel. Un parent lambda. Avec dans ses gestes, ce mélange de maladresse et de tendresse quand il l'accueillait. Comme ce soir, sur le boulevard des Capucines, quand il l'avait abritée sous son parapluie en lui faisant la bise.

Après avoir fait la queue quelques minutes, elle accéda aux toilettes de la salle de concert. Les femmes autour d'elle avaient l'air de jeunes retraitées — au mieux des quarantenaires. Avec quelques exceptions comme elle au milieu des cheveux gris ou teintés. Ça la fit sourire et elle se demanda à quoi elle pouvait s'attendre. Elle regarda quelques secondes de plus que nécessaire son reflet dans le miroir. Ses traits étaient tirés mais sa jeunesse sauvait l'ensemble. Elle se trouva jolie. Et triste aussi. À l'image de sa vie, avec autant de perte que de profit. Au moment où elle avait perdu Lenny, elle avait retrouvé son père. C'était d'ailleurs grâce au premier, que le second était revenu dans sa vie. Étrange détour qui provoquait une sensation bizarre, un sentiment de vide qui la remplissait. Elle soupira en passant sa main sur la peau veloutée de sa joue. Elle avait mal et ça ne partait pas.

En remontant les manches de son pull pour se laver les mains, elle aperçut le tatouage éphémère qu'elle avait depuis la veille sur l'intérieur de son avant-bras. Mon Dieu, mais qu'est-ce qu'elle avait dans la tête ? Quelle pathétique déclaration… Et quel mensonge ! Elle aimait ce mec. Elle ne voulait surtout pas qu'il aille se faire foutre. Non. Pas du tout. Et même si elle avait éprouvé de la colère contre lui et contre son manque de courage, ce qui l'emportait aujourd'hui était la tristesse et l'incompréhension. En fait, elle n'avait jamais cru à la fin de leur histoire et elle avait écrit ce mail de rupture pour obtenir de lui une réaction. Ça n'avait été très malin, ni très mature mais elle avait bluffé... Et perdu. Car il ne s'était rien passé après ça. Rien du tout. Pas de geste épique et pas de retour de l'être aimé. Lenny avait disparu de sa galaxie. C'était fini et il n'y avait plus qu'à pleurer. Et retrouver son père.

— OK, papa... Raconte-moi Véronique Sanson.

En rejoignant son père, installé au tout premier rang de l'orchestre, elle avait eu à nouveau le sentiment de revivre. Elle fut fière en prenant place à ses côtés, d'être là, au plus près de la scène, près de lui, respecté de tous et qui pourtant ne regardait qu'elle.

— Sanson, c'est une vraie rock star, commença-t-il, l'œil vif.

— Ah oui ? fit Julia sans cacher sa perplexité.

— La Sanson, c'est une vie de déglinguée, des amours contrariées, l'Amérique, l'alcool, la drogue, la violence même et un talent inouï pour chanter tout ça. Je suis fan.

Julia fut surprise par le portrait qu'en faisait son père.

— Tu la connais ? Tu as déjà travaillé avec elle ?

— Non. Je l'ai croisée une fois, de très loin. Et je n'ai même pas été capable de lui dire tout ce que je pensais de son talent. Un vrai môme... Un pur fan, je te dis.

Pour être tout à fait franche, au début du concert, Julia n'avait pas vu de ressemblances entre la chanteuse qui venait de prendre possession de la scène et le portrait brossé par son père. La rock star déglingos ressemblait plutôt à une sorte d'elfe. Une petite chose blonde et fragile cachée derrière un immense piano noir qui agissait comme un bouclier, entre elle et le public. C'était pourtant étrangement fascinant que d'être là, si près d'elle, au premier rang, de la regarder bouger, de l'écouter chanter et parler entre les morceaux ; et plus les minutes et les chansons défilaient, plus la minuscule chanteuse se transformait en bête de scène énergique et malicieuse, féroce et volontaire. C'était un spectacle inouï de la voir embarquer tout le public avec elle, les hommes, les femmes, les musiciens, nombreux auprès d'elle sur la scène et mener tout ce monde à la baguette de sa douce et fiévreuse folie. Et au fur et à mesure que Julia découvrit son répertoire, elle comprit ce que son père avait voulu dire. Oui, il avait parfaitement raison. Toutes les filles de sa génération, et toutes celles qui avaient vécu avant elles et toutes les petites filles qui viendraient à leur tour, toutes se devaient de la connaître et de l'écouter. Chaque chanson, chaque refrain racontaient ce que cela voulait dire d'être une femme dans ce monde, là, maintenant et pour toujours. Une femme moderne, aventurière, amoureuse, désespérée, heureuse, libre.

Quand le concert s'acheva, Julia était comme sonnée, sur le boulevard, sous le parapluie de son père. Mais pour la première fois depuis longtemps, elle savait exactement qui elle était et ce qu'elle devait faire.

***

Lenny connaissait ses classiques. Traîner en boîte de nuit à New York, quel que soit le club, quelle que soit l'époque, quelle que soit la musique en vogue, c'était l'expérience ultime pour tout clubber. Cette ville était l'épicentre du glam, du strass et de la sueur. Alors, même si à la base, ce n'était pas sa tasse de thé, tant il préférait s'épuiser dans la foule anonyme du festival de musique de Glastonbury, ça l'avait pourtant amusé de se retrouver abrité dans un carré VIP d'un club select, entouré de filles maigres en pantalon griffé et de jeunes hommes plus stylés les uns que les autres. Au-dessus de la piste, des immenses chandeliers baroques surplombaient les danseurs et danseuses et il observa le déhanché d'Abe qui, le sourire aux lèvres, donnait de sa personne. Elle bougeait bien. Elle semblait libre. Elle avait l'air comme lui, un peu alcoolisée. Juste assez pour ce lâcher-prise dont ils avaient tant besoin.

Après quarante-huit heures de rendez-vous médias, ils avaient terminé par un talk-show du soir qui serait diffusé dès le lendemain. Tout s'était bien passé, ils s'étaient même épaulés, retrouvant pendant les interviews, les traces de leur entente passée. Mais tout cela n'était qu'un mécanisme instinctif de survie. Face au monde extérieur (les journalistes, le public, les producteurs), Abe et Lenny reformaient l'équipe pour affronter l'épreuve et franchir l'obstacle. Mais dès que les caméras cessaient de tourner, dès que les autres regardaient ailleurs, Abe redevenait cet être humain hostile qui refusait de lui parler autrement que pour lui lancer une pique ou deux à la première occasion. Sauf que ce soir, quand ils étaient sortis fort tard des studios d'enregistrement, ils avaient dû prolonger la comédie. Melania leur avait imposé cette soirée de « fête » avec des *decision makers*. Aussi, ils avaient passé une partie de la nuit coincés entre un exécutif du network, cinquante ans, qui n'avait pas ses yeux dans sa poche et deux jeunes scénaristes de la team qui travaillaient depuis New York pour la saison trois. L'occasion de parler personnage, intrigue et évolution.

Depuis le pont d'or proposé deux mois plus tôt à Lenny, les discussions et les négociations s'étaient poursuivies. Et elles étaient loin d'être achevées. Rien d'anormal dans le monde de l'entertainment, tout prenait du temps. Andrew lui avait même conseillé de profiter de cette soirée « corporate » pour continuer à faire du lobbying.

Ce n'était pas son exercice préféré et, très vite, Lenny avait oublié l'objectif, préférant appuyer sur pause pour s'amuser.

Tout cet hiver, les moments de détente et de fête avaient été rares. D'ailleurs, il ne les avait pas cherchés — tout au plus avait-il partagé une bière ou deux avec Paul, mais leur moment à deux tenait davantage de l'ambiance vieux garçons que de la grosse rigolade. Pourtant, quand il y réfléchissait en observant Abe qui l'ignorait, son emploi du temps des derniers jours n'était pas fondamentalement différent de celui des deux dernières années. Il travaillait énormément, presque douze heures par jour et quand arrivait le week-end, il s'effondrait à la maison. Waouh, la vie de star ! Ça ne faisait pas rêver. Et ce soir ça lui sauta aux yeux. Il était à bout. Usé à vingt-trois ans. Sans rien qui équilibrait ou compensait. Sans rien qui lui faisait du bien.

Le regard sans doute trop flou, il se tourna vers son voisin, Noah, l'un des scénaristes.

— Qu'est-ce qu'on fout ? lança-t-il sans comprendre ce qu'il voulait dire par là.

— On s'éclate, répondit le trentenaire. C'est génial, ici !

Lenny essaya de regarder le monde à travers les yeux de Noah. Une boîte de nuit, ultra réputée. Des tonnes et des tonnes d'ego noyées dans des cocktails hors de prix. Une jeune femme, filiforme, avec des cheveux blonds en chignon… et une inspiration très new-yorkaise pour nourrir son imaginaire de provinciale. OK, ça le faisait.

— Comment elle s'appelle ? demanda-t-il en désignant du regard la jeune blonde.

— Kaja, répondit Noah de manière presque mélodramatique. Elle est norvégienne…

Noah était complétement fait. Plus que la jeune femme qui, à l'écoute de son prénom, se retourna vers eux et les regarda l'un après l'autre. Lenny plongea dans ses yeux sombres. Il était ivre, lui aussi. Un peu fatigué surtout et la langueur de la jeune femme ne le toucha pas. Déçue, celle-ci ne s'attarda pas. Le mouvement de sa chevelure blonde troubla pourtant Lenny. Comme un ralenti. Leur mouvement lent. Leur couleur. Leur texture imaginée… imaginable. Il sentit son ventre se serrer. Elle était là. Elle s'imposait. Dans les connexions synaptiques de son cerveau, elle s'infiltrait. Elle le submergeait. Lenny baissa la tête, assourdi par la violence du souvenir qui le possédait et le violentait. Putain. Que cela faisait mal. Que c'était insupportable.

Tout fut interrompu par le retour d'Abe dans le carré VIP. Lenny pouvait deviner ses mouvements, fins, gracieux rien qu'en fermant les yeux. Elle vint s'asseoir sur la banquette, de l'autre côté de la table, dans le drôle de petit endroit à l'ambiance baroque qui les réunissait. Il ouvrit les yeux et la regarda. Elle avait pris place à côté de Gordon, l'exécutif du network. Celui-ci oublia instantanément sa voisine, très mince, très blonde et se tourna vers Abe. Lenny l'observa. Il mit son trouble sur le compte de l'envie de fumer. Ces derniers temps, il lui était arrivé de consommer du shit et de la weed pour se détendre, avoir faim et manger. Depuis plusieurs semaines, l'appétit n'était pas là. Il pouvait s'en rendre compte, tout en se disant qu'être anorexique, pour un homme, ce n'était pas le plus grand signe de virilité. Pourtant, il fallait bien admettre qu'il avait perdu du poids. Ses muscles, à la base très discrets, étaient devenus inexistants en dépit de ses efforts. Lenny soupira en déportant à nouveau son regard sur la faune qui dansait en contrebas. De beaux mannequins hommes se trémoussaient. Ces gars avaient l'air si jeunes alors que lui-même l'était tellement encore, bon sang, il n'avait que vingt-trois ans et se sentait maintenant si vieux, si décalé, si raisonnable.

— Ça va, toi ?

Lenny fut surpris par la question de Noah qui lui parlait dans l'oreille, à un volume légèrement supérieur à celui de la musique mais bien trop bas pour être vraiment entendu.

Lenny acquiesça de manière indifférente et se détourna à nouveau… Là-bas, en face de lui, Abe éclatait de rire. Soudain, l'expression de son visage se transforma radicalement et il vit tout son langage corporel se modifier sans comprendre ce qui se passait. Abe croisa ses yeux et ce qu'il y lut était de la détresse pure. Primaire. Un voile de terreur qu'il n'était pas en mesure d'analyser, mais qu'il ne pouvait ignorer. D'un bond, il se leva et vint à elle.

— Abe ? Tu viens ? fit-il en tendant sa main.

Elle sembla le découvrir devant elle au moment où il la toucha à l'épaule, et ce geste la sortit de sa torpeur. Elle se leva.

— J'arrive, répondit-elle en attrapant son sac à main.

— Hé, où tu vas comme ça, ma jolie ? demanda Gordon en essayant de la retenir.

Lenny enlaça sa partenaire en passant son bras autour de sa taille et la dégagea en évitant soigneusement de croiser le regard du type.

— On se casse, murmura-t-il fermement à l'oreille d'Abe.

Elle acquiesça silencieusement et ils commencèrent à avancer.

— Fuck, Lenny ! Tu les veux toutes en même temps ? Tu crois pas que ça pourrait être mon tour, là ?

— Putain ! marmonna Lenny entre ses dents, je vais me le faire.

Mais Abe cala sa main dans la sienne fermement et avança dans les escaliers, l'entraînant à sa suite.

— Ramène-moi à l'hôtel, s'il te plaît.

Lenny lut suffisamment de fatigue et de peur mêlées dans les yeux d'Abe pour comprendre que le plus important était de la sortir de là, qu'elle se sente à nouveau en sécurité. Et il lui obéit sans discuter.

Elle s'était blottie contre lui, sur la banquette arrière du taxi et ils traversaient silencieusement la ville dans une aube grise. Lenny se mit à caresser les cheveux d'Abe comme pour consoler une enfant fatiguée. Son geste, machinal, lui faisait du bien à lui aussi. La tendresse, l'affection dont il s'était privé, en renonçant à Julia, se rappelaient à lui et toucher les cheveux si bruns et si lisses d'Abe le réconfortait.

— C'est un vrai connard, ce Gordon, commenta-t-il au bout d'un moment.

Abe haussa les épaules et en ronronnant comme un chaton coinça encore davantage son visage dans son cou. Cela fit frissonner Lenny qui se redressa sur son siège et essaya de se dégager en douceur.

— Abe, s'il te plaît…

— S'il te plaît, répondit-elle en écho. Je veux juste cette douceur-là… Pour oublier.

La voix fragile de la jeune femme l'émut. Il accepta et tout le long du trajet, ils ne dirent plus un mot.

En arrivant dans le hall de l'hôtel, à 6 heures du matin, Lenny se dirigea instinctivement vers la salle du restaurant. Ils devaient petit-déjeuner et avaient tous les deux besoin de mettre des aliments dans leur estomac et de la caféine ou de la théine pour prendre des forces et relancer les machines. Abe le suivit jusqu'à une table au milieu de l'immense restaurant vide où ils s'installèrent face à face.

— Ça va mieux ?

— Hum hum, maugréa-t-elle en fouillant dans son sac à main à la recherche de son téléphone.

Elle le trouva enfin et le posa devant elle, à côté de sa tasse de café.

— Il est déchargé… Comme moi. À quelle heure est ton avion ?

— Vers midi, répondit-il, en faisant face soudainement à la perspective de rentrer vers une maison qui n'en était pas une. Pas comme il l'aurait aimé du moins.

Lenny avala une gorgée de thé. Celui qu'on venait de lui servir était parfait.

— Tu veux qu'on fasse quoi, à propos de Gordon ? demanda-t-il enfin quand il pensa avoir attiré son attention.

Abe attrapa un des toasts qui étaient posés devant elle et commença à en couper un morceau. Puis elle l'effrita en tout petits bouts, sans jamais en porter un à sa bouche.

— Oublier, répondit-elle.

Lenny détesta sa réponse.

— Putain, il mérite qu'on le fasse chier !

— Tu crois quoi, Lenny ? lâcha-t-elle en finissant par le regarder sans ciller. Il est âgé, riche et puissant. Il voit quoi en moi ? C'est toujours comme ça. Partout. Tout le temps. Je suis une pépète qu'il pourrait bien se taper, comme ça, ni vu ni connu en échange de boulot et de visibilité.

— Ça t'est déjà arrivé avant ?

— À qui ce n'est pas déjà arrivé ? répondit-elle avec aigreur.

— Je suis désolé…

— Je fais face. Je ne suis pas une petite chose fragile…

— Tu es forte, Abe. Je le sais.

— Il n'empêche que ce n'est pas drôle d'avoir un mec

bourré qui essaie de passer sa main sous ta robe, devant tout le monde, ça m'a... je sais pas... j'étais tétanisée...

Lenny se souvint du voile noir de son regard pourtant déjà sombre et sa poitrine se gonfla de haine et de dégoût à mesure qu'il comprenait ce qui s'était passé.

— S'il fait ça... s'il se le permet..., continua Abe. C'est que je lui inspire ça, non ? Il pense que je l'y autorise...

Abe était une jeune femme forte, intelligente, talentueuse. Elle avait ses failles, elle portait ses croix mais il n'avait jamais regretté d'avoir été son petit ami pendant presque deux ans. Parce que c'était quelqu'un de bien. Profondément. Alors l'écouter s'accuser d'être responsable de la manière dont ces types la traitaient parfois, ça le révolta.

— Non ! lança-t-il. Tu n'as rien fait de mal. C'est lui, le gros dégueulasse.

Il vit ses yeux se mettre à briller d'une lumière humide. Ce qui rendait son regard encore plus magnétique qu'à l'habitude. Mais sa bouche peu à peu esquissa une ligne de sourire, laissant place à davantage de tendresse que de tristesse et Lenny en fut ému à son tour. Il soupira de contentement et glissa sa main sur la nappe blanche du petit déjeuner pour effleurer les doigts manucurés de la jeune femme.

— Je suis content qu'on se parle tous les deux, dit-il du bout des lèvres.

— On ne va pas redevenir les meilleurs amis du monde, réagit-elle en écartant sa main.

— Non... Non, bien sûr.

— Je te déteste encore plus depuis qu'ils t'ont fait cette proposition en or que tu vas bien sûr accepter... En gros, en récompense de m'avoir trompée et ridiculisée, tu gagnes le jackpot. C'est une super morale pour cette histoire, tu ne trouves pas ?

Lenny encaissa le coup plus difficilement qu'il ne l'aurait désiré. L'attaque n'était pas basse, elle était juste. Et ça lui sautait aux yeux. Non, il n'était pas meilleur que Gordon ou les autres avant lui. Il n'avait pas eu des mots ou des gestes déplacés mais peut-être qu'il avait fait pire. Il avait tiré profit d'une situation, il avait utilisé le pouvoir de sa popularité pour être plus bankable, plus désiré alors que tous auraient dû le juger pour son manque de noblesse et de courage. Et pour avoir contribué à humilier publiquement Abe.

— Lenny, murmura-t-elle tout à coup avec une voix chevrotante. J'ai tellement aimé tomber amoureuse de toi. C'est con ce que je vais dire mais tu étais comme un prince charmant. Je n'avais jamais été traitée comme tu l'as fait… Faut que j'oublie maintenant… Alors je préfère essayer de te détester.

Lenny tourna la tête vers les fenêtres. Il était lourd de toute la tristesse du monde. Il était triste de tout l'amour qu'il avait gâché avec Abe et de celui qu'il avait perdu avec Julia. De toute cette énergie à aimer qu'il avait déployée ces derniers mois et qui avait échoué quand il avait lu, un petit matin gris, deux mois auparavant, les mots d'adieu de Julia. Les mots qu'elle n'avaient pas eu d'autre choix que de lui écrire, lui qui ne lui offrait plus que du silence.

Mais non, en fait, elle ne lui avait pas dit au revoir. Elle lui avait écrit bien davantage. Qu'ils avaient été une occasion ratée de devenir un couple, une famille, un avenir. Qu'elle le quittait parce qu'il l'avait d'ores et déjà abandonnée et qu'il fallait qu'elle aussi renonce à lui. Elle n'avait plus le choix. Elle disait…

— Je suis désolée pour tout à l'heure dans le taxi, continua Abe en interrompant les pensées de Lenny. Je ne voulais pas te tenter ou quelque chose comme ça… Je respecte ton histoire avec elle…

Lenny recula sur son siège, le plus loin possible de la table et de la situation.

— Laisse tomber, expliqua-t-il trop sèchement à son goût. Je ne suis plus avec Julia.

— Pardon ?

— Tu as entendu.

— Ouais, ça oui… Qu'est-ce qu'il s'est passé ?

— Non… Le truc que tu voudrais dire, c'est « tout ça pour ça… ».

— Aussi, admit-elle en souriant légèrement. Mais sérieusement… Pourquoi ?

Lenny essaya de prendre un ton détaché, mais il savait qu'il ne pourrait pas donner le change face à quelqu'un dont c'était aussi le métier.

— Les relations à distance ne fonctionnent pas, n'est-ce pas ? finit-il par dire avec une bonne dose de sarcasme.

Abe le regarda, immobile, quelques secondes de trop. Elle était choquée. Et elle voulait le lui faire savoir.

— Qu'est-ce que c'est que cette excuse bidon ?

Lenny esquiva le regard qui le foudroyait, plongeant son nez dans sa tasse de thé.

— OK. Je vais mettre les pieds dans le plat. Tu joues encore au grand chevalier pour ta famille. C'est formidable et ça ne m'étonne pas de toi.

Lenny fut sidéré de la direction que prenait soudainement Abe.

— Comment… Qu'est-ce que… ?

— Tu m'as parlé de ta sœur, il y a longtemps… Tu sais quand on était intimes et que tu m'aimais assez pour te confier, ajouta-t-elle avec ironie. Bref, tout ça pour te dire que tu te trompes de combat… Sacrifier qui tu es et ce que tu veux, ça va te bouffer de l'intérieur.

Abe arrêta là son speech mais il sentait, dans l'expression de son visage, qu'elle se contenait. Qu'elle en gardait encore pour elle. Du regard, il l'invita à finir et elle se lança :

— Tu as peur pour ta sœur mais c'est toi qui vas t'éteindre à petit feu.

Chapitre 8

On oublie tout, tous les gens, tous les naufrages
Tous les bateaux, touchés, coulés
Je n'sais pas comment ça s'est passé
Je n'sais pas pourquoi j'ai plus
peur d'aimer.

GÉRARD BLANC, *Une autre histoire*

Lenny avait pris un vol de nuit en classe éco et en version mal assis, mal endormi, mal réveillé. Mais il s'en moquait. Il se foutait de beaucoup de choses depuis quelque temps. Et ce n'était pas un voyage bas de gamme qui allait changer la donne. À New York, il avait laissé Abe prendre un autre avion pour qu'elle aussi rejoigne sa famille, à Toronto. Elle profitait de la proximité des deux villes de la côte Est pour prendre du bon temps avec ses parents et ses sœurs. Sur le coup, il l'avait presque enviée. Avant de se rappeler que la notion de bon temps en famille aurait été surfaite en ce qui le concernait. Lui-même avait enquillé six heures de vol — qui lui avaient paru le double — entre New York et Vancouver durant lesquelles il avait essayé de sommeiller pour effacer de son cerveau les traces désagréables de la veille. Bon Dieu, que les femmes pouvaient être perturbantes à lui rappeler les vérités qu'il s'était résolu à oublier et à envoyer valser ses certitudes…

Et désormais, il attendait, entre ennui et fatigue, sa valise qu'il regrettait d'avoir enregistrée en soute. Et désormais, il soupirait, sans doute trop bruyamment, tout en se souvenant aussitôt qu'il était une personne publique dans un lieu public et qu'il se devait d'être souriant pour ne pas renvoyer une image par trop merdique de lui-même. Parce que son image n'avait pas besoin de nouveaux événements, de nouvelles photos, de nouvelles publications. Et d'ailleurs, ça ne rata pas. Là, juste en face du tapis roulant charriant les bagages, une adolescente, petite, mignonne le fixait avec ce regard qu'il reconnaissait entre tous. Elle était au milieu de sa famille ; son père et sa mère scrutaient le manège des valises et elle, entre son téléphone portable et lui, alternait les coups d'œil. Excitée, pas certaine d'avoir raison, excitée quand même parce que c'était sûr, c'était lui. C'était Lenny Bennett !

La star détourna les yeux et enfonça un peu plus son bonnet noir sur la tête — en vain, comme il s'en doutait. Elle s'approcha, timide, mal à l'aise, et pourtant déterminée. C'est fou la force dont peut faire preuve une gamine de treize ou quatorze ans pour avancer envers et contre tous et vivre son rêve d'adolescente. De ceux que lui aussi avait eus un jour.

— Hello, murmura-t-elle en osant à peine le regarder dans les yeux.

Là-bas, il aperçut le regard du père qui ne comprenait pas et s'inquiétait.

— Hello, répondit-il presque aussi timidement en lui tendant la main.

Il voulait la rassurer. Elle sourit en serrant sa main.

— Je n'en reviens pas, dit-elle bien évidemment. On peut faire un selfie ?

— Oui, bien sûr, accepta-t-il en se préparant. Tu t'appelles comment ?

— Clémence.

— Oh ! c'est joli, répondit-il, en pilotage automatique. Moi, je m'appelle Lenny.

Elle gloussa en prenant déjà plusieurs photos d'eux, côte à côte, face à l'écran du Samsung qu'elle tenait à bout de bras.

— Je sais ! Bien sûr !

Lenny regarda la jeune fille. Elle avait les cheveux châtains avec une éternelle natte sur le côté, comme beaucoup de jeunes filles dans le monde depuis Hunger Games. Quand elle sourit, il put apercevoir les bagues d'un appareil dentaire de compétition.

— Je suis dingue de la deuxième saison. Je peux savoir comment ça va finir ? Promis, je le dirai à personne !

Lenny sourit en hochant la tête négativement et, en l'écoutant, décela l'accent français de la jeune fille.

— C'est impossible, j'ai prêté serment ! Clauses de confidentialité. Tu viens d'où, Clémence ? Tu habites à Vancouver ?

— Non, non… On vient d'atterrir de Paris avec mes parents et mon frère. On vient visiter l'ouest canadien.

Lenny continua à sourire tout en regardant l'écran d'affichage qui lui confirma les réponses de la jeune Clémence. C'était un vol Air Canada en provenance de Paris-Charles-de-Gaulle. Un vol qui avait déversé sur le sol canadien un bon nombre de Français, en famille, en couple ou même seuls, dont le point commun était de lui rappeler avec violence à quel point Julia lui manquait. Comme un membre dont on l'aurait amputé et qui continuerait à le faire souffrir en son absence.

Et soudain, l'évidence le percuta de plein fouet. Comment pouvait-il être aussi con et arrogant à la fois, dans cette façon d'estimer avec autant de force que lui, du haut de ses vingt-trois ans tout frais, fort de sa petite expérience et de toute sa petite importance, il avait raison contre le reste du monde ? Comment pouvait-il avec autant d'application se morfondre et se plaindre alors même qu'il pouvait tout changer ? Qu'il avait au moins la capacité d'essayer ? Que c'était lui qui avait toutes les clés en main ? Lui et personne d'autre.

— Et tu peux au moins me dire si tu seras dans la saison trois ? Il y a beaucoup de rumeurs sur les réseaux sociaux à ce propos. Oui ? Peut-être. Non ?

Lenny revint sur terre, presque surpris d'être face à cette jeune fille. Son sourire d'acier était le plus mignon qu'il ait vu depuis longtemps. Mais là-bas, plus loin, il aperçut le père s'approcher avec sa femme et son petit frère en poussant leur chariot.

— Ta famille t'attend, Clémence. Il va falloir que tu y ailles… Mais laisse-moi te dire quelque chose. Je suis sûr que la saison trois sera formidable. Mais elle se fera sans moi ! Bon séjour au Canada !

— Merci ! Et toi, bienvenue à la maison, répondit-elle avec malice. Vancouver, c'est chez toi, non ?

Non, Vancouver n'était pas sa maison. Pas plus que Londres, Bristol ou Paris. Non, sa maison, c'était là où était Julia. Ça avait toujours été là. Lenny n'était pas K-O, sonné par cette pensée soudainement si forte. Au contraire, il était galvanisé. Il avait cru que sa famille était le ciment de sa vie, que pour elle, il devait se sacrifier. Mais il avait omis un détail majeur : Julia était devenue un membre de sa famille à part entière. À la minute où elle était entrée dans sa vie, avec sa petite culotte noire et son visage barbouillé de maquillage, ils avaient tissé des liens qui étaient au-delà des gènes et du sang. Il ne pouvait plus continuer à faire comme s'il pouvait vivre sans elle. Il venait au contraire de changer tous ses plans pour être enfin près d'elle.

Dans la foulée de cette décision, Lenny fut pris par un sentiment d'urgence. Il lui fallait récupérer cette putain de valise tout de suite, sauter dans un taxi et vivre le reste de sa vie comme il l'entendait désormais. Mais une fois installé à l'arrière d'une voiture, Lenny se résolut à retrouver son calme car il devait maintenant appeler Andrew et lui annoncer la nouvelle.

La première réaction de son agent fut la colère. Andrew n'était pas content. Pas du tout du tout du tout content.

— Tu te rends compte que ça fait des semaines que je suis sur la négo ? Et qu'on arrive au bout, juste maintenant, avec tout ce que tu veux dedans.

— Désolé…

— Et pourquoi ? Et pour faire quoi ? Tu n'as aucun projet. Aucun que je connaisse du moins. À moins que tu me dises aussi que tu veux changer d'agent ? C'est ça que tu veux m'annoncer ?

Non, Lenny n'avait aucune envie d'en prendre un autre. Eh oui, Andrew avait aussi raison : il n'avait pas d'autres projets.

— Je ne veux plus tourner cette série. L'argent, c'est une prison. Peut-être que c'est une connerie, que je vais regretter tous ces dollars canadiens un jour mais je veux me donner le temps de faire d'autres trucs. Pourquoi pas du théâtre ? Et rester un an de plus dans cette ville humide du bout du monde, ça va me rendre dingue. Je ne veux pas. Je ne peux pas, Andrew.

À l'autre bout de la ligne, il entendit distinctement Andrew pousser un râle.

— Andrew ? s'était-il inquiété.

— Tu m'agaces, Lenny, tu m'agaces ! Et en même temps, comment veux-tu que je t'en veuille de faire un truc qui correspond exactement à ce qu'on peut s'attendre de la part d'un jeune homme de ton âge…

— Un truc débile ? blagua-t-il.

— Un truc osé. Refuser la sécurité et reprendre ta liberté, c'est courageux.

Lenny ne répondit rien sur le moment, sentant ses joues s'empourprer. Puis, la bouche un peu sèche, il parvint tout de même à parler à nouveau afin de remercier son mentor qui depuis sept années l'accompagnait sur les chemins de sa destinée de comédien. Un job pas facile, il en convenait.

— Bon, lança Andrew, on se voit dans mon bureau à Londres dans quelques jours alors ?

Andrew prononça « Londres » mais Lenny entendit « Julia ». Enfin. Et pour la première fois depuis longtemps, Lenny s'autorisa à penser à la jeune femme pour de bon.

Quand Julia avait rompu, Lenny avait d'abord été soufflé par le manque et il avait détesté Julia. Il l'avait détestée pour tout l'amour dont elle le privait, en une seule fois, en un seul message, en quelques mots. Il l'avait détestée pour tous les échanges avortés. Pour tout ce plein d'elle et tout ce vide qu'il allait devoir supporter. Il l'avait détestée pour cette rupture dont il devait prendre l'initiative mais qu'elle lui avait jetée à la figure. Mais il s'était vite rendu compte que la détester était encore une autre façon de l'aimer. De manière indiscutable et inconditionnelle. Alors, il avait tenté la technique du déni et avait pris la décision formelle de l'oublier. De refuser de penser à elle. De refuser d'en parler. De refuser de chercher à avoir de ses nouvelles, même de manière indirecte. Il avait pris la décision ferme et définitive de l'oublier parce qu'il le devait. Quel connard. Il avait réellement cru que c'était possible ? Et c'est ce même petit connard qui pensait la reconquérir ? À quel moment allait-il cesser d'être aussi naïf ? Julia n'avait aucune raison de lui pardonner puisqu'il était impardonnable.

Lenny posa son front contre la vitre de la voiture, à nouveau abattu, voyant les choses sous un nouvel angle. Il l'avait traitée comme un chien. Comment pouvait-il réellement croire qu'elle pourrait lui pardonner ?

***

Dans le miroir des toilettes du Starbucks, elle ne vit que ses cernes. Immenses. Presque aussi grands que les deux drôles de totems indiens dans l'entrée qui l'avaient accueillie en arrivant. En toute franchise, Julia avait une parfaite gueule de déterrée. Ce qui, ajouté à son jean qui la serrait trop à la taille et au bouton d'acné qui pointait sur son menton, commençait à faire beaucoup. D'un geste régulier, comme pour se réveiller, elle entreprit de se brosser les cheveux puis attrapa dans sa petite trousse de voyage un fond de crème teintée pour redonner un peu d'éclat à son visage fatigué. Yes, on y croyait. Il fallait bien, non ? Ensuite, elle retournerait à sa table et boirait son café latté. Et attendrait.

Tout ça, c'était la faute de Véro.

La veille, la fin du concert approchant, la chanteuse avait commencé à interpréter ses plus grands tubes pour le bonheur immense du public qui frissonnait à l'entame de chacun d'entre eux. Et puis à un moment, avant d'en attaquer un, Julia l'avait entendue dire, là, sur la scène, si près d'elle et de son père : « *La chanson que je vais vous interpréter maintenant, c'est aussi le nom d'un album que j'ai beaucoup aimé écrire, dans les années 1970, il y a si longtemps... C'est le nom d'une ville et il faut que je vous l'avoue aujourd'hui, je n'y ai jamais mis les pieds.*

Mais je trouvais que le mot était d'une grande douceur et qu'il sonnait bien. Il s'agit de Vancouver. »

Julia était demeurée interdite plusieurs secondes, sans même parvenir à écouter cette fameuse chanson, simplement bloquée à l'évocation de cet endroit où elle non plus n'avait jamais mis les pieds et qui avait tant d'importance pour elle. Comment faire pour ne pas y voir un signe ? Comment éviter de penser que c'était celui qu'elle attendait ?

En y pensant davantage encore, tout ça, c'était aussi la faute de son père. Elle aurait dû se méfier. C'était un artiste lui aussi et c'était ce qu'on attendait des artistes, non ? De la folie, des décisions rapides, des coups de tête dont on imaginerait les conséquences plus tard quand on serait morts ou vieux. Cette fois-ci, elle aurait aimé que son père joue son rôle en la tempérant et en la raisonnant. Mais non, Sacha Anton n'avait fait au contraire que l'encourager en lui payant les centaines d'euros que lui coûtait son billet d'avion et en ajoutant :

— T'es trop jeune pour avoir des regrets. Vas-y !

Et elle se retrouvait là, dans un aéroport canadien, à la table d'un Starbucks où elle s'était échouée en se demandant comment elle avait pu agir de manière aussi dingue, elle qui l'était si peu au fond.

Pendant tout le vol, elle avait réfléchi à la manière de procéder. Et à part se pointer à sa porte et dire « Hello ! It's me », elle n'avait pas vu beaucoup d'autres options. Mais ça, c'était avant de se rendre compte qu'en fait, elle n'avait même pas son adresse à Vancouver… et qu'il y avait peu de chances qu'elle le trouve dans les pages blanches, ni qu'elle le rencontre dans la rue par hasard. Pour l'effet de surprise c'était raté. Elle allait devoir passer par un coup de téléphone, ce qu'elle redoutait au plus haut point. Et dans la nuit, au-dessus de l'Atlantique, elle avait fini par s'endormir avec des chansons de Véronique dans les oreilles en essayant de se dire que tout allait parfaitement bien se passer.

***

Le taxi sortait de l'autoroute entre Richmond et Vancouver et Lenny, impatient, se voyait déjà expliquer à Paul tout ce qu'il allait faire du reste de sa vie, à savoir pas grand-chose vu qu'il n'avait plus aucun projet au compteur mais que le plus important n'était pas là. Son téléphone bipa à cet instant, quelqu'un avait dû appeler pendant qu'il était en ligne avec Andrew. Quand Lenny regarda l'écran, ses yeux se brouillèrent aussitôt, incapables de lire nettement les lettres qui s'affichaient. Là, les cristaux liquides formaient le prénom de Julia. Cet iPhone qui avait été parfaitement incapable de lui donner le moindre signe d'elle depuis des semaines et des semaines affichait précisément maintenant le prénom dont Lenny venait de décider, quelques minutes plus tôt, qu'il était à jamais le synonyme du mot « maison ». Son cœur s'emballa sans qu'il ne puisse lui ordonner de se calmer. Et son cerveau ne fit pas mieux, incapable de coordonner ses doigts qui tentaient vainement de déverrouiller le téléphone pour écouter le message. Il s'y reprit à deux fois avant, enfin, de pouvoir écouter le message dans ses écouteurs.

« Salut... C'est moi... Julia... Julia Anton... Je ne sais pas pourquoi je précise ça, c'est con, tu ne connais probablement pas d'autres Julia qui parlent avec un accent français aussi pitoyable... Désolée, ça commence bien... je dis n'importe quoi... Je suis ridicule... et j'ai le pressentiment que c'est juste le début.

Bon, je me reprends. Honnêtement, je suis soulagée que tu n'aies pas décroché parce que j'ai la trouille de te dire ce que je dois te dire. Mais en même temps, vu nos derniers échanges ou plutôt leur absence, il y a un risque certain que tu ne m'écoutes pas jusqu'au bout. S'il te plaît, ne raccroche pas. Écoute-moi. Je m'en fous si j'ai l'air de te supplier. Je ne suis plus à ça près.

Je regrette de t'avoir écrit ce mail où je t'expliquais pourquoi je te quittais… En fait, j'aurais dû t'écrire que je ne comprends pas ce qu'il s'est passé. Je tourne et je tourne ça dans ma tête et je ne comprends pas. Il y a un truc qui ne va pas. J'ai essayé de parler à Courtney mais ta sœur a quitté Paris, comme ça, en un claquement de doigts. Et ça non plus, je ne comprends pas.

Alors peut-être que tu ne m'as jamais aimée. Peut-être que je vais souffrir encore plus qu'aujourd'hui en le découvrant, mais j'ai besoin de savoir, Lenny… J'ai besoin de te l'entendre dire. Et j'ai besoin de te voir quand tu me le diras. Parce que sinon, je ne vais jamais y arriver.

Tu sais, mon copain Martin, il pense qu'il y a des gens qu'on ne peut jamais cesser d'aimer. Il faut que je sache, Lenny. S'il te plaît. Je dois savoir parce que moi je veux arrêter de t'aimer. Et là, ce n'est pas parti pour.

Alors voilà, j'ai pris un avion et je viens d'arriver à Vancouver. Et maintenant je n'ai pas d'autre choix que d'espérer que tu viendras me chercher à l'aéroport… Je me suis posée dans un Starbucks. Celui près des gros totems. Ils sont impressionnants les totems au passage mais bon, bref, on s'en fout. Je suis là et je t'attends. Et si tu viens pas… Je sais pas… J'ai pas de plan… Salut. C'était donc Julia en direct de l'aéroport de Vancouver. »

Lenny n'avait jamais de pris de drogues dures mais quelqu'un lui avait un jour expliqué quelle sensation il avait ressentie la première et unique fois où il s'était fait un shoot d'héroïne. Et c'était la sensation à laquelle pensa Lenny quand il eut fini d'écouter le message de

Julia. D'abord des picotements agréables qui envahirent son corps comme pour le sortir de sa léthargie, puis ils se transformèrent progressivement en une chaleur confortable et réconfortante. Comme dans un rêve, au ralenti, Lenny se pencha vers le chauffeur du taxi et lui demanda de faire demi-tour et de retourner à l'aéroport. Celui-ci marqua sa surprise.

— Vous avez oublié quelque chose ?

Toujours au ralenti, Lenny se renfonça dans son siège, posant soudain un regard émerveillé sur le paysage gris environnant.

— Non, finit-il par répondre au chauffeur en croisant ses yeux dans le rétroviseur. Je l'ai retrouvée.

Et durant toutes les minutes mises par le taxi pour faire le chemin inverse, Lenny ne put se départir d'un sourire idiot.

En arrivant dans le hall principal de l'aéroport, Lenny se précipita vers les fameux totems qui accueillaient les voyageurs dans l'aéroport de Vancouver. Ils étaient véritablement immenses et trônaient, tels deux obélisques de la place de la Concorde. Lui aussi avait été impressionné la première fois. Mais aujourd'hui, ils n'étaient plus qu'un repère. Celui qui allait lui permettre de retrouver Julia. De là, il jeta un coup d'œil périphérique et aperçut le logo vert qu'il cherchait, soulagé. Lenny n'aimait pourtant pas cette enseigne américaine. D'abord, à Londres, il y en avait tellement que cela avait complètement gentrifié tous les quartiers de sa ville. Et puis cette boîte ne payait pas ses impôts à l'endroit où elle aurait dû. Et puis il ne buvait pas de café. Mais tout ça, là, il s'en foutait aujourd'hui. Tous ses principes de hipster buveur de thé ne faisaient pas le poids face à cette image de Julia, qu'il aperçut enfin, attablée devant un grand latté. Elle était comme un tableau de grand maître. Pas la jeune fille à la perle ; non, la jeune fille au gobelet, avec des yeux fatigués.

Lenny l'observa un instant. C'était le temps qu'il lui fallait pour refaire connaissance avec elle, même à distance. Car à force de silence et d'absence, Julia était presque devenue une ombre, le souvenir d'une personne dont la réalité n'existait plus. Et soudain, Lenny se mit à sourire de sa propre situation. Il était un mec qui regardait une fille, dans le pâle matin canadien. Il était ce type bizarre qui se cachait derrière des lunettes noires à 8 heures du matin, en train de *stalker* une jolie jeune femme blonde dont chaque mouvement le faisait frissonner de la pointe des pieds jusqu'à la racine des cheveux. Plus ridicule et absurde que ça ? Rien. Et Lenny s'en moquait. Julia était là. Il était si près d'elle, maintenant, si proche de pouvoir lui parler qu'il retardait le moment, presque terrifié de sa fragilité.

Mais quand, à cette table de café, au milieu de ces gens, il l'aperçut lever les yeux vers lui et le fixer, son amour pour elle reprit toute sa densité, toute sa puissance légère en quelques centièmes de seconde. Et il ressentit un immense soulagement. Comme si son cerveau avait eu besoin, comme saint Thomas, d'une preuve irréfutable. Julia était là, bien là.

Les traits de son visage, eux, semblaient comme impénétrables et au fur et à mesure qu'il parcourait la distance les séparant encore, il se rendit compte qu'il était terrifié par l'enjeu. Il ne pouvait plus échouer. C'était leur moment. Il n'y aurait sans doute plus d'autres chances s'il ratait celle-ci.

— Sa… salut, bafouilla-t-il en s'installant sur la chaise en face d'elle.

Et tout en parlant, il ne put s'empêcher de passer son bras sur la table en bois clair pour prendre sa main dans la sienne. Un geste irréfléchi, spontané, pour réduire les derniers centimètres qui le séparaient encore d'elle. Un geste pour toucher du doigt la vérité de Julia et se rassurer un peu plus. Tout était tellement inouï. Tout semblait irréel.

— Julia, soupira-t-il en caressant ses doigts. Je suis tellement heureux de te voir…

Le visage de Julia changea. Les yeux de la jeune femme s'échappèrent, papillonnèrent, mais elle ne chercha pas à retirer sa main. Elle finit par le regarder à nouveau, les yeux plantés dans les siens, avec une franchise émouvante.

— Pourquoi tu es heureux de me voir ? demanda-t-elle. Je ne comprends pas.

La question était directe, mais il n'entendit pas une once d'agressivité dans la façon de la poser. Elle était au contraire d'une douceur et d'un calme qui le liquéfiaient.

— Je vais tout t'expliquer, répondit-il. Tout. Mais avant, ton message… Surtout je ne veux pas que tu arrêtes de m'aimer.

Julia retira doucement sa main, comme brûlée par le contact de sa peau.

— Lenny… Je ne sais pas, murmura-t-elle.

Ce geste laissa une absence que Lenny essaya de combler par des mots.

— Je suis désolé de tout le mal que je t'ai fait… J'ai été ce gros connard égoïste, immature, paranoïaque. Et franchement tu as eu raison d'avoir voulu que ça s'arrête…

Il mit en suspens ses mots. Il cherchait, il voulait exprimer avec exactitude ce qui l'habitait.

— Mais, Julia, c'était magique ce qu'on avait. Magique…

Et en pensant à cette magie perdue, à cette relation qu'il avait saccagée, Lenny sentit une larme dévaler sa joue. Comme l'émotion qui circulait en lui tel un courant.

— Et c'est dingue, ça continue. Il y a même pas une heure, j'ai compris que tu étais la seule personne qui compte dans ma vie. Et maintenant tu es là, en face de moi, comme une apparition. C'est de la pure magie, ce timing, tu ne crois pas ?

Non, elle ne semblait pas y croire. Son visage était redevenu impassible.

— Julia, dis quelque chose, supplia-t-il.

Il la vit chercher un point de fuite, là, derrière lui et Lenny sentit son estomac se contracter.

— S'il te plaît... Essaie...

Et là, sous ses yeux, il la vit abandonner le combat intérieur.

— Lenny, soupira-t-elle en cachant son visage dans ses mains. OK, toi, moi, Abracadabra ! Mais ça ne pourra pas être comme avant. Ça ne pourra pas être chacun à un bout du monde. Comme ça, ça ne marche pas.

— Je suis d'accord, répondit-il aussitôt sans dissimuler son enthousiasme. Tu as raison. Mais je viens d'annoncer à Andrew que j'arrête la série et que je rentre en Europe. Je rentre parce que c'est là que tu vis.

Julia releva la tête, étonnée.

— Quoi ? Mais tu ne peux pas, c'est...

Il l'interrompit en souriant.

— C'est fait. C'est trop tard. Et c'est ça dont j'ai besoin.

— Mais qu'est-ce que tu vas faire ?

— J'en ai aucune idée.

— Mince.

Lenny soupira à son tour en posant son front contre la table puis en relevant la tête, essuyant ses larmes, souriant, il la fixa. En silence. Attendant. Espérant. Elle soupira puis il vit son visage répondre à son sourire. Le signe qu'il espérait. Alors, sans pouvoir se retenir davantage, il la rejoignit sur la banquette du Starbucks et l'enlaça, noyant son visage dans son cou. Et tandis qu'il remontait doucement ses lèvres vers sa bouche, il l'entendit maugréer :

— Tu es un putain de casse-couille, Lenny Bennett… J'ai fait je sais pas combien de kilomètres pour te convaincre de me reprendre et en fait je n'ai rien eu à dire… Pourquoi ?

Lenny se mit à rire et à l'embrasser tout en même temps et une sensation de chaleur monta en lui au fur et à mesure que Julia s'ouvrait à lui et répondait à son baiser.

— Tu es ma famille, Julia, répondit-il entre deux baisers. Je ne vaux rien sans toi. Ce n'est pas une déclaration, c'est un fait.

Julia recula, détachant doucement ses lèvres des siennes. Ce n'était pas une rupture, c'était une prise du recul et elle le rassura en prenant son visage entre ses mains sans cesser de fixer du regard le beau visage de Lenny.

— Qu'est-ce que tu fais ? demanda-t-il, troublé.

— Je veux voir tes yeux quand tu vas me le dire.

— Dire quoi ?

— Que tu m'aimes.

— Je t'aime. Je t'aime, répéta-t-il.

Julia lui offrit le plus lumineux des sourires. Un sourire des lèvres, des joues, des yeux. Un sourire solaire et pur à réchauffer le cœur du plus congelé des individus. Un sourire tellement communicatif qu'il ne put que le lui rendre au centuple. C'était tellement inouï d'être là, maintenant, avec elle alors que moins d'une heure auparavant, il était seul, sur le point de prendre une décision dont il espérait qu'elle pourrait l'aider à retrouver Julia.

— Bon, fit Julia.

— Bon, répondit-il en écho.

— Qu'est-ce qu'on va faire maintenant ?

— Je n'en sais rien.

— Qu'est-ce que tu dis du même bordel qu'avant mais dans le même fuseau horaire ?

— J'en dis que c'est une excellente idée, Julia.

Et en effet, ça semblait être pour Lenny un très bon plan. Il était jeune, inexpérimenté et la vie ne lui avait pas joué trop de mauvais tours. Ça lui avait fait croire qu'il méritait toutes les choses géniales qui lui étaient arrivées, comme ces parts de bonheur, ces amis fantastiques ou cet amour qui s'était pointé un jour de novembre. Mais Lenny avait commencé à comprendre que la vie ne tient aucun compte, n'équilibre aucune colonne entre les crédits et les débits et qu'il faut faire attention à tout ce qui est beau, grand, doux. Car il n'est jamais certain que l'amour passe une deuxième fois. La chance, c'est de l'avoir trouvé la première fois. Et à présent Lenny comptait bien s'appliquer à ne pas tout bousiller.

Vous avez aimé

Ma folie la plus sage ?

Découvrez *Et tes larmes retenir*

de Charlotte Orcival,

enfin disponible en poche.

Le premier amour mérite une deuxième chance.

Composé et édité par HarperCollins France.

Achevé d'imprimer en décembre 2018.

CPi
FIRMIN-DIDOT

à Mesnil-sur-l'Estrée (Eure)

Dépôt légal : janvier 2019.

Pour limiter l'empreinte environnementale de ses livres, HarperCollins France s'engage à n'utiliser que du papier fabriqué à partir de bois provenant de forêts gérées durablement et de manière responsable.

Imprimé en France